Re:제로

—Re: Life in a different world from zero.

부터 시작하는 이세계 생활

「자아, 끝의 시작――입니다!!」

「──믿어줬으면 해.

여태까지 내가 실컷 헛짓했지만,

지금은 전부 진심이야.

그러자고 결심했으니까,

모두가 협력해 주길 바라는 거야」

「미안하다, 펠트 허나
꼭 보고 싶었어……」

나도, 레슈완네 모습을

「어느 색이 좋으신지요?
펠트 님께는 역시 밝은 색이 어울릴까 싶습니다만……」

「그런 말 좀 들어! 듣고 나서 죽어!
빌어먹을!」

《표지로 이어짐》

Re: Life in a different world from zero

The only ability I got in a different world "Returns by Death"
I die again and again to save her.

CONTENTS

Re:제로

부터 시작하는 이세계 생활

Re: Life in a different world from zero

나가츠키 탓페이 지음

오츠카 신이치로 일러스트

정홍식 옮김

표지 · 본문 일러스트
오츠카 신이치로

제1장 『나태일섬』

1

——원숭이라도 할 수 있는 마녀교 사냥……이라고 이름 붙인 나츠키 스바루의 작전회의가 시작된다.

장소는 리파우스 평원. 시간은 동트기 전. 참가자는 약 50명의 전사·용병 집단. 그 구성원의 중심에 끌려 나와 주목을 받는 스바루의 심경은 편치 못했다.

역전의 고참병과 살벌한 수인(獸人) 용병 등, 말 그대로 스바루와는 다른 세상에서 사는 이들이다. 이런 상황이 아니었다면 운명이 교차할 기회는 없었을 사람들. 그들이, 자신과는 인연이 먼 세계의 주민들이 지금 스바루를 가운데에 두고 빙 둘러앉아 있다.

명색이나마 그들에게 지시하는 입장에 선 스바루의 마음에 불안하고 나약한 바람이 불었다. 그러나 그와 비등한 수준으로 드세게 치미는 정열과 전의(戰意) 또한 존재한다.

"하기야, 그렇겠지……."

눈앞에 있는 광경은 스바루가 『사망귀환』할 때마다 갈망하고, 이르지 못했던 것.

그 사실을 자각하면 할수록, 스바루의 자그마한 각오와 자존심은 고통을 호소했다.

자신을 여기까지 이끌어 준 많은 것들을 다시는 배신해서는 안 된다고, 누구보다 먼저 자기 자신에게 강하게 주의를 주도록.

"——."

"스바루, 갑자기 입을 다물었는데, 무슨 문제라도 있나?"

가슴에 주먹을 대고 자신을 다잡는 스바루의 얼굴을 향해 누군가가 옆에서 말을 걸었다. 집단 내에서도 유달리 눈에 띄는 하얀 근위기사단 제복을 입은 미장부—— 율리우스 유클리우스다.

"설마 겁을 먹었을 리는 없겠지만…… 사태는 시급해. 네 입으로 약간의 유예도 없다고 하지 않았나?"

"안다고. 꼬치꼬치 비꼬는 투로 말하지 마. 이런 건 맨 처음 한마디가 중요하니까, 그 부분에서 좀 막혔을 뿐이야."

"그야말로 쓸데없는 배려지. 사람들 앞에 선 네 언행에 문제가 있다는 건 이미 널리 알려졌다. 점잔 빼지 말고 자연스러운 태도로 임하도록."

"너 · 말 · 이 · 다……!"

"와하하하! 율리우스도 세게 말하지 않노! 허이, 형씨도 체면이 말이 아니데이!"

"으극……."

최악의 흑역사를 들먹이는 바람에 스바루의 이마에 핏대가 섰다. 하지만 그 대화를 듣고 수인 용병단 『철 어금니』를 이끄는 리카드가 웃으니 토벌대의 기사들 사이에서도 동정하는 분위기가 퍼졌다. 아무래도 스바루가 왕성에서 꼴불견을 보인 사건은 생각 이상으로 널리 알려진 모양이다.

"살아서 이런 수모를……!"

"자자, 부끄럼 타는 건 그만! 그 수모를 살아서 씻어내기 위해 노력해야 하는 게 지금 스바루쿵이 할 일이란 거 아냥. 율리우스도 독려하구 싶은 심정은 알지만 말 좀 가려."

"아무래도 오해가 있는 것 같군, 페리스. 내게 그런 의도는 없어. 물론 결과적으로 이 친구의 혀가 매끄러워졌다면 다행이겠다만."

"성격 참 번거로워라……."

주눅 든 기색 하나 없는 율리우스의 대답에 페리스는 진심으로 귀찮다는 표정으로 탄식했다.

스바루도 그 반응을 보고서야 율리우스의 언동이 무엇을 노렸는지 비로소 알 수 있었다. 깨닫고 나서도 스바루의 감상은 페리스와 같았지만.

"──교분을 나누는 것은 바람직합니다. 그래도 마녀교 대책을 우선해야 하겠지요. 이만 본론으로 들어가야 하지 않을지."

탈선하려던 이야기를 본론으로 되돌린 사람은 서슬 같은 분위기를 두른 빌헬름이다.

스바루가 동행자 중에서 심정적으로나 전력 면에서나 가장 기대하는 검귀(劍鬼). 오랜 세월의 숙적 백경(白鯨)을 토벌하고, 그 위업에 협력한 스바루에게 힘을 빌려주는 충의(忠義)의 인물이다.

이들 주력에 더해진 백경 토벌대의 생존자와 『철 어금니』의 증원── 50명을 웃도는 무리야말로 마녀교에 대항할 『대(對)마녀연합』의 총 전력이다.

"일단 빌헬름 씨의 요청도 있고 시간도 아까우니 본론으로 들어가자고. 이름하야 『원숭이라도 할 수 있는 마녀교 사냥』 강좌인데…… 내용 자체는 심플해. 무슨 일이든 단순한 쪽이 효과가 있기 마련이니까."

"지당합니다. 해서, 방책은?"

"까놓고 말하자면── 선제공격으로 단숨에 대장의 수급과 함께 승리를 뽑아낸다고 할까."

"──."

스바루의 결론에 집단은 희미한 놀라움에 휩싸였다.

대담무쌍. 정말이지 그 말에 딱 들어맞는 발언이다. 이 경우 대장의 수급이란 마녀교를 이끄는 대죄주교를 가리킨다.

"확실히 단순한 이야기데이. 실제로 성공하믄 마녀교에 이 이상 없을 타격이긋제."

동요에 가까운 술렁임이 퍼지는 가운데, 처음에 감탄한 소리를 낸 사람은 리카드다. 덩치가 큰 견인족(犬人族)은 이를 드러내며 웃고, 날카로운 개 이빨을 손가락으로 만지면서 말을 이었다.

"그렇지만도, 어데까지나 성공했을 때 야기다. 누구든 큰소리만 뻥뻥 칠 수 있제. 그냥 그럴 뿐이라믄 헛물만 키는 게고."

리카드는 빨리도 이해를 드러냈지만 엄격하게 못을 박는 것도 잊지 않았다. 그러나 스바루는 그 추궁에 자기 가슴을 쾅 쳤다.

"당연히 작전은 있어. 고래 퇴치에 낚싯바늘 없이 도전할 만큼 막무가내가 아닌 건 증명했잖아?"

"그 점은 신용하꼬 있다. 그러니께 얼렁 근거가 듣고 싶다는 야기 아이가."

리카드는 이빨을 마주쳐 소리를 내 자신감을 드러내는 스바루에게 뒷이야기를 재촉했다. 주위에 있는 동료들도 같은 의견인지 일제히 스바루의 계책에 기대를 보내는 눈치임을 알 수 있었다.

"잘 들어. 순서대로 설명한다. 우선 에밀리아가 있는 메이더스령(領)에 마녀교가 밀려들고 있어. 이건 여타 배경 사정을 보아 확정된 사항이야. 그렇지?"

"모든 것의 전제 조건이지. 동의하겠어. 실제로 메이더스령에 마녀교에 얽힌 이변이 일어날 건 예상되던 문제이기도 하다. 백경의 출현도 더불어서 우연으로 치부할 순 없지."

"마녀교는 백경을 조종해 『안개』로 가도를 봉쇄, 메이더스령을 고립시켜서 습격…… 이쯤 되려냥? 마녀교두 제대로 나서나 봐. 하긴 그 패거리의 교의로 보자면 당연할지두 모르겠네."

스바루의 확인에 율리우스와 페리스 두 사람이 보충했다.

아직껏 전모를 알 수 없는 마녀교이긴 하지만, 광신도들의 불투명한 활동 이면에는 일관적으로 하프엘프를 해치려는 의도가 있다. 이번 메이더스령 습격도 왕선(王選) 참가를 표명한 에밀리아의 내력이 그들의 귀에 들어간 것이 원인이리라.

그 무차별적인 잔혹함이 낳은 결과가 마을 사람들의 학살이다. 스바루는 그 점이 진심으로 구제할 길이 없다고 생각했다.

"그놈들, 마녀교의 목적은 에밀리아의 목숨이야. 그렇다고 주위 사람들에겐 손을 대지 않는 것도 아니야. 놈들은 앞뒤 안 가리고 아녀자들도 무자비하게 죽여."

"그 점도 의심할 여지는 없지. 부아가 치미는 일이다만."

율리우스는 스바루의 분노에 수긍하며 놀라는 낌새도 없이 의분을 눈에 드리웠다. 이 세계에서는 마녀교의 악행도 상식의 일부. 그런 것이리라.

"나는 에밀리아도, 저택 사람들도, 당연히 마을 사람들도 모두 구하고 싶어. 그러니까 다 같이 영지에 밀어닥친 다음, 그대로 저택에서 농성전을 벌이자는 생각도 했는데……."

"신출귀몰한 마녀교를 상대로 기일이 없는 농성전은 졸책이겠지요."

"그래서 기각이죠."

농성전은 전적으로 수세를 유지함으로써 승리할 가능성이 있느냐 없느냐가 관건이다. 지원군이 올 희망이 없는 스바루 일행이 채택할 수단이 아니다.

그리고 현재 보유한 전력으로 방위전에 임하는 것은 스바루가 가진 유일한 강점을 버리는 것이나 마찬가지. 그만큼 어리석은 행동이다.

『사망귀환』으로 얻은 정보는 전개가 크게 바뀌면 한순간에 가치가 없어질 수 있다. 무장한 집단이 대거 저택에 쳐들어가면 천하의 페텔기우스라도 방침을 재고할 것이다. 그러면 습격 방법이 변경되거나, 습격 자체의 중지까지 고려할 수 있다.

따라서 스바루가 가진, 『사망귀환』으로 얻은 우위를 최대한으로 활용하려면——.

"——숲에 숨어 있는 마녀교에게 우리 쪽 움직임이 들키기 전에 후려갈긴다. 상대의 선제공격 기회를 살려두고, 그걸 넘어서는 선제공격으로 때려잡는 거지."

"기개는 높이 사겠는데, 숲에 있는 마녀교를 어떻게 찾아낼 거야? 400년이나 전 세계에서 꼬리도 못 잡은 것들의 모임이거든? 쉽게 풀릴 리 없잖니."

"아, 그 부분 말인데…… 쉽게 말해서 백경을 낚은 방법이랑 똑같아."

"냥……?"

갑자기 엉성해지는 스바루의 설명에 페리스가 동그란 눈을 더욱 동그랗게 떴다.

"고래를 유인할 때는 내 냄새가 도움이 됐잖아? 내가 또 그거랑 똑같은 걸 마녀교에도 할 수 있거든."

"——."

"이야— 체질이란 무섭지 뭐야. 정말, 난처한 노릇이더라. 하하."

"―."

"하하하……."

침묵의 공간에 스바루의 메마른 웃음만이 남고, 부담스러운 분위기가 초원을 지배했다.

만반의 준비 끝에 내놓은 스바루의 근거에, 주위는 어떻게 반응해야 할지 곤란한 표정이었다.

그러나 스바루 본인부터 마수(魔獸)와 마녀교도를 끌어들이는 자신의 체질에 해답을 가지고 있지 않아서 사람들에게 잘 설명할 수가 없다. 그냥 그렇다는 인식만 있고, 그게 써먹을 수 있는 요소라서 쓰는 것뿐이다.

언젠가 그 실태가 밝혀진다고 치고, 가령 그것이 혐오스러운 이유라고 해도, 지금은 그것을 의지하는 것이 최선이라서 쓰는 것이다. 그렇기에―.

"지금 내 이야기에 설득력이 없는 건 이미 다 아는 바야."

스바루는 침묵하는 기사들을, 수인들을 둘러보고 떠오르는 대로 솔직하게 호소했다.

"못 알아먹을 이야기라서 믿을 수 없다고 반응하는 것도 당연하다고 봐. 그래도 말이지."

"스바루 님."

"――믿어줬으면 해. 여태까지 내가 실컷 헛짓했지만, 지금은 전부 진심이야. 그러자고 결심했으니까 모두가 협력해 주길 바라는 거야."

스바루는 여태껏 몇 번이나 주위에서 내민 손을 거절하고 짓밟아 왔다. 그런 식으로 내치다가 정말로 어려운 장면에 직면해서야 비로소 깨우쳤다.

이루어야만 하는 일 앞에서 스바루는 너무나 무력하고 무지했다. 스바루 혼자서는 쪽도 못 쓴다. 다른 사람의, 모두의 도움이 필요한 것이다.

"숙일 머리가 하나밖에 없으니까 이것밖에 못 숙이겠어. 하지만 이 머리로 충분하다면 몇 번이든 숙일 테니, 부탁하겠습니다. 제게 힘을 빌려주세요."

"──."

스바루는 그 자리에서 머리를 숙이고 전원에게 보이게끔 간청했다.

주위는 그런 스바루의 행동에 침묵으로 대답하고, 평원에는 바람이 흐르는 소리만이 들렸다. 그대로 침묵이 몇 초. 처음으로 앞으로 나선 사람은 『철 어금니』부단장이기도 한, 새끼고양이 수인 티비였다.

그는 단안경의 위치를 바로잡으면서 깜찍한 얼굴로 스바루를 똑바로 응시하고 입을 열었다.

"하시는 말은 알겠습니다요. 하지만 아무 근거도 없이 믿으라고 하면…… 꺙?!"

"뭘 걱정하고 있는 거라나, 티비는!"

티비는 엄중하게 추궁하려 했지만 그 발언은 옆에 서 있는 누나 미미의 일격에 중단됐다. 등을 얻어맞아 몸을 뒤트는 남동생 옆에서 누나는 천진난만하게 웃고 말을 이었다.

"이 오빠야는 가설라무네! 그 커다란 물고기 해치우는데 엄—
청 노력했어! 그만큼 노력한 사람이 미미랑 다른 사람들을 속이
려 들 리 없잖아. 괜찮다링!"

"누, 누나는 가만히 좀 있었으면 해요! 이건 중요한 이야기
라……."

"고렇게 늘 삭약빠르게…… 웅? 삭약? 약삭? 삭삭……?"

"야, 약삭빠르다요?"

"그래, 그거! 그렇게만 구니까 안 크는 거다—!"

미미는 울상 짓는 동생에게 따끔하게 말한 다음, 머쓱해진 티
비 앞에서 스바루를 손가락으로 가리켰다.

"티비는 아까 그 커다란 물고기랑 안 싸웠더랬지—. 그래서
저 오빠를 못 믿을지도 모르는데, 그럼 누나를 믿으면 되지—!"

"——."

"누나가 오빠를 믿으니까, 티비는 누나를 믿고 덩달아서 오빠
도 믿어봐. 만약 무슨 일 생겨도 티비는 미미가 지킬 거구."

미미는 그렇게 말하고 자신만만하게 가슴을 폈다. 그 말에 티
비는 놀라다가 금세 한풀 꺾인 표정으로 힘을 축 뺐다. 그런 두
사람의 모습에 주위도 무심코 웃음을 터트리고 말았다.

생각 못한 웃음소리가 넘치는 가운데, 미미는 이상하다는 얼
굴로 갸웃하고 물었다.

"왜 그래—?"

"허이허이, 신경 안 쓰도 된다. 아니 니는 그대로믄 된데이.
말 잘 해쌌다."

리카드는 큼직한 손바닥으로, 목이 빠질 듯한 기세로 미미의 머리를 쓰다듬고 눈웃음을 지었다.

"신경 쓰이는 기야 얼매든지 있제. 그라도, 예까정 와서 형씨를 의심한단 법은 없데이. 그 단계는 진즉에 넘어갔단 야기다."

"———."

생각도 못한 말에 스바루의 눈이 휘둥그레졌다. 리카드의 말에 뒤따르듯이 빌헬름이 스바루 앞에 섰다.

"스바루 님, 대장부가 가볍게 머리를 숙이는 법이 아닙니다. 하물며 부탁을 하는데 상대의 얼굴을 보지 않다니 언어도단. ——그랬더라면 스스로 알아차리셨을 겁니다."

검귀는 엄숙하게 말하고 턱짓으로 주위를 보도록 스바루를 촉구했다. 그에 따라 스바루는 주위 사람들을 둘러보고서 자신에게 몰린 시선에 어린, 변함없는 감정을 알아차렸다.

그건 이 대화가 시작했을 때부터 한 번도 변화하지 않은 것이어서——.

"……저기 말야. 그렇게나 혼자서 맘대로 감동받아두 난감하거든. 딱히 아무도 스바루큥의 이야기가 거짓말이라구 의심하진 않는단 말야."

흥이 깨진 얼굴을 한 페리스가 자기 머리카락에 손가락을 넣으면서 그렇게 발언했다.

그것이 이 자리를 대표하는 의견임은 부정의 말이 터져 나오지 않는 상황이 증명하고 있었다. 율리우스조차 스바루의 시선에 평소의 우아함을 고수한 채로 끄덕였다.

"그리고 백경의 싸움에서 결정타가 된 건 스바루큥의 미끼 작전. 거기에 건 것은 크루쉬 님의 판단……. 즉, 스바루큥을 의심한단 말은 크루쉬 님을 의심한다는 뜻. 페리가 그런 짓 할 리가 없잖아."

"페리스다운 말입니다만, 요는 스바루 님의 행동이 믿음을 쟁취했다는 겁니다. 그건 그 싸움에 참가한 전원이 똑똑히 목격한 사실."

"잠깐, 잠깐, 빌 영감?!"

"물론 저 또한 마찬가지입니다."

페리스가 당황한 기색으로 기성을 질렀지만, 검귀는 대드는 페리스를 아랑곳하지 않고 그저 스바루를 향해 힘차게 끄덕여 보일 뿐이었다.

그 조처와 배려에, 자기가 헛돌았다는 사실을 깨달아 스바루의 뺨이 화끈해졌다.

"쪽 팔리네……. 분위기 파악 못 하는 건 변함없다 이거냐."

"분위기는 파악하는 게 아니라 살리는 거라고 생각한다만?"

"아, 시끄러! 알아! 파악 못 하는 놈일수록 그런 데 얽매인다는 것도!"

스바루는 율리우스의 지적에 언성을 높이고 벅찬 감정을 억지로 떨쳐냈다.

또다시 쓸데없는 창피를 당했다. 그 대가는 결코 나쁘지 않은 것이었지만.

"그것이, 스바루 님이 이뤄낸 결과가 낳은 신뢰입니다."

중요한 근거를 밝히지 않는 스바루. 그럼에도 그들이 믿기에 충분할 정도의 실적.

　렘이 무슨 일이 있어도 스바루를 믿은 것처럼, 지금의 그들도 스바루의 말이 당혹스럽긴 해도 그 진의를 의심하는 짓은 하지 않는다.

　『사망귀환』을 반복한 스바루에게, 잃어버린 세계의 정보를 다른 이와 공유하기 위한 올바른 방법—— 그것이 지금 눈앞에서 확실하게 연결된 느낌이 들었다.

2

　"따, 딱히 안 울었거든! 이건 그냥, 왠지 지금까지 느낀 고생이나 분한 마음 같은 게 보답 받은 것 같아서, 살짝 눈에서 단백질을 포함한 알칼리성 물이 흘러나왔을 뿐이라고! 착각하지 말아주라!"

　——라고 그들과의 대화 끝에 스바루가 멋쩍은 감정을 숨기려 든 건 또 다른 이야기지만, 어쨌든 스바루는 마음속 복잡한 감정을 얼버무리고 본론으로 들어가고자 고개를 들었다.

　"아무튼 다들 믿겠다면 이야기하기 쉽지. 그런 이유로 마녀교에도 마수에도 대응 가능한 체취가 제 장점입지요. 이걸로 마녀교를 유인합니다."

　"그리고 유인된 무리를 일망타진이라. 말처럼 잘된다면 명안일 것 같지만, 실제로 승산은 얼마나 되지?"

"승산?"

"놈들이 네 존재를 알아채고 실제로 모습을 드러낼 가능성 말이야."

여태까지 작전의 현실성에 꼬투리 잡지 않던 율리우스가 처음으로 의문을 입에 담았다.

——백경전에 참가한 토벌대 인원에게는 이제 와서 스바루의 미끼 특성을 설명할 필요는 없을 것이다.

하지만 원군으로 참가한 율리우스 일행은 실제로 그 효력을 본 것이 아니다. 그들 역시 목숨을 걸고 있는 이상, 스바루의 미끼 능력이 얼마나 되는지 알고 싶은 건 당연한 노릇이다.

"작전의 성질상 그 부분이 불투명해선 이야기가 성립할 수 없어. 그래서, 어떻지?"

"놈들이 내게 낚일 가능성은 백 퍼센트다. 반드시 낚여."

"그건, 대담하게 나오는군."

"대담하게 나오다마다. 그놈들은 그런 놈들이고, 나는 그런 존재라서."

설명도 못 되는 설명, 근거도 못 되는 근거를 율리우스에게 내던졌다.

자신감만은 누구보다도 많다. 『사망귀환』을 거친 사실, 그것만은 절대로 흔들리지 않는다. 그것은 절대적이며 유일한 이점이다.

"너는…… 전에도 마녀교와는 사적으로 원한이 있었다고 했었지."

"그래. 최악의 추억이다만. 두 번 다시는 같은 짓을 하게 두지 않을 거다."

엄밀하게 따지자면, 그『원한』은 앞으로 찾아올 미래의 이야기다.

스바루 일행의 행동이 변화를 일으키지 않는 한, 반드시 실현될 최악의 미래. ──그것을 부정하고 운명을 타파한다. 그러기 위해서 지금 이곳에 있다.

"──그렇군. 알았다. 네 존재를 이용해 놈들을 유인한다는 말이지."

"……의외로 선선히 수긍하는데."

"원래부터 네 방침에 거스를 작정은 없어. 다만 위험한 작전을 주도하는 이로서 그에 걸맞은 각오가 있는지 보고 싶었을 뿐이다. 뭐하면 대리를 세워야 하니까."

"헛소리는. 이 지경에 이르러서 내가 쫄고 있겠냐."

성질이 못된 율리우스의 확인에 스바루는 콧방귀를 뀌고 희미한 불안을 쫓아냈다. 마음이 약해지는 것은 율리우스가 원하는 바다. 스바루는 새삼스레 의식하며 몸을 곧게 폈다.

"단언하지. 마녀교는 반드시 내 앞에 모습을 나타낸다. 대죄주교도 예외가 아니야. 그게 나왔을 때 집단으로 두들겨 패 준다. 대충 그렇게, 흐름은 심플한 작전이야."

"듣기만 하면 정말 단순하겠네. ……그건 그렇고 스바루큥은 자기를 미끼로 삼는 걸 되게 좋아하는구냥. 이번도 그렇구, 백경도 그렇구."

"내가 매번 그런 식으로 고비를 넘기는 것처럼 말하지 마라. 어쩌다 저번하고 이번에 그런 상황이 연거푸 이어졌을 뿐이야. 딱히 매번 그렇지는……."

휠씬 전에는 장물 창고에서 엘자를 상대로 도발 전투를. 이어서 마수의 숲에서 울가름의 새끼를. 그게 끝나자 백경전에서 떡밥 노릇을 하고, 이어지는 마녀교 상대로도 착착 미끼 작전을 세워서——.

"어라?! 정말로 매번 미끼 작전만 하고 있네?!"

"그럼 실전 경험과 실적은 풍부하단 뜻이군. 이번에도 분전을 기대해 보지."

"하겠다만……! 하기야 하겠다만……!"

율리우스의 말에 분개하면서도 자기가 내놓은 의견인 만큼 거두지도 못하고 끙끙 앓았다.

"이러니저러니 해서, 지금부터는 내가 미끼가 되는 걸 염두에 두고 검토해 보고 싶어. 우선 마녀교는 저택과 마을 주변 숲에 숨어 있다. 이건 달리 적절한 곳이 없는 이상, 거의 확정이야."

"다른 거점을 가질 가능성……. 그건 『안개』가 막고 있다는 거군."

"일부러 『안개』로 메이더스령을 다른 곳과 격리했잖아. 필연적으로 놈들도 같은 영내에 숨어 있다는 뜻이 돼. 퇴로를 끊은 게 놈들에게 손해가 됐군."

이 부분에서 설명하는 데에 애먹지 않고 넘어가는 이유는 백경이 설득력을 주기 때문이다. 마녀교가 백경을 거느리고 있던 이상, 마수의 출현은 마녀교의 목적에 필요했기 때문이라고 추측하는 게 자연스럽다.

백경이 토벌된 이번에 한해 마녀교의 노림수는 기능하지 못하지만——.

"백경의 출현과 토벌이 거의 동시. 진상이 놈들에게 전해질 때에는 우리의 검이 닿아."

"그것도 포함해서 시간과의 싸움이겠군요. 숲에 숨은 놈들의 목에 칼끝이 닿는다면, 남은 건 바로 실력투쟁이겠지요. 미력하나마 저와 토벌대, 거기 『철 어금니』와 율리우스 경이 가담하면 질 거란 생각이 들지 않습니다."

"바로 그거죠."

피아의 전력을 냉정하게 비교해서 스바루는 빌헬름의 생각에 긍정했다.

페텔기우스가 이끄는 마녀교의 전력도 결코 얕볼 수 없다. 그러나 스바루가 이끄는 원군은 백경전을 넘어선 용사들뿐. 더불어서 페텔기우스 본인이 감당하지 못할 만큼 강력한 전투력을 가진 건 아니다.

근접전이라면 스바루라도 상대할 수 있다. 빌헬름이라면 일격으로 목을 칠 수 있을 것이다.

즉, 이제는 얼마나 우위에 있는 상황을 준비해 결전에 임할 수 있는지 여부에 따라 승부가 갈린다.

"그래설라무네, 그 점에서 기습 만세인 상황을 만들 수 있는 우리는 압도적으로 유리……!"

여하튼 페텔기우스 패거리는 자기들이 얻어맞을 걸 알아채지 못하고 있다.

　마녀교도는 항상 가해자다. 불합리와 부조리의 대명사인 마녀교. 그들은 자신들이 누군가에게 위협받는 상황을 상상해 본 적도 없을 것이다.

　──그 교만을 뻥 뚫어 주리라.

　"지금까지는 뭐든 다 잘해 먹었을지도 몰라. ……그러나 이번엔 그렇게 두지 않아."

　"──."

　스바루의 말에 힘이 깃들어, 그 말에 귀를 기울이는 전원의 표정이 긴장됐다.

　그들 또한 이해한 것이다. 앞으로 마주할 자신들의 싸움이, 마녀교라고 불리는 사악한 존재에게 여태껏 불가능했던 반격의 한 방이 될 수 있음을.

　"메이더스령에 진입해 숲에 잠복한 마녀교도를 내 존재로 끌어낸다. 하지만 대죄주교는 교활해. 부하들은 복수의, 열 개 집단으로 분산 배치했어."

　"그건, 어디서?"

　"전에 『나태』와 맞닥뜨렸을 때에. 부하를 『손가락끝』이라고 부르며 오른쪽 중지니 왼쪽 약지니, 그런 이름으로 구별하더군. 손발까지 구별하지는 않았으니 적이 스무 개의 그룹이란 걱정은 안 해도 될 것 같아."

　페텔기우스는 부하 집단을 손가락의 부위로 구별하고 있었다. 느긋하게 놈의 손가락을 확인한 건 아니지만, 아무리 그래도 인간과 똑같은 열 손가락이었을 터. 그리고 신경질적인 그 미치광이라면 손가락 개수와 그룹 편성을 맞추었을 것이라고 추측할 수 있다.

그런데 스바루의 대답에 토벌대 사이에서 술렁임이 일었다. 그 반응에 스바루는 눈썹을 치켜뜨지만, 잇따른 율리우스의 말로 그 이유에 수긍했다.

"스바루, 네가 전에 사적인 원한이 있었던 상대란 대죄주교를 말하는 건가? 그것도, 그 『나태』가 이번 습격에도 가담했다고?"

"——미안하다. 그래. 그 부분에서 설명이 부족했군. 앞으로 우리가 부딪칠 대죄주교는 『나태』 자식이야. 나랑 사적인 원한이 있는 상대고, 이 세상에서 가장 싫은 낯짝을 가진 작자지."

"흠. 덧붙여서 두 번째는 내 얼굴이 되나 보지?"

"자만하지 마셔. 맘대로 내 안에서 큰 존재가 되지 말라고."

경탄을 숨기듯이 율리우스가 주워섬긴 농에 스바루는 눈을 가늘게 뜨고 반론했다.

싫은 낯짝 랭킹 1위는 페텔기우스, 2위는 스바루 자신이다. 율리우스도 만만치 않지만 1위와 2위 자리는 웬만해서는 흔들리지 않는다.

"놈에게는 단단히 쓴맛을 봤어. 그래도 덕분에 내 체취가 통한다는 것과, 『손가락끝』이라고 부르며 부하를 분산하고 있는 건 확실해."

"오호라냥. 그래서 자신만만한 거구냥. ……사적인 원한에 대해선, 안 묻는 편이 좋겠어?"

"……아아, 그래. 그래라. 필요한 건 이야기하겠지만."

"들어봤자 속만 뒤집힐 것만 같구, 알았어."

마녀교에 대해 말하는 스바루의 표정에서 사라지지 않는 분노를 본 페리스는 왠지 동정적이었다.

혹여 페리스 내면에서는 스바루의 체질과 과거의 원한이 음울하게 이어졌을지도 모른다. 그것은 잘못 이해한 것이지만 구태여 정정하지는 않았다.

"그리고 공격 계획에 찬물을 끼얹을 걸 각오하고 일단 방어 계획 보험도 들어놨어. 백경 토벌 출발 전에 아나스타시아 씨와 러셀 씨에게 당부했지."

"아가씨한티 부탁해서 보험? 메야, 성격 못된 꿍꿍이를 한 기가?"

"평범한 부탁이야! 고용주에게 뭔 인상을 품고 있는 거야!"

진정으로 의심스러운 표정의 리카드에게 고함쳤다.

"실은 두 사람에게 부탁해서 가도 근처의 마을 같은 곳에서 고시를 걸었거든. ──근방에 있는 행상인, 자기 용차를 가지고 있는 사람들을 한꺼번에 이동 수단으로 고용하고 싶다. 고용주는 메이더스 변경백이고, 용차의 화물은 부르는 값으로 사들인다고 말이지."

"……하항. 건 또, 힘깨나 썼구마."

"지갑이 부담스러운 건 틀림없지만 영민의 목숨을 지키기 위해서 필요한 지출이야. 로즈월 자식, 이번에도 중요한 상황에 없을 정도로 웃기고 자빠졌으니 당연한 판단이지."

돈을 펑펑 뿌리면 이걸로 인원은 모을 수 있을 것이다. 지출이야 로즈월이 부담하지만 여러 번 말하듯이 영주의 책임을 다하지 못한 본인의 잘못이다.

어쨌든 지난번 회차에서는 불발로 끝난 피난 계획—— 마녀교에게 습격당하기 전에 에밀리아와 마을 사람들을 피난시키기 위한 준비도 미리 손을 쓴 상황이다.

"다만 이건 이거대로 좀 문제가 있어서……. 마녀교 놈들에게 되도록 우리 움직임이 감지되고 싶지 않으니, 고용한 상단과는 중간에 합류하고 싶어."

"놈들의 방심을 노릴 심산이라면 확실히 불필요한 경계를 부르겠군. 이 자리에서 사정에 정통한 인원을 골라서 상인 무리를 안내하는 일을 맡겨야겠지. 티비."

"나도 안다요. 아가씨 손길이 닿았다면 우리가 나서는 편이 좋다고 생각한다요. 나중에 네 명쯤 파견할 테니 지시를 부탁한다요."

"오오, 말귀가 밝은데. 고마워."

율리우스와 티비의 재빠른 판단에 스바루는 가슴을 쓸어내렸다.

"그 밖에는 우리보다 한발 앞서서 크루쉬 씨의 사자가 저택으로 가고 있어. 동맹관계 이야기라거나, 이번 원군에 대해서 에밀리아에게 보고하지 않으면 혼란을 일으킬 테니까."

"아— 친서. 그러구 보니 썼었지."

페리스가 손뼉을 치지만 사실은 『써달라고 했다』가 맞다. 친서는 동맹 건과 마녀교 대책 등을 강구한 내용을 렘이 의역해서 써 주었다.

스바루의 어학력으로는 그렇게까지 복잡한 문장은 아직 어려웠던 것이다.

그 친서가 저택에 도착했다면 예측하지 못한 사태에도 대응할 수 있을 터. 보험이 제 구실을 해서 피난하는 지경에 이른다고 해도, 사전에 준비할 수 있을 것이다.

"아마 이걸로 이야기할 건 다 했을……걸. 여러모로 이동 중에 메꿔야 하는 사항밖에 없는 작전이지만, 이게 어떤 의미를 가진 싸움인지는 모두도 알겠지."

"마녀교를 식겁하게 할, 절호의 기회란 말이구마!"

스바루가 정리한 말을 듣고 털북숭이 팔로 팔짱을 낀 리카드가 험상궂게 웃었다. 용맹한 수인의 결론에 토벌대 총원의 전의가 끓어오른다.

"……오래도록, 마녀교를 상대로 이만큼 우위에 서서 임할 수 있는 싸움은 없었겠지요."

빌헬름이 턱을 주억이고 한층 더 날카로운 검기를 뿜으면서 말했다. 검귀에게도 백경을 거느리고 있던 마녀교는 철천지원수나 마찬가지다. 용솟음치는 투지는 오로지 든든하기만 했다.

"숙원을 다하고 이런 기회를 받았으니, 피가 들끓지 않을 수 없군요."

"믿습니다, 빌헬름 씨."

"뜻하시는 대로."

짧게, 자신이 맹세한 검의 자세에 몰두하는 빌헬름. 스바루는 그 모습에 더없을 정도의 신뢰감을 품고, 50명이 넘는 동료들의 얼굴을 하나하나 바라보았다.

──이 사람들 덕분에 싸울 수 있다. 그렇게 생각한 순간에 자연스럽게 말이 흘러나왔다.

"그토록, 죽도록 힘들었던 백경전이 있었지. 실제로 죽은 사람도 있고, 사라진 채로 돌아오지 않는 사람들도 있어."

결전에 임했다가 백경의 맹위 앞에 스러진 목숨이 있었다.

"지금 이렇게 우리가 그 사람들을 대신해서 이곳에 있을 수 있는 데에 결정적인 차이는 없었다고 봐. 굳이 말하자면 그나마 운이 좋았지. 그 정도의 차이야."

많은 희생, 많은 존재와 맞바꾸어 무찌른 『안개』의 마수.

마치 천재지변처럼, 마수의 위협은 그 공세에 사사로운 감정이 없었다. 따라서 스바루는 전사자와 생존자 사이에 결정적인 차이는 존재하지 않았다고 생각했다.

"──."

전원에게 건네는 스바루의 말은 본인이 의도치 않게 출진을 앞둔 연설이 됐다.

경청하는 동료들은 싸움을 목전에 둔, 일종의 규정 같은 훈시에 마음을 다잡았다. 백경전에 앞서 크루쉬가 전원에게 외쳤던 것과 같은 훈시다.

——싸움에 자비는 없고, 목숨의 귀천은 없으며, 따라서 누구나 힘껏 살라는 훈시.

　하지만 듣는 쪽의 심정과 약속을 짚어낼 만큼, 스바루는 분위기를 파악하지 못한다.

　"종이 한 장, 차이가 생겼으면 죽었을지도 몰라. 그런 싸움을 극복한 모두가 지금 이렇게 이곳에 있는 거야. ——그럼 그 종이를 한 장 더 넘어보자고."

　"——?!"

　"이곳에 있는 누구도 죽지 말고 완승하자. 모두가 살아서 돌아가자고. 백경 같은 괴물도 이겼잖아. 마녀교 따위한테는 못 지지."

　그건 이상론이며, 현실을 모르는 풋내기의 헛소리였다.

　아무리 우위에 있는 상황을 만들더라도 싸움이 벌어지면 희생은 따르기 마련이다. 그것은 스바루도 알고, 스바루 이상으로 실제로 체험한 그들이 잘 안다.

　그렇기에 그들의 마음속에는 『죽음』에 대한 각오와는 별개로, 『죽음』에 대한 체념이 존재하고 있었다.

　그것이 보였기에 『죽음』에 대한 각오에 정면으로 부딪치고 싶어진 것이다.

　"아무도 죽지 말고 가 보자. 그런 놈들 때문에 죽다니 말도 안 되지."

　죽음은 무섭다. 죽음은 언제나 견디기 어려운 공포와 상실감으로 생명을 유린하는 것이다.

누구나 그렇다고 생각하고, 그래야만 한다고도 생각한다. 스바루는 다른 누구보다도 『사망귀환』으로 그것을 맛보아왔기에, 아무도 맛보게 두고 싶지 않다.

그렇기에 그 모든 것을 부정하기 위해 행동하는 것이다.

『원숭이라도 할 수 있는 마녀교 사냥』 강좌의 마지막에 특급 폭탄 발언을 던지고.

스바루는 할 말을 잃은 동료들에게 손을 들더니, 전원의 얼굴을 둘러보면서 입을 열었다.

대장부는 가볍게 머리를 숙이지 않고, 상대의 얼굴을 보며 『부탁』하라고 들었기에.

"그럼 좀 부탁하자. ——의지하고, 매달리고, 편하게 도움을 받아서 가자고."

3

"마녀교 대죄주교 중에서도 특히 유명한 건 『나태』와 『탐욕』, 두 사람일 거야."

지룡으로 나란히 달리면서, 율리우스는 스바루에게 그렇게 말했다.

나란히 달린다고 간단히 말해도, 용에 탄 두 사람의 자세는 하늘과 땅만큼 차이가 났다. 스바루는 파트라슈라고 이름을 붙인 흑룡에 필사적으로 앉아 있지만 율리우스는 당당한 자태였다.

"그러니까 넌 밉살스러운 놈이라고……."

"넘겨듣고 이야기를 진행하겠다만, 소문만 무성한 대죄주교의 이름 중에서도 그 두 대죄는 차원이 달라. 기록에 남은 빈도는 『나태』가 압도적이지만, 피해 규모에만 한정하면 『탐욕』의 소행은 차마 눈 뜨고 볼 수 없지."

"빈도와 피해 규모라. 양쪽 다 뭐 같은 이야기 같은데……."

"맞는 말이야."

쓴맛을 보고 있는 모양인지 마녀교에 관해 이야기하는 율리우스는 우울한 기색이었다.

"너도 아는 『나태』 말이지만, 기록상 마녀교의 활동 절반 이상에 이 인물의 관여가 의심받고 있다. 마녀교의 활동 범위가 전 세계인 점을 감안하면, 이건 경이적인 행동력이 이룩한 사태라고 할 수 있겠지."

"세계적으로 튀고 싶어 환장한 놈이란 뜻인가."

"절묘한 표현이군. ——『나태』를 자칭하는 데 비해 근면한 일꾼인 거겠지. 그 행동력을 바람직하지 못한 방향으로 살리는 정신성은 구제할 길이 없다만."

스바루의 뇌리에 형형하게 빛나는 눈과 광대뼈가 도드라진 미치광이의 생김새가 떠올랐다.

『나태』의 대죄주교, 페텔기우스 로마네콩티——. 그 미치광이는 언제나 자신이 근면하다고 호소하며 다른 이에게도 같은 수준의 열정을 강요하고 있었다.

『나태』라고 자칭하기는 하지만, 놈은 그 나태를 지독하게 혐오한다. 마녀교에서 『나태』가 비정상적으로 빈번하게 활동하는 것도 바로 그 혐오감의 표출인 것일까.

"그리고 분하게도 기사단에선 마녀교에 대해선 거의 파악하지 못했다. 원래 평시에 잠복하고 있는 놈들의 존재를 밝혀내기는 어려워. 피해가 발생하고, 검증하고 나서야 비로소 놈들의 관여를 의심할 수 있지. ——그 경우에도 전쟁터나 마찬가지인 참상이 남을 뿐이다."

"경찰은 사건이 일어난 뒤에만 수사할 수 있다, 같은 딜레마인가. 이해는 하는데……."

분한 내색이 어린 율리우스의 옆모습에는 아무리 스바루라도 험담을 뱉을 마음은 들지 않았다. 기사단의 조사 능력을 탓하는 것도 번지수를 잘못 짚은 것이다. 나쁜 것은 마녀교뿐. 그 사실은 굳건하니까.

"——하나 이번에는 그리되지 않습니다."

두 사람의 대화에 다른 방향에서 끼어든 사람은 빌헬름이다.

율리우스와는 반대쪽에서 스바루를 사이에 두고 애룡(愛龍)에 탄 검귀는 정면을 똑바로 보고 있었다. 그리고 눈에 고요한 전의를 머금은 채 허리에 찬 보검을 느릿하게 매만졌다.

"놓치지 않고 제압을. 백경과 마찬가지로 지금까지 자행한 악행에 마땅한 벌을 내립시다. 이는 왕국민의 총의이자 기사단의 비원이기도 합니다."

"말씀하시는 바에 동의합니다. 그들은 비열하게도 단죄의 칼날에서 내내 도망쳤지요. 그렇지만 이번에는 결코 놓치지 않습니다. 반드시 꼬리를 잡고 말겠습니다."

율리우스도 빌헬름의 의견에 수긍하고 웬일로 격정을 훤히 드러내며 표정을 딱딱하게 굳혔다.

마녀교에 대한 적개심. 그것은 딱히 스바루의 전매특허가 아니다. 이 세계에서 오랜 세월 살아 온 이들에게, 놈들의 존재는 일상적으로 다가드는 악의였던 것이다.

"『나태』 이야기로 물이 오른 참인데, 여담으로 또 하나 유명한 『탐욕』이라는 건?"

"『탐욕』은 『나태』와 다르게 기록에 이름이 남은 피해는 적어. 하지만 그 위협은 몇 없는 기록에 남은 피해만으로도 충분하다. 특히 유명한 건 제국에서 있었던 사건일 거야."

"특히 유명하단 말은 즉, 특히 큰 피해라는 뜻이지?"

찡그린 표정의 스바루가 던진 질문에 율리우스는 "그래." 하고 끄덕였다.

"성새도시 가클라── 세계도의 남쪽, 볼라키아 제국에서도 가장 견고한 방어로 유명한 국경 부근의 대도시지. 수천 명의 상비병에 도시를 에워싸는 복수의 방벽. 정녕 성새도시라는 이름이 마땅한 곳이었지만…… 『탐욕』에게 함락당했다. 그것도 단 한 명에게."

"함락?! 도시를 혼자서?!"

일기당천 수준의 이야기가 아니다. 상식을 벗어난 사실을 들은 스바루의 목소리가 떨렸다.

"병사는 항상 정강하여라──. 흔히 『제국주의』라고 불리는 사고방식입니다만, 그 정신이 국토에 숨 쉬는 제국에선 일개 병

졸조차 투귀 그 자체입니다. 그런 병사들이 지키는 성새도시를, 『탐욕』이라고 자칭하는 대죄주교는 혼자서 함락시켰습니다. 볼라키아의 영웅 『여덟팔』 쿠르간마저도 그 싸움에서 쓰러졌다고 합니다."

경악에 입만 벌리고 있는 스바루에게 빌헬름의 설명이 연거푸 몰아쳤다.

검귀는 『탐욕』에게 쓰러졌다는 영웅의 이름을 입에 담고, 그 눈에 복잡한 감정을 드리웠다. 그 반응을 스바루가 알아채자 빌헬름은 눈을 감았다.

"쿠르간과는 여러 번 검을 주고받은 관계였습니다. 국가 간의 전쟁을 회피하기 위해 양국이 대표로 대리 결투를 시킨 적이 있어서, 그때에. ――그자는 훌륭한 고수였습니다. 여덟 개 있는 팔 중 여섯 개까지 베어내고, 대신에 저는 배를 꿰였지요. 피차 빈사여서 무승부……. 결판은 한 번도 내지 못한 채 끝나고 말았습니다만."

"스리슬쩍 장렬한 옛날이야기가 나왔다……!"

검귀의 현역 시절 에피소드는 솔직히 상당히 라이트노벨 같아서 소년의 마음이 들썩인다.

자세하게 듣고 싶은 기분이지만, 아무리 스바루라도 호적수가 쓰러진 이야기를 하는 빌헬름의 묵은 상처를 헤집을 만큼 눈치가 없지는 않았다.

그나저나 『탐욕』 혼자만 따져도 그 까다로운 위력이 담긴 이야기는 스바루의 마음을 무겁게 했다.

"『나태』에 『탐욕』……. 그에 더해서 『오만』과 『색욕』과 『분노』라. 『폭식』이 빠졌다고 해도 앞일이 험난하단 수준이 아니겠어."

"――벌써 앞날을 내다보시는 것 같군요."

"어쩔 수 없이 말이지만요. 그래도 맞닥뜨릴 가능성은 꽤 높겠다 싶어요."

『나태』와의 격돌을 코앞에 두고 스바루는 그 앞에 펼쳐질 미래에 속을 앓았다. 피할 수 없는 페텔기우스와의 결전은, 마녀교와 결정적인 알력이 발생함을 의미하는 것이리라.

마녀교가 에밀리아를 적대시한다면, 다른 대죄주교와의 격돌도 반드시 찾아올 것이다.

"『탐욕』의 이야기만으로도 이미 충분히 속이 쓰리지만 말이야. 살려줘."

"확정되지 않은 미래의 이야기로 마음을 어지럽혀서 무안하군. ――지금은 아직 눈앞의 싸움에 집중해야 하겠지. 다름 아닌, 에밀리아 님을 위해서."

"안다고. 작전 실행 직전이라서 살짝 과민해졌을 뿐이야."

스바루는 달래는 율리우스에게 혀를 차고, 가도 정면으로 눈길을 돌렸다. 멀찍이 동쪽 하늘에서 동이 트기 시작해서, 어둑한 하늘 저편으로 고개를 내미는 아침 해가 얼핏 보이고 있었다.

이미 마녀교 토벌대는 메이더스령에 진입했다. 짐승을 타고 이동하는 토벌대의 사기는 높아서, 모두가 의기가 왕성하고 당당한 기세로 평원을 내달리고 있었다. 그 모습에서 스바루의 턱없는 『부탁』이 끼친 악영향은 눈에 띄지 않는다는 사실에 몰래 안도했다.

다만 그때 그 말은 틀림없이 스바루의 본심이었다. 토벌대에서 한 명도 빠지길 원하지 않는다. 마녀교를 상대로 희생자를 내서는 안 되는 것이다.

그러기 위해서 할 수 있는 일이라면 뭐든지 하겠다고 스바루는 다짐했다.

"그래도 중요한 작전에서 미끼가 되는 수준이 내 한계이지만 말이야……."

"무슨 말을 했나?"

"아무것도 아니거든! 별동대가 보험하고 잘 합류했을지 신경 쓰였을 뿐이야!"

"아아……. 걱정할 건 없겠지. 그쪽도 본인들의 역할은 숙지하고 있을 거다. 우리와 그들의 보조가 틀어지면 작전은 파탄 날 수 있지. 네가 불안해하는 것 이상으로, 모두가 확실하게 자기 역할을 알고 있어."

화제를 돌리려는 방편에서 생각지도 못하게 굳센 대답이 나오는 바람에 스바루는 대답하기 곤궁해졌다. 대답한 율리우스는 신경 쓰는 기색도 없어서, 도리어 스바루는 자신의 치졸한 부분을 의식했다.

단, 그 부분을 다듬기도 전에 정면에 보이는 풍경에 변화가 발생했다.

"──보이기 시작했군."

"응."

경치의 변화에 시선을 준 율리우스가 중얼거리자 스바루도 끄덕였다.

아침을 맞이하는 가도 저편에 흐릿하게 보이기 시작한 것은 푸른 나무들──. 드넓은 평원이 끝나면서 로즈월 저택 및 아람 마을을 둘러싼 대삼림의 입구가 모습을 드러낸 것이다.

그것은 마녀교와의 총력전과 밉살스러운 미치광이를 다시 볼 기회를 맞이했음을 의미한다.

"──."

백경과의 싸움 전에도 있었던, 가슴속이 옥죄는 듯한 긴장감. 몇 번 맛봐도 편히 느낄 일이 없을 그 고통에 스바루는 주먹으로 명치를 눌렀다.

이를 드러내고, 약한 마음을 내쫓는다. 영혼을 다독이듯이 웃고 나서 내뱉었다.

"매번 있는 일이지만, 승부하자고. ──덤비시지, 운명님."

4

"으, 차, 차……."

땅에 떨어진 풀잎의 감촉을 발바닥으로 느끼면서 바닥 사정이 좋지 않은 길을 신중하게 밟고 이동한다.

진창과 나무뿌리를 밟으며 스바루가 나아가는 곳은 어둑어둑한 숲이었다. 머리 위를 보면 나뭇잎 틈새로 파란 하늘과 태양이 엿보이고, 불어오는 바람은 습기를 띠고 있었다. 미지근한 바람은 이마에 맺힌 땀의 냉기를 느끼게 했다. 스바루는 손등으로 땀을 닦고 숨을 크게 내뱉었다.

──스바루는 지금 숲 속을 고립무원 상태로 걷고 있다.

바람이 스치고 지나간 스바루는 함께 가도를 지나친 동료는 커녕 타고 있던 파트라슈마저 데리고 있지 않았다. 무기도 없이 빈손으로 걷는 모습은 참으로 미덥지 못했다.

"파트라슈는 두고 왔다고. 이 싸움에는 따라오지 못할 것 같아서 말이지."

희미하게 웃으며 그렇게 뇌까린 스바루는 살짝 숨을 헐떡이고 있었다.

이미 바닥이 고르지 않은 숲 속에서 상당한 거리를 걸었다. 홀쭉한 나무 사이를 지나면서 바닥에 떨어진 나뭇가지를 밟아 부러 뜨리고, 넘어지지 않도록 주의하며 이끼투성이 비탈길을 올라갔다. 길 아닌 길은 짐승길이라고 부르는 것마저도 망설여졌다. 오로지 순수한 험로만이 스바루의 앞길을 방해하고 있었다.

이렇게 이 숲을 걷는 것은 스바루에게 세 번째였다.

첫 번째도, 두 번째도, 누군가를 안고서 걸었다. 그때보다 몸이 훨씬 가뿐할 텐데도 지금 발걸음을 훨씬 더 무겁게 느끼는 이유는 뭘까.

"세 번이나 반복하는, 자신의 미련함에 질렸기 때문이려나. 세 번째는 유유자적 빈손으로 돌아가고 싶은걸. ……엇차."

중얼거리며 흉흉한 빛깔을 띤 버섯을 뛰어넘은 순간, 별안간 분위기가 바뀌었다.

백경이나 엘자와 대치한 것처럼 긴박감에 몸이 떨리는 감각과는 다르다. 피부에 들러붙는 듯 불쾌함을 동반하는 지금 분위기는 의식하지 않았던 땀의 느낌을 억지로 실감하게 했다.

"왔군……. 뭐랄까, 조용한 방구석에서 갑자기 바퀴벌레를 봤을 때의 감각이야."

검은 해충과 조우했을 때, 이따금 먼저 움직이는 쪽이 『죽는다』고 확신할 수 있는 정체불명의 심리전이 발생할 때가 있다. 시간이 무한하게 연장되는, 영원을 연상하게 하는 초감각이다.

그때의 감각과 비슷한, 명백하게 꺼림칙한 공포가 온몸을 훑고 있었다.

문득 눈에 힘을 주고 집중하니, 오른쪽이나 왼쪽이나 비슷한 숲 풍경이다. 하지만 언젠가 본 적이 있는 감각을 느꼈다. ──아니다. 진실로 낯익은 경치인 것이다.

"이만큼 길도 아닌 길을 걸어서 매번 도착했다고. 방향 감각이라고 해야 할지 요행이라고 해야 할지, 너무 예민해서 가볍게 웃음이 나오는데."

아니면 사악한 냄새를 맡는 코가 밝아졌다고 해야 할까.

대(對) 마녀교 전용으로 단련된 사냥개──. 그렇게 부르면 볼품도 있겠지만, 개는 개여도 여태까지 전전전패(全戰全敗)한 개다. 그 직함도 이번에 반듯하게 반납해 주고 싶다.

"──마중 나오느라 수고했다."

스바루는 정면의 어스름에 시력을 집중하고 노고를 치하하는 말을 입에 담았다.

물론 그 말에 액면과 같은 친근감은 눈곱만치도 없다. 하지만 그 말을 들은 자들에게도 그걸 신경 쓸 인간성은 털끝만큼도 없다. 새삼스럽지만 저들의 정체는 무엇일까.

"그쪽은 물어봐도 대답해 주지 않겠지. 마녀교도."

"——."

스바루를 빙 둘러싼 것은 어둠에 동화한 흑의를 두른 복수의 인영이었다.

세계에서는 어느새 바람 소리가, 벌레 소리가 사라져 있었다. 그들이 등장할 때 나타나는 은근한 징후다. 그 전조만 이해하면 갑작스러운 조우에도 놀랄 일이 없다.

있는 건 자리에 안 맞는 안도—— 노린 대로 조우할 수 있었다는 엉뚱한 안심뿐.

"나오자마자 미안한데, 자세한 이야기는 너희 두목에게 듣겠어. 그러니까 방해하지 마."

"——."

"솔직히 모르는 일뿐이라서 썩 좋은 기분은 아니다만, 아마 서열상 내 쪽이 위인 거 맞지? 부탁하자고."

그렇게 말한 스바루는 손짓해 어디론가 흩어지라고 지시했다.

그러자 흑의인들은 스바루에게 경의를 표시하듯이 머리를 조아리고, 그 자세 그대로 미끄러지듯이 다시 어둠 속으로 녹아들었다. 이것도 예상한 바와 같은 반응이다.

복잡한 속내지만 그들 마녀교도는 스바루에게 적의를 품고 있지 않다. 먼저 해칠 뜻을 드러내지 않는 한, 아니면 페텔기우스의 지시가 없는 한, 스바루를 덮치려 하지는 않는 것이다.

도대체 어떠한 사정에 따른 판단인지는 알고 싶지도 않지만.

"아예 짐 싸서 고향으로 돌아가라……라는 명령까지 들어주면 편할 텐데."

깊이 탄식한 스바루는 그렇게까지 편할 리는 없으리라고 어깨를 축 늘어뜨렸다.

어쨌든 목적지가 가까운 건 분명하다. 주변은 본 적이 있는 경치로 변했으며 마녀교의 척후로 보이는 이들과도 조우했다. 나머지는 기억이 나는 대로 숲을 나아가면 그만이다.

자신의 숨결과 흙을 밟는 발소리만이 고막을 지배했다. 마치 한없이 이어지는 어둠 속을 걷는 착각마저 맛보았으나, 그 착각은 금방 끝났다.

"――오."

눈앞을 가로막는 나무들이 트이고, 스바루의 시야에 단애절벽의 암석지대가 날아들었다.

높이 깎아지른 바위벽이 정면에 펼쳐지고, 거대한 발톱 자국이라도 새겨진 것처럼 숲이 느닷없이 끊겼다. 벼랑 밑에는 큰 바위가 여럿 있는데, 그중 유달리 큰 바위 뒤에는 마녀교가 잠복 중인 동굴이 숨겨져 있다. 안에는 악의가 서린 집단이 잔혹한 계획의 준비를 진행하고 있을 것이다.

그러나 이번에는 동굴 안에 항의하러 쳐들어갈 필요는 없어

보였다.

왜냐하면——.

"——기다리고 있었습니다. 총애의 신도여."

두 팔을 벌리고 광기와 환희의 세계에 잠긴, 법의 차림의 남자
가 마중을 나와 있었기 때문이다.

홀쭉한 뺨에 움푹 파인 눈구멍. 심녹색 두발과 흙빛 피부는 건
강하지 못한 빛깔을 띠고 있고, 검은 법의에서 나온 손발은 시
든 나무처럼 가늘고 허약하다. 나이가 30대 중반쯤 되어 보이
는 풍모지만, 전체적으로 생기가 쇠락한 외견은 50대라고 해도
놀랄 게 없었다.

다만 형형하게 빛나는 두 눈만이 압도적인 광기와 함께 스바
루를 바라보고 있었다.

"저는 마녀교, 대죄주교『나태』담당—— 페텔기우스 로마네
콘티……입니다!"

내민 혀끝으로 침을 흘린 광인(狂人)—— 페텔기우스가 낄낄
웃으면서 스바루를 환영하듯이 소리 높여 이름을 밝혔다.

5

깊이 묵례한 뒤 홍소하는 광인에게 환영을 받은 스바루는 자
기 가슴에 손을 얹었다.

원수 페텔기우스를 앞둔 스바루는 자신이 매우 침착하단 사실을 깨닫고 있었다.

"신기한 노릇이야……."

그토록 미워하고, 그토록 죽이고 싶다며 저주하고, 모든 원흉이라고 증오했던 적이다.

아마도 자신의 짧은 인생 속에서 이 남자만큼 미워한 상대는 존재하지 않을 것이다.

반드시 그 목을 이 손으로 꺾어 주겠다고 기염을 토했을 터였다. 그런데 그처럼 악마같이 흉악한 얼굴을 앞두고 지금의 스바루가 품은 감상은 안도감이었다.

"환영합니다. 총애를 받은 사랑의 아이여! 훌륭하도다……. 아아, 훌륭하도다아아아! 그 몸에 두른 사랑은 어찌나 깊단 말인가! 그 몸을 감싸는 사랑은 어찌나 드높단 말인가! 그 몸을 안는 사랑은 어찌나 뜨겁단 말인가! 감동스럽습니다! 압도적인, 감사인 겁니다!"

그런 감개를 느끼고 있는 스바루 앞에서 페텔기우스는 빨리도 발광 중이었다. 머리카락을 흩트리고 쥐어뜯는 손등에서 피를 흘리며, 광인은 감격에 겨워 격정을 참지 못하고 있다.

첫 번째는 공포로, 두 번째는 적의로 그 광태를 보았다. 그리고 세 번째인 지금. 스바루는 간신히 혐오라는, 인간으로서 당연한 감정을 품고 미치광이 앞에 서 있었다.

페텔기우스의 본질은 결코 일반인과는 상종할 수 없는 것이라고 확신하면서.

"——."

무심코 얼굴이 굳을 뻔해서 스바루는 크게 심호흡했다. 그렇게 마음을 가라앉히고는 페텔기우스를 향해 가볍게 손을 든 뒤 "여어." 하고 최대한 우호적으로 웃어 보였다.

"생각하지도 못한 환영을 받아서 황송한데. 당최 그 총애란 것의 실감이 안 나는 판국이다만."

"그럴 만도 하지요! 많은 이들에게 시작은 갑작스러운 겁니다! 누구나 어느 날을 경계로 자신이 『사랑받고 있다』는 사실을 깨닫습니다. 그리고 한번 깨닫고 나면 이미 그 사랑을 놓을 수는 없는 겁니다. ——그래요, 사랑이야말로 전부이니 말입니다!"

말을 꺼낼 단서를 찾은 스바루에게 페텔기우스는 희희낙락 설파했다. 피로 물든 두 팔을 벌리고 한결같이 광적으로 사랑을 칭송한다. 지독하게 삐뚤어지고 곧은 사랑을.

"사랑에! 주어진 사랑에! 저는, 저희는, 근면함으로써 응해야만 하는 겁니다! 따라서 시련, 시련을 내립니다! 이 세계, 이 시간, 이 제가 마녀의 총애를 받은 것에 의미를 찾아내기 위해서! 사랑에, 사랑에사랑에사랑에사랑에사랑에에에에!"

"나태하게 있을 순 없는 거지. 그 사랑에 성실하게 보답하기 위해서, 근면해야지."

"그 말이, 맞습——니다!!"

스바루가 이야기의 큰 틀을 집어 이해한 척하자 페텔기우스가 감격한 얼굴로 웃었다.

이해고 찬동이고, 말도 안 되는 소리다. 허울만 가지고 말을 맞추는 스바루의 속셈을 간파하지 못한 이상, 그 말이 알맹이 없는 망언임은 틀림없다. 사실은 지금 당장 대화를 끝내고 싶었다.

"아— 응, 저기, 난 지금부터 어떡하면 돼? 댁들과 합류……하면 되나? 그 밖에도 뭔가 수속이나 인감이 필요한 서류는 있어? 도장 없는데, 지장도 돼?"

그러나 스바루는 솟구치는 혐오감을 꾹 참고 페텔기우스와 마주섰다.

——조금이라도 대화를 더 오래 끌어서 이 미치광이로부터 유용한 정보를 끌어내기 위해.

"흐, 음……. 그 의지, 그 의견, 그 의향은 참으로 환영……합니다만."

타산적인 스바루의 양보에 페텔기우스는 마녀의 향을 확인하듯 코를 킁킁거렸다. 그리고 미치광이는 황홀한 웃음과 함께 두 손을 뻗어 아직 건재한 열 개의 손가락을 스바루에게 내보였다. 앙상하게 시든 나뭇가지 같은 손가락이 떨렸다.

"이 자리에서 제 『손가락끝』에 들이기에는 당신에게 주어진 총애는 너무 진합니다……. 이 향긋한 마녀의 사랑, 도대체 어느 정도나 되는 존재인 걸까요. 『분노』라면 필시 부러워할 이 총애……. 혹여 당신, 『오만』이 아닙니까?!"

"오만, 이면……."

"대죄주교의 여섯 자리 중, 『오만』만이 아직도 공석입니다! 마땅한 자가 나타날 때까지 당대의 대죄는 모이지 못한 것입니다만…… 마녀인자는 이미 다음 대의 『오만』에 이르렀을 터.

──당신, 『복음』은 받았겠지요?"

한 발짝, 페텔기우스와 스바루의 거리가 줄어들었다.

목을 90도 기울인 페텔기우스의 물음에 스바루는 당혹해할 수밖에 없었다.

대죄주교의 『오만』이 공석이라는 정보는 솔직히 낭보다. 하지만 대신에 그 자리는 스바루 것이 아니냐는 의심 또한 받고 있다. 자청하기는 쉽지만 자청해도 되는 것일까. 자청했을 때 페텔기우스가 어떻게 반응할지 전혀 예상할 수 없다는 게 난점이다.

그렇다고 놈이 이야기하는 『복음』이라는 게 무엇인지도 미지의 질문이다. 마녀교 사이에서만 통하는 은어일까, 아니면 모종의 떠보기일까. 전자라면 신입 마녀교도에게 친절하지 못한 건데, 그렇다고 이 광인이 후자 같은 심리전을 쓸까?

"어어, 저, 그게, 말이지……."

자칫 섣부르게 말할 수는 없고, 그렇다고 침묵하고 있어도 의혹만 살 뿐이다. 극한의 긴장감 속에서 스바루는 딱 한 번 세게 눈을 감았다.

감은 눈꺼풀 속에서 스바루가 지켜야만 하는 얼굴이 여럿 떠올랐다.

──그것만으로도 각오는 섰다.

"복음은 제쳐두고, 그 『오만』 말인데…… 성격 더러운 게 조건이 아니라면 짐작이 안 가거든. 다만 관심은 있으니 조금만 더 자세하게 듣고 싶어. 대죄주교에 대해서나…… 그리고 시련에 대해서나."

실마리가 흐릿한 『복음』 건은 뒤로 미루고 스바루는 광인의 발언에 편승했다. 명료하지 못한 점이 많은 대죄주교 관련 사항과 페텔기우스가 여러 차례 주워섬긴 시련에 관해.

시련——. 그 실상은 필시 이번 습격 계획 자체다. 그 자세한 내막을 알 수 있으면, 잘 풀려서 잠복하고 있는 『손가락끝』이 있는 곳이 판명되면 정보 수집은 완벽하다. 당연히 캐묻는 질문에 페텔기우스가 격분할 가능성은 있지만, 그건 새삼스러운 경계였다.

경망스러운 어조와 정반대로 스바루는 개전의 각오까지 굳히고 물음을 던졌다. 그 말에 광인은 천천히 자신의 오른손 손가락을 입 안에 찔러 넣었다.

"——뇌가, 떨, 린다."

어금니가 엄지를 깨물어 터트리고, 둔탁한 소리와 함께 선혈이 페텔기우스의 입 끝에 흘렀다.

그 잠긴 중얼거림에서 떨림이, 조금 전까지 서려 있던 광희가 모조리 사라졌다. 공허한 눈초리는 스바루의 공포심을 불러일으켜서 심장박동이 빨라졌다. 심장이 크게 펄떡여 가슴뼈가 안쪽에서 두드려 맞는 아픔마저 느껴졌다. ——그런 스바루 앞에서 페텔기우스는 입에서 손가락을 빼고 말했다.

"시련에 대해서…… 네, 상관없는 겁니다."

"——."

"가도의 봉쇄 정보가 각지에 퍼지는 데에도 아마도 아직 시간이 걸릴 터입니다. 시련의 시작도 마찬가지로—— 시간은, 아직 남아 있으니 말입니다."

불온 그 자체였던 태도에 반해서 페텔기우스의 말은 배움에 열성적인 스바루에게 오히려 호의적이었다. 그 반응에 뺨이 푸들거리지 않게 고심하며 스바루도 웃음을 지었다.

"허어……. 가도의 봉쇄라. 그거, 무슨 농간이라도 부렸어?"

"간단한 것입니다. 『안개』랍니다. 이 말만으로도 설명은 충분할까 싶습니다만."

"——아아, 충분해."

간결한 페텔기우스의 대답에 스바루도 짤막하게 대꾸했다.

가도의 봉쇄와 『안개』의 관련성을 암시하는 발언. 그건 백경과 마녀교의 관계를 뒷받침하는 증언이다. 더불어서 지금 대화로 페텔기우스의 귀에 백경이 토벌됐다는 정보가 도달하지 않았다는 사실도 확신할 수 있었다. ——놈들은 스바루를 비롯한 토벌대의 존재를 눈치채지 못했다.

"그나저나 안개로 가도를 봉쇄해서 방해꾼을 없애고 시련이라 이거군. 제법 허투루 보지 못할 수법인데, 페텔기우스 씨."

"네, 시련은 신성하며 불가침한 것입니다! 어떠한 곤경일지라도 온갖 어려움을 헤치고서 임해야 사랑에 불성실하지 않은 법입니다! 그래, 사랑에! 주어진 사랑에! 내려받은 사랑에! 저희는 응해야만 하는 것입니다!"

"으어!"

시련에 관한 발언과는 별개로 사랑에 대한 지론에 불이 붙은 페텔기우스. 허리를 젖히며 눈을 까뒤집고 혀를 내민 광인은,

한마음으로 하늘을 노려보고 보이지 않는 뭔가를 갈구해서 눈물을 철철 흘렸다.

그 광적인 반응에 스바루는 흠칫하지만 페텔기우스는 아랑곳하지 않으며 그만두질 않았다.

"모든 것은 사랑에, 사랑에 목숨을 버리는 것입니다! 존재 그 자체가 발칙한 은색의 반마(半魔)에게, 얼마나 죄 많은 삶인지 묻고! 죄업을 짊어지기에 충분한지 시련을! 그래, 시험해야만 하는 겁니다! 나태하지 않고 근면할 수 있는지! 누구보다 앞서서 제 손으로, 말입니다!"

"죄를 묻고, 죄를 짊어질 수 있는지 시험한다……. 그것이 시련?"

"그러기 위한 시련! 그러기 위한 대죄! 대죄주교! 따라서 시험을 받아야만 하는 것입니다! 시험을 받지 않으면…… 마녀인자를 수용해 그릇에 마땅하도록 존재할 수 있을지 없을지——."

광란에 지배되면서 페텔기우스는 자신의 법의 안으로 팔을 집어넣었다. 그리고 뒤지는 손끝이 끄집어낸 것은 책등이 검은, 작은 책이었다. 원래 세계의 사전만 한 크기일까. 그 책을 요령껏 한 손으로 펼친 페텔기우스는 핏발 선 눈으로 페이지를 훑어보았다.

"복음에 적힌 제 역할, 그것이야말로 이루어야만 하는 사랑의 표식! 당신이 『오만』이라면 제 이 앙분하는 심정을 이해할 수 있을 터입니다! 저희 대죄 이름을 단 죄인이 한 번에 자리를 모두 메우는 건 그야말로 수백 년만의 일이니 말입니다!!"

"기다려! 아직 『오만』과 마녀인자 이야기가……."

"──복음의, 제시를."

"──큭."

광란이 다시 수그러들고, 느닷없이 찾아든 산들바람이 출렁이는 감정을 무작정 억눌렀다. 스바루는 그 변화에 따라가지 못하고 다가드는 페텔기우스에게서 무심코 물러서고 말았다.

그런 스바루의 반응에 페텔기우스는 열광이 사라진 눈 그대로, 목을 90도 기울이고 다시 입을 열었다.

"복음의 제시를. 총애의, 증거를──."

말과 함께 광인은 피로 물든 오른손을 스바루에게 내밀어 공범자의 증거를 요구했다. 무사한 왼손은 사랑스럽게 책을 만지고 있다. 그 행동과 태도에 스바루는 이해했다.

──저 책이, 『복음』이다.

그리고 그 확신을 긍정하듯이 페텔기우스는 복음서를 스바루에게 들이밀었다.

"제 복음서에 당신에 대한 서술은 없는 겁니다. 그렇다면 당신은 대체 어찌하여 이곳에 나타나고 찾아와서 어떠한 복을 제게 불러들이는 것입니까?"

"아아! 그 책의 제목이 『복음』이구나! 그렇군, 그래. 알겠습니다 알겠어요. 아니, 그렇다면 그렇다고 말해 줘야지."

결정적인 결렬을 목전에 두고 스바루는 과장스럽게 가슴을 쓸어내리면서 품속에 손을 집어넣었다. 당연히 안에는 책은커녕 종잇조각 하나 없다.

"——."

그런 스바루의 팬터마임에 페텔기우스의 동공이 슬며시 가늘어졌다. 광기로 채워진 두 눈을 본 스바루의 뇌리에 파멸의 카운트다운이 표시됐다. 숫자는 비정상적인 속도로 진행되어 머잖아 파탄이 찾아올 것이다.

따라서——.

"이크, 일 났다. 미안미안."

"뭡니까?"

"내 『복음』 말인데, 그 왜 그거야. ——냄비받침으로 써서 지저분해진 바람에, 더러워서 버렸어."

——따라서 여기가 분수령이다.

스바루는 말을 더 이상 끌기는 불가능하다고 판단해 즉각 대화를 접었다.

그 스바루의 약 올리는 대답이 귀에 들어간 순간, 페텔기우스의 표정이 얼떨떨해졌다. 하지만 광인의 머릿속에서 그 발언은 금세 모욕으로 변환되고, 표정이 흉악하게 변모했다.

"총애의 증거! 나태한 권능! 『보이지 않는 손』!!"

파충류 같은 얼굴로 절규하고 광인의 그림자가 폭발했다. ——아니, 폭발하는 것처럼 그림자가 부풀어 올라 여러 개의 검은 팔로 변해서 하늘을 향해 뻗은 것이다.

그것은 인체를 쉽사리 파괴하는, 보통 사람은 볼 수 없는 마수(魔手).

손바닥은 드높이 날아올라 목을 쳐든 뱀처럼 스바루를 겨냥한다. 마수의 검은 그림자가 채찍처럼 휘며 급가속한 끝부분이 지상으로 손끝을 겨누었다.

그 검은 손끝이 닿는다. ──그 직전에 스바루도 크게 그 자리에서 몸을 돌리고 있었다.

"전에도 말했다. ──보이면, 못 피할 수준은 아니라고!"

"뭣이지요──?!"

말한 건 지난 번 이야기라 페텔기우스에게는 사실무근의 트집이다. 그러나 광인에게 스바루의 발언을 흰소리라고 잘라낼 여유는 없었다.

도합 일곱 개인 칠흑의 손바닥이 스바루의 사지를 뜯어내려고 쇄도했다. 하지만 스바루는 발 디디기 좋지 않은 암석지대 위에서 빈말로도 화려하다고는 못할 발놀림으로 그것을 뛰어넘어 피했다.

뒤로 펄쩍 뛰어 정면에 있는 페텔기우스와 약간이나마 거리를 벌렸다. 검은 손바닥의 사거리에서 벗어나기 위해서── 그리고 반격을 방해하지 않게끔.

"당신, 지금, 제『보이지 않는 손』을──."

"내 쪽에 주목하고 있을 때가 아니거든?"

필살의 권능을 대응당한 페텔기우스는 입에 거품을 물고 소리를 지르려 했다. 스바루는 그 말을 가로채며 광인의 등 뒤를 손가락으로 가리켰다. 그곳에서 반격의 봉화가 올랐다.

"와──!" "하──!!"

겹치는 짐승의 울부짖음이 대기를 명동시키며 파괴의 충격파를 대지에 불러일으켰다.

바위가 깔린 지면을 까뒤집고 흙먼지가 바람에 휘감기며 터쳐 올랐다. 갈라진 땅이 거미집 모양의 균열을 대지에 만들고 단애 절벽이 파헤쳐져 붕괴가 발생했다.

"아닛——?!"

돌아본 페텔기우스가 경악성을 지르고, 착지한 수인 남매의 합체기에 눈이 휘둥그레졌다.

하얀 로브 자락을 나부끼며 팔다리를 내지르고 포효한 것은 미미와 티비 남매였다.

두 사람은 스바루와 대치하고 있는 페텔기우스 뒤에 착지해, 광인을 무시하고 깎아지른 벼랑에 포효파(咆哮波)를 때려 박았다. 그 결과, 격렬한 충격파는 암벽을 파쇄. 터져나간 바윗덩이가 눈사태처럼 흘러내려 은닉하고 있던 마녀교의 집회장을 입구와 함께 찌부러뜨렸다.

바윗덩이와 토사가 수북이 쌓여 천연의 동굴은 즉석 무덤으로 돌변했다.

"생매장 최고군. ——네놈들이 저질러왔던 일, 괴로워하며 후회해라!"

가운뎃손가락을 세우고 사납게 이를 드러내며 욕설을 내던지는 스바루.

분진이 피어오르고 붕괴의 충격이 발밑에 땅울림으로 전해지는 가운데, 입구를 뭉개서 모조리 묻어버린 마녀교도의 명운은 말할 필요도 없다. 그 참상에 페텔기우스는 하늘을 우러렀다.

"이 무슨…… 이 무슨, 일입니까……!"

광인은 목울대를 울리고 머리를 쥐어뜯으면서 피눈물을 흘리기 시작했다. 거친 동작에 머리카락이 뜯기고 두피에서도 유혈을 일으키면서 페텔기우스는 격정으로 발을 굴렀다.

"제 손가락을…… 이다지도, 무참하게, 무자비하게, 무질서하게, 무작위하게, 무덤덤하게, 무의미하게, 죽이고 살해하며 멸살하다니…… 아아, 아아! 뇌가, 떨린다다다다!"

"으히— 저 아저씨 뭔가 무서워라—!"

"마녀교도는 다들 저런 법이라고 생각한다요, 누나."

어린애의 발작을 악질적으로 만든 것 같은 페텔기우스의 모습에 미미와 티비 남매가 소름 끼친다는 얼굴로 감상을 교환했다. 물론 이 자리에 두 사람이 난입한 것은 우연도 기적도 아니다. 작전대로 약속한 스바루를 위한 원군이다.

기적을 지우고 동행한 두 사람이 스바루의 신호에 맞추어 마녀교의 아지트 입구를 막았다. 이로써 적은 페텔기우스 단독. 압도적으로 스바루 일행의 우위다.

"……아아, 그렇, 군, 요. ──좋, 습니다."

그러나 한바탕 눈물을 흘리길 마친 순간, 페텔기우스는 차분하게 그렇게 중얼거렸다.

광인은 천천히 스바루 일행의 얼굴을 순서대로 바라보고, 온화하게 웃었다. 웃고 나서──.

"좋, 습니다. 좋은 겁니다. ──그러면, 좋은 겁니다! 아아, 좋아! 좋습니다! 니다니다니다니다니다니다니다니이이이다아아아!!"

"흐엑."

말하다가 기분이 북받쳐서 광인의 목소리가 뒤집히자 미미가 어깨를 들썩거렸다.

페텔기우스는 오로지 섬뜩한 혐오감만이 치미는 광태를 드러내며 양손의 손가락을 한꺼번에 입 안에 찔러 넣었다. 그리고 손가락 끝을 순서대로 깨물어 터트리기 시작했다.

열 개. 모든 손끝이 터지자 페텔기우스는 어마어마한 양의 피를 흘리면서 부르짖었다.

"좋습니다. 알았답니다! 합시다. 하기로 하는 겁니다! 저와 당신 중 어느 쪽이 총애에 어울리는지, 경쟁할 때인 겁니다! 사랑에, 그래, 사랑에에에에!"

"……신이 난 판국에 미안한데 말이야."

손톱 끝으로 지면을 때리면서 미미와 티비를 무시하고 스바루에게만 선전포고하는 페텔기우스. 그런 광인에게 스바루는 전의와는 거리가 먼 표정으로 어깨를 으쓱였다.

"무엇입니까?! 지금! 바야흐로! 저는! 이번 시련에 사랑으로 임하──!"

"──네 상대는, 다른 사람한테 맡겨뒀어."

페텔기우스가 피 범벅된 손가락을 들이대면서 말을 더욱더 격화시킬 때, 스바루는 말했다.

그 대답에 페텔기우스가 눈을 부릅뜨고, 의문 어린 소리를 지르려던 순간──.

"츠아아아아앗——!!"

머리 위에서 터진, 찢어지는 기합에 페텔기우스는 고개만 번쩍 들었다.

그 몸통을 대각선으로 떨어지는 칼날이 양단——. 검귀의 참격이 광인을 베어버렸다.

제2장 『──싸워라』

1

──시간은 마녀교 대책 회의의 종료 직전으로 되돌아간다.

"맞아! 중요한 이야기를 깜빡했다!"

스바루가 손뼉을 친 것은 스바루의 『부탁』 발언이 토벌대에 말할 수 없는 분위기를 초래한 직후── 이제 막 메이더스령으로 출발하자고 기세를 높이던 순간이었다.

빼먹은 설명은 없다고 호언장담했다가 곧장 철회해서 민망하기는 해도, 가장 중요한 부분을 소홀히해서는 안 된다고 생각한 스바루는 전원을 불러 세웠다.

"원숭이라도 할 수 있는 마녀교 사냥 작전 말인데, 핵심인 대죄주교…… 그 자식을 공격하는 멤버만은 엄선하고 싶어."

"엄선?"

"어. 대죄주교를 해치울 수 있을지 없을지가 이 작전의 성패를 쥐고 있는 판이니까. 구성원은 베스트 멤버를 뽑고 싶어. 구체적으로는 빌헬름 씨와 『철 어금니』에서 은밀 행동력에 자신

있는 녀석이 좋아. 아, 대죄주교를 직시해도 괜찮다는 조건을 달아서."

그런 스바루의 조건에 빙 둘러앉은 자세에서 일어나던 이들은 일제히 눈썹을 찡그렸다. 그들의 표정 변화는 당혹이고, 우려이며, 불안이고, 옆 사람의 이상한 얼굴을 흉내 냈을 뿐인 등 개개의 차이는 있지만, 총합해서 『의혹』이란 한마디로 정리할 수 있는 것이리라.

이는 당연한 반응이다. 스바루는 설명하고자 머리를 긁으면서 말했다.

"어— 그게 말이지. 아까도 말했듯이 작전 자체는 『나로 마녀교를 낚는다』는 심플한 거야. 그것 자체는 백경과 같은 방식이면 되지만…… 아무래도 낚인 뒤의 반응까지 마수랑 똑같기를 기대하긴 힘들다는 거지."

"아— 그야 그렇겠네. 백경은 스바루의 냄새에 제정신을 잃었지만, 마녀교도는 마수와 다르게 그렇게까지 끄악—하게 되진 않으려냥."

"끄악—해지면 해지는 대로 난 대체 진짜로 뭐냐는 이야기가 되니까……. 그래서 이상적인 건 내가 떡밥이라고 들킨 순간에 기습으로 해치우는 것. 대죄주교만은 확실하게 해치워야 하고, 그걸 중시한 결과가 아까 말한 조건이란 거야."

페리스의 이해에 수긍한 스바루는 설명을 매듭지었다. 그러자 그 제안에 주위 반응은 좋지 못해서 난색을 표하는 얼굴이 많았다. 유난히 탐탁치않은 표정을 지은 건 이를 드러낸 리카드였다.

"기둘리라 기둘려. 그라믄 뭐꼬. 우리네는 본판에서는 볼 일 없다고 치우는 기가. 이렇게까정 분위기 띄워놓고 그러코롬 잔인한 법이 어데 있노. 그래는 안 된다. 내는 못 들어."

"그래서 지금 이야기하겠다니까. 그리고 어디까지나 대죄주교 쪽만이야. 『나로 낚시』 작전은 열 군데에서 할 필요가 있어. 네 차례도 얼마든지 있다고."

스바루는 무리 안에 끼어든 리카드를 어떻게든 설득하려고 최선을 다해 말했다.

"다른 마녀교도를 얕보는 건 아닌데, 대죄주교만은 이야기가 별개야. 그놈에게만은 확실하게 판을 짜두고 싶거든."

"만전을 기한다는 뜻이군. 그 생각에는 찬동하지만, 인선의 이유는? 물론 빌헬름 님께 불만이 있는 건 아니다만."

뚱해진 리카드를 설득하는데 이번엔 율리우스가 참견했다. 율리우스는 눈을 감고 있는 빌헬름을 흘깃 보고, 자신의 홀쭉한 기사검을 만지면서 스바루를 보았다.

"처음부터 선택지에서 벗어난 건 납득할 수 없어서 말이지."

"불만은 없다면서, 불만이 철철 넘치는 얼굴이잖아……."

핵심인 대죄주교와의 결전에서 벗어나는 흐름에 율리우스는 정면으로 반론했다. 그 때문에 의견이 충돌하는 두 사람의 모습에 페리스가 스바루의 어깨를 두드렸다.

"저기 있지, 스바루쿵. 만약 아직 율리우스에게 응어리가 있다면……."

"그게 아니니까 억측하지 마라. 그 점은 내가 설명이 부족했으니 미안하다마는."

"그렇게 저열한 의심은 하지 않아. 그 가능성이 머리에 스치지 않았다고까지는 말하지 않겠지만…… 너를, 사소한 고집에 얽매여서 대국을 잘못 보는 인간이라고 생각하기는 싫다."

어디까지 진심으로 여겨도 될지. 어설픈 지시는 하지 말라고 다짐 받은 심정이다. 스바루는 사소한 고집에 얽매여서 대국을 잘못 본 과거를 반성하면서 손가락을 세웠다.

"대죄주교 『나태』의 마법…… 마법이 아닌가. 주술이든 정령술도 아니지만, 아무튼 놈에게는 특수한 능력이 있어. 그게 집단으로 밀어붙이는 게 싫은 이유 중 하나야."

"……특수한 능력? 뭐야옹 그거, 금시초문."

"굳이 말하면 눈에 보이지 않는 손을 몇 개씩 뻗어내는 능력일까. 예외를 제외하면 정말로 눈에 안 보이고, 맞으면 손발쯤은 간단하게 뜯겨나가. 사거리도 시야를 가득 채우는 수준이고."

"뭐어……?"

스바루의 꺼낸 황당한 이유에 아닌 밤중에 홍두깨란 기색으로 페리스가 놀라고 있다. 율리우스도 미간에 주름을 잡고, 크든 작든 놀란 감정이 토벌대를 지배했다.

──페텔기우스가 조종하는 『보이지 않는 손』은, 말 그대로 『눈에 보이지 않는』 위협이다.

그 악몽 같은 힘에 렘의 몸이 끔찍하게 유린당한 광경은 잊을 수 없었다. 그리고 그 위협의 위력은 대규모 난전 속에서야말로 종횡무진하게 미쳐 날뛸 것이다.

"그래서 숫자로 밀어붙일 수 없어. 희생자만 늘 뿐이야."

"아주 진지하게 말하고…… 있구나. 크루쉬 님께서 안 계시니 확인할 수 없지만."

"크루쉬 씨가 있어도 내 대답은 동일해. 그 능력이 『나태』 공략의 장벽이야."

진짜 속내는 그것만이 아니지만 스바루는 일부러 그것뿐이라고 단언했다. 그 말을 듣고 처음에 끼어든 율리우스는 고심하듯 눈을 내리깔고 물었다.

"참고하겠지만, 예외를 제외하고 보이지 않는다고 말했지? 그 예외란?"

"나."

"그렇군. 단순한 이야기야."

단순명쾌한 스바루의 대답에 율리우스 또한 단적인 대답만을 남겼다. 그대로 다시 율리우스는 사색에 잠기지만, 그사이에 다른 곳에서 손이 올라왔다.

"알아써—!"

그렇게 말하며 기운 팔팔하게 거수한 사람은 미미다. 그녀는 천진난만한 웃음과 함께 바로 옆에 있는 티비의 어깨를 잡고 크게 흔들면서 말했다.

"글면 있지— 미미랑 티비가 오빠 따라갈게—! 그래서 아저씨랑 같이! 이걸로 최강! 좋지? 가자?"

"누나는 또 갑작스럽습니다요……."

티비는 누나의 분방한 행동에 이골이 날대로 난 기색으로 반대하는 시늉도 안 하고 있었다. 그 입후보는 고맙지만, 조건에 맞아떨어지는지 심히 불안했다.

"안심해도 된데이. 미미는 날 빼믄 우리 아들 중에서 일단 머든다 할 줄 안다. 겉멋으로 부단장 맡고 있는 기 아니니께."

"정말로 믿어도 되는 거야? 수라장에서 깜빡 재채기할 듯한 성격이다만."

"그건 스바루큥도 남 말할 처지가 아니잖아. ……하아, 할 수 없지. 페리두 같이 가줄게. 그러면 조금은 마음이 편해지지?"

"진심이야? 그야 고맙지만, 괜찮은 거야? 솔직히 위험천만한 모험이라고."

"네가 할 소리인가……."

페리스의 선언에 스바루가 놀라자 그 대답에 율리우스가 눈을 동그랗게 떴다. 그 반응에 스바루는 "엉?" 하고 고개를 모로 꼬았지만, 거기에 율리우스는 아무 말도 하지 않았다.

그대로 율리우스는 스바루를 개의치 않고 페리스와 마주 섰다.

"빌헬름 님, 미미와 티비. 그리고 저 친구. 네게 맡기겠다, 벗이여."

"네네. 처음부터 크루쉬 님께 맡았구, 걱정 안 해두 된대두."

"그래도 말이야."

"……네네. 그럼 율리우스 몫의 걱정두 마음 한구석에 둘게."

쓴웃음을 짓는 페리스와 자못 심각한 표정으로 고개를 끄덕이는 율리우스. 친구 사이의 허물없는 마음과 신뢰가 동시에 존재하는 대화다. 솔직히 약간 부럽다.

어쨌든 고심한 결과, 율리우스도 수긍하기는 한 모양이었다.

"물고 늘어질 맘은 없어진 거냐?"

"대죄주교의 이능(異能), 눈에 보이는 사람이 너뿐이라면 어쩔 수 없지. 요컨대 인원이 늘면 피하라는 지시를 날릴 수 없어지는 거군."

"이해가 빨라서 고맙다."

역시 싸울 줄 아는 인간은 전술에 대한 이해가 빠르다.

스바루가 할 수 있는 『보이지 않는 손』 대책은 스바루 본인이 마수를 회피하는 것도 그렇지만, 그 이상으로 마수의 움직임을 간파해 다른 사람의 회피를 유도할 수 있다는 게 강점이다.

그리고 그건 소수일수록 작전으로서 잘 기능한다.

그것은 스바루가 페텔기우스와의 결전에 소수로 임하고 싶은 것이 『보이지 않는 손』이 다수를 상대하는 데에 유리한 이능이라는 점 이상으로 큰 이유다.

"그런 이유로, 빌헬름 씨는 가장 힘든 곳에 같이 와주셨으면 하는데요……."

율리우스와 리카드, 다른 일행에게서도 반대 의견이 사라졌을 즈음에서 스바루는 마지막까지 침묵을 고수하고 있는 빌헬름에게 이야기를 돌렸다.

지금까지 긍정도 부정도 않던 빌헬름은 그 쭈뼛거리는 확인에 눈을 떴다. 맑고 푸른 눈에 스바루를 비춘 검귀는, 그때까지 거친 회의 전부에 얽매이지 않고 고개를 끄덕였다.

"제 몸은 지금 스바루 님의 검입니다. 당신의 적을, 당신의 의지로 제가 벤다. ──그 길에 각오를 물을 필요는 없지요."

"──."

"마음껏 그 뜻을 관철하는 데에 사용해 주십시오."

한결같이 날카롭게 연마된 신뢰를 떠맡은 스바루는 경탄을 집어삼키고 끄덕였다.

돌아보니 서로 장난치는 새끼고양이 남매와, 어깨를 으쓱이는 페리스의 모습도 보였다. 그 등 뒤에는 율리우스와 리카드, 토벌대의 인원들이 중요한 국면을 스바루 일행에게 맡기려 하고 있었다.

그 반응을 보고, 스바루는 이제 불안이 없다고 힘껏 끄덕였다.

"역시 이 싸움── 우리의 승리군!"

2

"해치웠나?!"

무심결에 내뱉고 나서 스바루는 허겁지겁 자기 입을 손으로 막았다.

상황은 절벽을 앞에 둔 암석지대 중심, 시간은 날아든 빌헬름의 참격이 페텔기우스의 마른 몸을 등 뒤에서 비스듬히 베어 가른 순간이었다.

어깨부터 허리까지 깊숙이 베여, 치명적인 상처를 입은 광인의 자세가 크게 흔들렸다.

그러고도 페텔기우스는 마지막으로 그 눈을 번쩍 부릅떠 스바루를 노려보았다.

"설──."

하지만 광인이 종국에 무슨 말을 떠들려고 했는지는 영원히 알 수 없었다.

호를 그리며 피를 털어내고, 바람을 가르는 참격이 가로 일자로 내달렸다. 그 순간, 몸에서 절단된 페텔기우스의 머리가 피를 분수처럼 뿌리면서 가볍게 저편으로 날아갔다.

눈앞에서 인간의 목이 날아가는 광경에 스바루는 말문을 잃었다. 그러나 머리를 잃은 육체는 여전히 망집에 떠밀리듯이 시든 나무 같은 팔을 스바루에게 뻗으려고 했다.

"추태의 극치. ──깨끗하게, 여기서 스러져라."

검귀의 칼날이 죽은 몸의 발버둥질을 가차 없이 끊어냈다.

참격이 두 팔을 어깨부터 베어 날리고, 거두는 칼날이 몸통을 직격. 허리에서 몸통과 하반신이 눈물과 함께 이별하고, 고깃덩이가 된 광인은 창자를 까놓으며 땅바닥에 나동그라졌다.

피의 분출과 근육의 경련도 금세 멎고, 뒤에 남은 건 강렬한 죽음의 피 냄새뿐이었다.

이미 인간으로서의 존엄 같은 말을 하기에 마땅치 않은 장렬한 죽음의 광경에, 스바루의 목에 구역질이 치밀어 올랐다. 하지만 가까스로 밖으로 토해내는 것만은 참아냈다.

"끄, 끝난 거……지?"

"이걸루 안 끝났으면 마녀의 총애라는 헛소리를 페리두 믿을지 모르겠어."

조심조심 시체를 들여다보는 스바루의 말에 등 뒤에서 다가온 페리스가 대답했다. 이어서 꽁무니를 뺀 스바루 옆에서 흠흠 하고 주저 없이 시체를 검사했다. 그리고.

"당연하지만, 완전히 죽었습니다―. 왕도 최고의 치유술사가 보증할게."

"그렇…군……."

원형을 남기지 못한 시체는 인공적인 작품 같아서 오히려 현실감이 희박했다. 페리스의 말에 어린 안도감도 거들어, 스바루는 구역질이 멀어지는 걸 느끼면서 숲 쪽을 쳐다보았다.

핵심인 대죄주교는 계획대로 처리했다. 남은 건 숲에 있는, 페텔기우스의『손가락끝』이다.

"다른 사람들은…… 무모한 짓 안 하고 잘하고 있을까."

"스바루 님의 지시를 어기고 함부로 움직이는 병사들은 아니라고 봅니다. 부득이하게 전투가 발생했다고 해도 저쪽에는 리카드 경과 율리우스 경도 있습니다. 만약의 상황도 없겠지요."

날린 목을 확인하고 돌아온 빌헬름이 엄정하게 끄덕였다. 검귀의 보증은 든든하다. 든든하지만, 스바루의 불안은 좀처럼 가시지 않았다.

불안의 방향은 별동대―― 중간에 페텔기우스에 다다르기 전까지, 스바루의 존재에 이끌려서 나타난 마녀교도에 대처하는 동료들 쪽을 향하고 있다.

숲에 분산된 페텔기우스의 부하는 도합 열 그룹으로 예상된다.

중간에 조우한 두 『손가락끝』은 거점으로 돌아가도록 스바루가 명령해서 실제로 떠나는 장면을 확인했다. 놈들의 발걸음은 대표 자리를 꿰차지 못한 동료들이 쫓을 예정이어서, 잠복 장소만 파악──수적으로 우월해도 섣부르게 공격하지 말도록 엄명을 내렸다.

하지만 상대에게 발견됐을 경우, 교전은 피할 수 없을 것이다.

"그 경우의 돌발 상황이 정말로 무서워. 내가 짠 작전이니 분명히 구멍이……. 마녀교는 뭘 생각하는지 모르고, 예상외로 싸울 수 있는 놈이 많은 것도 무섭단 말이야……."

"네네, 작전을 제안한 인간이 불안해하지 말 것! 그리고 그 이야기, 겁먹은 스바루쿵이 자꾸 해서 슬슬 지겹거든."

이쪽이 정리되니 저쪽이 걱정된다. 스바루의 모습에 페리스는 어이없다는 얼굴로 탄식했다.

"그야 무서운 심정은 이해하는데, 율리우스 일행이라면 싸움이 벌어져도 문제없다구. 율리우스랑 제대로 싸울 수 있는 사람은 우리 쪽에서 두 빌 영감 정도일 테니까."

"……그래. 그 녀석, 그렇게 강한 건가."

잦아들지 않는 걱정에 페리스가 타이르지만, 그 내용에 스바루의 속내는 복잡했다.

믿음직스러운 아군이라는 의미로 율리우스가 강한 것은 대환영──이지만, 아직도 깊숙하게 자리를 잡은 거북한 의식이 율리우스에 대한 평가를 고분고분 받아들이기 어렵게 만들고 있었다. 율리우스와 겨룬 일대일 대결의 부상은 완치됐는데도,

아물지 않는 환상통은 지금도 스바루를 괴롭히고 있었다.

"진짜, 뿌리 깊어……. 무의식인지 아닌지는 따로 치구, 멀리하는 기분은 알겠지만."

"——? 뭐라고?"

"딱히. 애당초 걱정이라면 율리우스 일행 쪽이 훨씬 많을 거라구! 페리는 지금도 이 작전이 무모했다고 생각하니깐."

갈등하는 스바루를 페리스가 눈썹을 치켜들고 노려보았다. 스바루는 그의 말에 눈썹을 찌푸리고 전장이 된 암석지대에 눈길을 주면서 대답했다.

"……알아. 하지만 잘 풀렸잖아?"

"결과만 보면 그런 거지. 대죄주교에게 의심받았을 때는 위기일발이었잖니. 정말로 아슬아슬했어. 페리는 눈앞에서 죽으려 드는 게 진짜 싫어."

"죽으려 들지는 않아. 말해도 설득력 없겠지만."

페리스의 매서운 시선에 스바루는 변명을 거듭해봤자 무의미하다고 깨달았다.

——마지막까지 이 작전을 꼼꼼하게 보완하려고 매달렸던 사람이 실은 이 페리스였다.

페리스는 스바루를 미끼로 페텔기우스를 유인하는 『낚시』 작전 자체에는 이의를 제기하지 않았지만, 핵심적인 마무리 부분의 안전성 면에는 매우 깐깐했다.

실제로 작전 대부분이 스바루에게 의존한 내용이라 신뢰가 부족했던 건 부정할 수 없었다.

유인된 마녀교도를 대처하는 것부터, 메인 타깃인 페텔기우스의 발견 및 발목 잡기, 정보 수집에 이르기까지, 전부 스바루 혼자서 시행한 것이다. ──어딘가 한 군데라도 예상과 어긋나면 스바루의 『죽음』은 피할 수 없다. 페리스는 그걸 매우 싫어했던 것이다.

결국 작전 자체의 유용성을 뒤집을 대안은 나오지 않아 결행은 막지 못했지만──.

"결과를 보고만 있을 수밖에 없는 답답한 심정, 스바루큥은 알고 있으면서⋯⋯."

원망 같은 페리스의 말에 기억이 났다. 그건 반나절 가까이 전, 백경전 중에 페리스의 입에서 들은, 싸움에서 역할을 받아들이는 태도였다.

페리스도 스바루와 마찬가지로 전장에서는 결정타가 되지 못하는 입장이다. 더욱이 기사단에 소속된 그에게 그 무력함을 통감할 기회는 스바루와 비교할 수준이 아닐 것이다.

마지막으로 날아온 말에는 그런 무력감을 공유하는 상대에게 배신당한 듯한, 섭섭한 감정 같은 여운이 있던 것처럼 느껴지기도 했다.

"그런데 좀 뜻밖이다. 넌 날 싫어하는 줄 알았는데."

"좋고 싫은 감정으로 치료할 상대를 가리진 않아. 사람 우습게 보지 마."

"싫단 부분을 부정해 주길 바랐어!"

알고 있던 평가이긴 하지만, 당사자에게 긍정받으면 해석 방식이 바뀐다. 무심코 스바루가 쓰게 웃자 페리스는 언짢은 얼굴로 허리의 단검——자신의 유일한 무장을 만졌다.

"좋고 싫은 것에 살릴 가치의 유무는 관계없어. 페리의 힘은…… 이건 그래서 인정받은 힘이라구."

"페리스?"

"그리고 백경과 싸울 때도 많이 죽었어. 안개로 사라지거나, 뭉개지거나. 죽어버리면 페리도…… 나도 고치지 못해."

평소의 여유가 사라진 목소리. 페리스의 손가락은 단검의 칼자루에 새겨진 부조를 만지작거리고 있었다. 그것은 사자의 문장—— 주군인 크루쉬가 가진 보검과 같은 문장이다.

페리스는 손끝의 감촉에서 용기를, 무엇보다 각오를 얻은 얼굴로 스바루를 노려보았다.

"이 싸움에서 아무도 죽게 하고 싶지 않은 거, 자기밖에 없다고 우쭐대지 말아줄래?"

"……그것도, 안다고 생각해."

안다고 생각하지만, 정말로 알았다는 생각만 했을지도 모른다.

페리스의 시선을 정면으로 받고, 잘못을 인정하면서도 스바루는 방식을 바꿀 수 없다. 아무리 페리스에게 항의를 받아도 굽히지 않고 이번 작전을 결행했던 것처럼.

목숨이 걸린 칩이 자신의 생명으로 족하다면, 스바루는 반드시 가장 먼저 그것을 도박에 걸 테니까.

"동굴의 확인, 마쳤습니다요. 완전히 바위 밑에 깔려서, 안에 있던 사람들은 딱하다요."

"오— 완벽—! 벽벽—! 전부 콰앙—해졌어—!"

대화가 끊긴 순간에, 파묻힌 동굴을 확인하던 수인 남매가 돌아왔다. 스바루는 그 두 사람을 맞이하고 다시 페텔기우스의 주검으로 걸어갔다.

불안 요소를 일소하고 위험은 전부 배제됐다. 긴박감이 가시고 굳은 뺨이 풀렸다.

"예상하지 못한 곳에서 기습해 단숨에 정리한다. ——솔직히 반칙은 맞는데, 안 좋게 여기지 마라. 네 쪽이 훨씬, 훨씬 더 최악이었으니까."

이미 시체가 된 상대에게 승리를 선언해도 허무할 뿐이다. 하물며 허를 찌른 암살 비슷한 짓으로 얻은 승리, 허무함에 비루함을 추가해도 될 지경이다.

그래도 말할 수밖에 없었던 건, 스바루 안에서 겨우 실감이 움텄기 때문이다.

페텔기우스 타도——. 세계를 몇 번씩 되풀이하며 달성하기 위해서 도전한 결과에.

"빌헬름 씨, 감사합니다. 그리고 힘든 말씀 드려서 죄송해요."

"힘든 말, 말입니까?"

"기습해서 등 뒤에서 벤다니, 최악이잖아요?"

스바루의 지적에 빌헬름의 표정이 살며시 어두워졌다. 기습으로도 모자라 야바위에 가담해 달라고 한 것이다. 기사라면 생각이 없을 수 없으리라.

하지만 빌헬름은 바로 그 굳은 표정을 웃음으로 풀었다.

"이미 다 퇴락한 기사도입니다. 스바루 님이 신경 쓰실 건 아닙니다."

"그래도 함께해 주시는 것을 이용해서 야바위에 협력해 달라고 한 건 저니까요."

상대가 악질적이고, 정정당당한 방법이 통하지 않는 상대였던 건 사실이다. 그래도 비열한 꿍꿍이에 다른 이의 협력을 요구한 것은 상당히 양심에 찔렸다.

"뭐, 페리는 신경 안 쓰지만 말야. 율리우스라면 싫어할지두…… 그래도 사정을 이해할 융통성은 있을 거야."

"그래서 그 녀석에겐 말하고 싶지 않았던 거야. 네 반응이야 뭐 상상대로지만."

"기사도에 몸 바쳐 죽는 것보다 다소 비겁해두 아군이 무사한 편이 낫잖니. 스바루쿵과 율리우스 중 어느 쪽이 옳은지는 보는 시각에 달린 거지."

그렇게 선을 긋는 페리스에게는 위안을 받았다. 빌헬름은 물론이고, 미미에 이르러서는 '무슨 문제 있어?' 라는 듯이 갸우뚱하고 있었다. 과연 용병이었다.

그리고 과연 용병이라는 김에 특필해야 할 건 티비다. 주위의 확인을 마친 조그만 묘인(猫人)은 페텔기우스의 주검으로 걸어가나 했더니, 그 품속을 주섬주섬 뒤지기 시작했다.

시체 뒤지기에 망설임이 없는 것을 보고, 스바루는 무심코 흠칫하고 말았다.

"으음, 특별한 물건은 들고 다니지 않나 봅니다요."

"다, 당연한 것처럼 시체를 뒤지는구나, 꼬마야."

"꼬마가 아니라 티비예요. 기왕이니 소지품을 검사하고 있을 뿐이에요."

티비는 익숙한 손놀림으로 피로 물든 법의 안을 뒤지며 천연덕스레 전리품을 검사했다. 미미도 그렇지만 이 용병 남매는 겉모습에 반해 각박하고 마이페이스한 성격이다.

법의 안은 뜻밖에 깊어서 내용물을 꺼내는 티비의 손은 생각보다 바빴다. 그렇다고 해도 나오는 건 흔해빠진 것뿐이었다.

"휴대 식량에 라그마이트 광석……. 그리고 지갑도 가지고 있었다요."

"뜻밖에 소시민적인 인벤토리에 깜짝 놀라겠군. 그나저나 용병에게 약탈은 문화인가."

"전리품을 뒤지는 건 평범하게 권리라고 생각하거든요. …… 이건 뭐다요?"

용병으로 밥 벌어먹는 사람다운 발언을 하면서 대강 물색을 마친 티비가 마지막으로 끄집어낸 것은 검은 책이었다. 그것을 보고 스바루는 "아." 하고 놀랐다.

"그거, 아마 페텔기우스가 『복음』이라고 부르던 책인데."

"뮤! 이게 복음입니다요?! 우와아, 만져버렸다요!"

스바루의 지적에 티비는 책을 내던지고 펄쩍 물러섰다. 그 허둥거리는 모습은 그야말로 작은 동물 같아서 스바루는 쓴웃음과 함께 책을 주워 들었다.

"주인이 으스스한 건 동의하지만, 책은 함부로 다루지 마라.

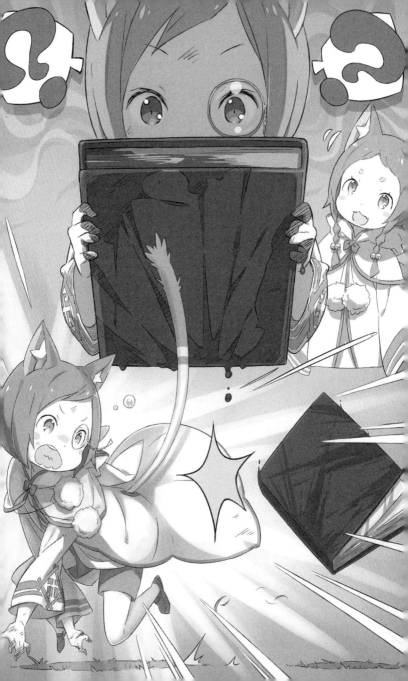

수상한 책이라도 그래."

"마, 만지지 말고 버리는 게 나을 거다요. 만지고 있으면 머리가 이상해질지도 모른다요……! 태, 태우는 게 나을지도……."

"그렇게까지 겁먹는데 시체는 뒤지는 거냐. ……내용은 아무래도 못 읽겠는데."

티비의 걱정을 제쳐두고 팔락팔락 내용을 힐끔 보고 넘겼다. 하지만 아쉽게도 적힌 문자는 판별할 수 없었다. '이 문자'로도 '로 문자'로도, '하 문자'로도 볼 수 없는 수수께끼 언어였다. 약간 지나치게 달필인 히라가나로도 보이지만 너무 휘갈겨 써서 결국 읽을 수 없었다. 덤으로 책의 후반부에는 백지 페이지가 이어져 있어서 낙장본이라고 해도 이상하진 않았다.

"……그래서, 읽지도 못했고 조심성 없던 건 인정하니까 두 사람 다 진정해 줘."

"──이건 실례를."

"스바루큥이 잘못한 거야."

경계 없이 책을 펼친 스바루 앞에서 빌헬름과 페리스가 전투 태세를 풀었다.

한순간이지만 진심 어린 검기와 적의였다. 스바루는 그 사실에 식은땀을 흘리면서 수중의 책을 두 사람에게 내보이고 무슨 일이었느냐고 갸웃거렸다.

"이 책, 두 사람은 짐작 가는 게 있는 거야?"

"잠깐! 함부로 이쪽 향하지 마! 스바루큥도 『복음』을 훑어보다니 바보 같은 짓 하지 마! 진짜 암것두 모른다니깐!"

페리스는 열화 같이 화내면서 들어 올린 책에서 눈을 돌렸다. 놀랍게도 빌헬름마저 그 책에 거부 반응을 드러내듯이 고개를 돌리고 있었다.

"티비의 반응도 그렇지만, 이거 진짜로 위험한 책?"

사전 정도의 크기와 무게, 장정도 평범한 어디에나 있는 책 한 권이다. 이걸로 껍데기에 인간의 가죽이라도 사용됐으면 그야말로 마녀교답긴 하지만, 그런 낌새도 없다.

단, 스바루를 제외한 일행은 그런 소감에 알기 쉽게 얼굴을 찌푸렸다.

"그 책……『복음』이란, 마녀교도라면 누구나 소유한 교도의 표식. 그렇군요. 놈들의 경전 같은 것이라고 해도 무방할지 모릅니다."

"경전……?"

"소문에 따르면 마녀교에 들어갈 전망이 있는 사람에게 날아온대. 그리고 그게 도착하면 끝장……. 어머냥 신기해라. 경건한 마녀교도의 완성～이란 이야기거든."

"뭐어?!"

생각도 못한 황당한 내용에 스바루는 소리를 질렀다.

그 수상하고 섬뜩하며, 무슨 생각을 하고 있는지 한 톨도 이해할 수 없는 마녀교도. 그들은 원래 평범한 인간이고, 이 책이 온 것을 계기로 표변한다. 그 말을 억측하면, 『복음』은 읽은 사람을 세뇌하는 효과를 가진 책이라고 추측할 수도 있다.

그렇다 치면, 마녀교도 대다수는 세뇌됐을 뿐인 일반인——.

"만약 그렇다면, 동굴에서 생매장된 사람들은 말려든 것뿐일 수도…….”

"스바루 님, 그건 아닙니다. 『복음』을 받은 시점에서, 그 사람은 이미 뒤로 무르지 못해요. 세뇌되어 따르게 된 무고한 백성……. 놈들에게 그런 구원은 없습니다. 스바루 님에게는 저 대죄주교가 제정신으로 보이셨습니까?"

"아, 아니, 그렇진 않은데요……. 그건 예외라는 느낌도.”

후회 직전의 사고에 제동이 걸려 스바루는 힘없이 입을 다물었다.

상궤에서 벗어난 페텔기우스의 광태는 세뇌와는 또 다른 형태로 마녀교의 정신성이 위험시되는 일례다. 솔직히 저걸 지금 대화의 결론에 근거로 삼는 것에는 저항감이 있다.

"백경과 마녀교, 양쪽의 미끼에 보탬이 된 건 틀림없이 공적인데…… 그건 그렇다 치고 스바루큥은 위험한 느낌이 드니깐, 『복음』이 도착하지 않도록 조심해 주라.”

"저도 부탁드리겠습니다. 스바루 님을 베는 짓은 사절하고 싶습니다.”

"노력은 하겠지만, 내가 조심해서 어떻게 되는 문제야……?"

물건이 올지 말지는 보내는 쪽의 기분에 달렸다. 상대에게 스바루를 스카웃할 마음이 있을 경우, 수취 가부는 별개로 치더라도 책망을 받는 건 수긍이 가지 않았다.

따끔하게 한 소리 들어 탄식하면서 스바루는 갑자기 무겁게 느껴지기 시작한 책을 내려다보았다.

"회수는…… 일단 해둘까. 내가 읽지 않아도 어디서 보탬이 될지 모르니."

대죄주교의 소지품이다. 어쩌면 이 『복음』이라는 게 해독됨으로써 마녀교의 실태에 접근할 수 있을지도 모른다.

그런 기대에 따라 확보한 것인데, 책을 품속에 넣는 스바루를 보는 세 사람의 시선에서는 겁을 상실한 사람을 보는 듯한, 의심 어린 기색이 아무리 지나도 가시지 않았다.

"그래서, 그 밖에 눈에 띄는 소지품은 없었던 거야? 멍청하게 거점 장소에 표식이 그려진 지도나 들고 다녀줬으면 이다음 전개가 엄청 편해지는데."

"그런 소지품은 눈에 띄지 않던데요. 그 복음서를 제외하면 달랑 옷만 걸치고 나온 것처럼만 보이는 복장입니다요."

마음을 다잡은 스바루의 질문에 티비는 회수한 전리품을 확인하고 대답했다.

가벼운 행색이라는 의미로는 확실히 페텔기우스의 복장은 신경 쓰이는 부분이긴 했다. 하지만 고개를 모로 꼬아봤자 죽은 이가 대답할 턱이 없다.

"있지있지─. 그만 되지 않았어? 여기서 조잘거려봤자 도리 없구려─ 같달까? 슬슬 다들 있는 데로 돌아가는 편이 좋지 않음─?"

여태껏 대화에 참가하지 않고 유해에 흙을 뿌리고 있던 미미가 싫증내고 그렇게 말했다. 그녀는 옷자락에서 삐져나온 꼬리로 완전히 매장을 마친 페텔기우스를 가리키고 말했다.

"적은 벌써 때려죽였고, 다른 사람들이 때려죽였는지 못 죽였는지 확인하러 가는 편이 좋을지도 몰라. 그치— 그래야 해! 해!"

"말투는 천진한데 내용은 참 살벌하구만, 너. 깜찍한 외모와 어우러져서 그 캐릭터의 갭에 나는 충격을 받고 있다."

"흐흥—. 귀엽다니 쑥스럽구려—!"

입맛에 맞는 부분만 듣고 부끄럼 타는 미미의 모습에 스바루는 쓴웃음을 짓고 말았다. 그러나 미미의 말이 좋은 계기가 된 것도 사실이었다. 이 자리에서 물러나 본대와 합류해야 할 것이다.

"____."

스바루는 고개를 돌려 완전히 침묵한 전장을 쳐다보았다.

동굴은 토사에 파묻혔고 페텔기우스의 유해가 움직이기 시작하는 호러 전개도 없다. 솔직히 맥이 빠졌다면 빠졌지만, 당연한 결과라면 당연한 결과다.

거처가 특정되고, 부하가 첫 수에 밟히고, 히든카드는 통하지 않고, 모종의 행동을 일으키기 전에 참살당한 페텔기우스——. 놈은 마지막 순간까지 무슨 일이 일어났는지 알 수 없었을 것이다.

본래 『사망귀환』에 따른 미래의 예지는 당연히 이만한 힘을 발휘할 수 있는 이능이다.

그렇기 때문에 완전한 봉살(封殺), 그리고 그것은 마녀교에 대한 완전 승리를 의미했다.

의미했지만——.

"아니 그래도, 이렇게 잘 풀릴 리가……. 다름 아닌 나잖아? 여태까지 노력한 결과에 얼마나 배신당한 줄 아냐고. 이렇게 잘…… 분명히 어디 놓친 곳이……."

"뭘 또오— 애먼 의심에 빠져 있니! 빨리 가자. 아직 할 일 남았잖아."

"어, 어어. 그래. ……그렇겠…지."

자신이 세운 전과를 믿지 못하고 있는 스바루에게 페리스가 차가운 시선을 보냈다. 그런 그의 말에 끄덕이고 스바루는 미련을 남기면서도 암석지대를 뒤로했다.

승리. 그렇다. 승리가 분명하다. 아무 돌발 사고도 없이 이겼다. 나쁜 게 어디 있나.

"——라고 눈을 뗀 순간을 가늠해서 부활했다거나?!"

"아까부터 뭘 하고 싶은 거야! 페리 아주 완전히 화났거든! 아유—!"

"아파아파아파!"

의심에서 빠져나오지 못하고 돌아본 스바루를 페리스가 머리카락을 채어 도로 끌었다. 당연한 이야기지만 파묻힌 동굴에도, 페텔기우스의 주검에도 아무 변화가 없었다.

정말 이번에야말로 완전히 물러났다. 그리고 결정타로——.

"오빠가 잔소리 많으니까 노파심에—!"

그런 말과 함께 미미가 손에 든 지팡이 끝에서 마법을 방출—— 페텔기우스의 주검이 묘비째로 폭발했다.

이번에야말로 우려 없이, 마녀교 대죄주교 『나태』, 페텔기우스는 산산조각이 난 것이었다.

3

"그 눈치를 보아 그쪽도 길보를 들고 왔다고 여겨도 될 듯하군."

페텔기우스를 무찌르고 합류한 스바루 일행을 율리우스는 시원한 미소로 마중했다.

숲 바깥, 가도에서 벗어난 초원에 만들어진 토벌대의 진지다. 숲에 숨은 마녀교도에게 존재가 발각되지 않도록 눈에 띄는 가도와 숲 안에 대인원으로 들어가는 건 피하고 있다.

그렇다고는 해도 우두머리인 페텔기우스가 사망한 이상, 남은 『손가락끝』이 이변을 깨닫는 것도 먼 이야기일 리 없다. 이 다음부터는 신중함과 어설퍼도 대담한 속도가 요구될 것이다.

"도중에 짚어낸 『손가락끝』의 거점은 어땠지?"

"한쪽은 분대가 감시를 지속 중이다. 무슨 일이 있으면 연락이 있겠지. 다만 다른 한쪽은 공교롭게 척후와 부딪쳤다. 마녀교 상대로 교전이 발생했어."

"진짜야?! 그래서 어떻게 됐지?! 누가 당하지는……."

온건한 보고인 줄 알았는데 전투가 벌어졌다고 들어 스바루는 초조감에 쫓겼다. 그러나 다그치는 스바루의 말에 율리우스는 쓰게 웃었다.

그리고 미미하게 흐트러진 앞머리를 손으로 다듬고 자신의 기사검에 손을 얹어 가볍게 기울였다.

"안심하도록. 마녀교도도 몇 명은 솜씨 있는 자가 있었지만, 큰 문제없이 모조리 물리쳤다. 문제의 거점은 소탕했으니 남은 『손가락끝』은 아홉 개로 치면 될 거야."

"……다친 사람은 없는 거지? 그리고 적이 도망쳤다는 것도."

"네가 우려하는 사항은 전부 제거했어. 안심해도 된다."

여기서 실태를 숨기려고 할 만큼 율리우스의 인간성은 비천하지 않으리라. 부상자도 실책도 없다고 들은 스바루는 한시름 돌렸다. 그 반응에 율리우스는 옅은 쓴웃음과 함께 물었다.

"그런데 너희 쪽이야말로 경과는? 대죄주교의 공략은 계획대로 진행됐나?"

"빌헬름 씨가 목을 치고, 시체는 마법으로 산산조각 냈으니 확실할 거야. ……확실한 거 맞겠지? 평범하게 생각하면 더 이상 속수무책이지?"

"직접 봤을 네가 왜 그렇게까지 불안하게 여기는지 나는 모르겠군."

아직도 불안이 가시지 않는 스바루의 의심에 율리우스는 의문스럽게 눈썹을 찡그렸다. 그리고 그는 눈살을 찌푸린 채로 스바루와 그 곁에 있는 페리스를 보았다.

"……그리고 주의에 주의를 거듭하는 신중한 마음은 이해하지 못하는 것도 아니지만, 시신을 훼손하는 건 다소 우아하지 못한데. 페리스, 네가 같이 있었으면서."

"미안해. 페리스는 필사적으로 말리려고 했는데, 스바루쿵이……."

"내 폭력성이 불러일으킨 참극인 것처럼 말하지 마! 그 쓸데없는 연기력은 뭐야! 말해두겠는데, 저지른 건 니네 고양이 남매 중 누나 쪽이거든!"

율리우스가 죽은 이에 대한 폭거를 타박하자 눈초리에 눈물을 머금은 페리스가 스바루를 팔아먹었다. 스바루는 그 발언에 항변하고, 함께 돌아온 진범인 미미를 손가락으로 가리켰다.

참고로 행동이 과했던 미미는 동행한 전원에게 꾸지람 받고 심통이 나서, 지금은 티비 등에서 웅크려 자고 있다. 자기 힘으로 걷는 것도 싫어하는 완전한 심통 상태다.

"그렇군. 미미라. 그럼 별수 없지. 생각이 있어서 한 일이겠지."

"남동생 둘도 그렇지만, 너도 아나스타시아 씨도 저 애를 너무 풀어주는 거 아니냐?"

"그런 마음도 없고 실제로도 안 그래. 그런데 빌헬름 님, 대죄주교 말입니다만……."

율리우스가 스바루의 게슴츠레한 시선을 피하고 빌헬름을 부르며 눈짓했다. 그 뜻을 받은 빌헬름은 턱을 주억이며 대답했다.

"목을 쳐서 틀림없이 명맥을 끊었습니다. 저는 그러고도 숨이 붙어 있는 생물을 모릅니다."

"안심했습니다. 빌헬름 님께서 그렇게 말씀하신다면 틀림없겠지요. ──이번의 『나태』가 주도한 마녀교의 활동, 그 기선을 제압할 수 있었단 거로군."

"너, 내 답변 신용하지 않은 거지?! 나도 장난이 아니니까 똑바로 눈 부릅뜨고 시체 확인했다고! 애초에 두 번 세 번씩 봤다고!"

"페리스에게까지 확인하지 않았던 게 내가 네게 보이는 성의라고 여겨줬으면 좋겠어."

주눅 든 기색 없는 율리우스에게 스바루는 이마에 핏대를 세우며 반론했다. 하지만 율리우스는 그런 스바루에게는 응수하지 않고, 대기하고 있는 다른 기사와 용병들에게 손을 들었다. 그 신호에 말소리가 끊기자 율리우스는 주목을 모은 손으로 스바루를 가리켰다.

"저들도 같은 보고를 기다리고 있어. 네 입으로 전해야 마땅해. 내 말이 틀린가?"

"틀리진 않지만, 네가 상황을 주도하는 건 열 받는데."

"시시한 오기……."

상황이 어쨌든 말다툼을 빼먹지 않는 스바루와 율리우스의 모습에 페리스는 심드렁한 표정이었다.

"남자애란 정말 바보 같아. 특히 스바루큥은 바보 같아."

"남자의 오기란 밖에서 보면 뭐든 하찮은 것인 경우가 많습니다. 페리스, 당신에게는 짐작 가는 게 없는지요?"

"……글쎄. 그런 고집쟁이 같던 사람도, 있었을지 모르지만."

빌헬름의 말에 페리스의 대답은 어딘가 시원치 못했다. 옆얼굴을 엿보는 노검사의 시선을 피하듯이 페리스는 크게 한숨을 쉬었다.

등 뒤에서 그런 대화를 나누고 있는 한편, 스바루는 자신에게 주목하는 사람들에게 잘 풀린 결과를 보고했다.

"그런 이유로, 대체적으로는 계획대로 일이 진행됐어. 대죄주교, 처단했노라!"

"오오——."

손짓 발짓을 섞으며 박진감 넘치는 스바루의 설명도 그럴듯이 이번 작전의 요점에 해당하는 대죄주교의 토벌 성공에, 대기하면서 답답함을 맛보고 있던 인원들에게도 기쁨이 떠올랐다.

"자, 잠깐잠깐! 큰 소리는 스톱! 놈들에게 들려!"

"——웃."

하마터면 환성을 질러서 숲 밖에 진을 친 의미가 없어질 뻔한 흐름도 슬쩍. 어쨌든 모두에게 최선의 결과가 됐음은 틀림없다.

"허며는, 남은 건 잔당을 때려잡을 뿐인 쉬운 일이구마. 어여 마치지 않으믄 아가씨가 할매가 되겠으니 서둘러야겠데이. ……아, 이기는 내가 애용하는 농담인디."

"뭐라고나 할까, 개그의 방향성이 장황해. ……아니 그건 됐거든."

리카드의 센스는 따로 치고, 지금부터 재빠르게 행동하고 싶은 건 사실이었다. 하지만 아쉽게도 남은 일이 리카드의 이야기처럼 쉬운 건 아니라는 것도 사실일 것이다.

"페텔기우스를 쓰러뜨려도, 그걸로 전부 다 해결했다고 할 순 없으니까."

"승전한 기분으로 들뜨다가 발목 채여선 이야기두 안 되구.

대죄주교가 죽었다고 알아두 남은 마녀교도는 아마 물러나진 않겠지…….”

“상대는 마녀교도데이. 멀쩡한 생각을 기대하는 기는 관두는 편이 나을 끼다.”

스바루의 염려를 긍정하듯이 페리스와 리카드가 저마다 말을 덧붙였다. 다른 사람들도 그 의견에 찬성인지 서전의 승리에 표정이 풀어진 사람은 한 명도 없었다.

스바루도 불확정 요소를 방치하는 건 반대다. 남은 적에도 견실하게 대처해야 마땅할 것이다.

“일단 감시 중인 『손가락끝』을 때려잡는 게 최우선이야. 그리고 마녀교도는 몰살이라는 과격한 사람은 없겠지? 되도록 생포할 노력은 빠트리고 싶지 않은데.”

“자결할 것 같은 느낌이 들지만 말야—. ……여태까지도 내내 그랬었구.”

스바루가 생포를 제안하자 페리스는 불만스럽게 입술을 삐죽였다. 그건 생포에 반대하는 의견이 아니라, 입막음을 위해서 자결하기를 마다하지 않는 마녀교도의 자세에 대한 혐오다.

치유술사인 페리스에게, 마녀교의 악랄함은 받아들이기 어려운 면이 있는 것이리라.

“페리스의 우려는 이해해. 하지만 목숨을 빼앗지 않고 끝낼 수 있다면 그래야 하겠지. 포박을 염두에 두고, 남은 마녀교도를 상대하는 건 나도 찬성이다. 그래도 우선순위가 자기 몸이라는 점은 잊지 말기를. 본말전도가 되는 건 마뜩지 않아.”

율리우스가 언짢은 페리스를 배려하면서 스바루의 의견에 찬동했다.

"―――그리고 발각된 『손가락끝』을 우선하는 건 당연하지만, 곧 네가 수배한 용차와의 합류도 있을 거다. 그것도 잊지 말도록."

"그렇군. 그쪽도 있었지."

스바루는 율리우스의 발언에 손뼉을 치고 토벌대와 합류를 뜻하는 별동대를 기억해냈다.

인근에 체재 중인 행상인을 그러모은, 에밀리아와 다른 사람들의 피난용 용차다. 그렇다고는 해도 페텔기우스를 토벌해서 마녀교는 잔당만 남았을 뿐. 일제히 피난할 필요까지는 없을 듯하다는 점을 고려하면, 헛걸음이 될 공산이 클 듯하다.

"규모에도 달렸겠지만 예의 행상인들을 토벌대와 함께 행동하게 하는 건 어렵겠지. 진지에서 대기하라고 명령하거나, 혹은 피난을 감안해서 약정대로 마을에 들여보내도 된다. 그 경우, 많은 인원이 밀어닥쳐서 혼란이 일지 않게끔 배려해야겠지. 어때?"

"어떻긴…… 뭐가 말이야?"

"마을과 저택 양쪽으로 안면이 있는 사람이 가면 괜한 혼란을 일으키지 않고 끝날 것 같아서 말이야."

"――."

에두른 율리우스의 유도에 스바루는 입술을 깨물고 감정을 참았다. 그 주장은 매우 알기 쉽고 단순하다. ――지금이라면, 스바루에게는 저택에 돌아갈 대의명분이 있다.

설명책임이라는 점을 고려하면 오히려 스바루야말로 저택에 사자로서 가야 마땅하다.

그러나——.

"공사혼동하게 하지 마라. 내게는 아직 해야 할 일이 남았어."

"너도 조급한 마음이 있을 거다. 공사혼동이라고까지는 아무도 말 안 해."

"마녀교의 떡밥은 내가 입후보한 거라고. 내가 하는 게 제일 나아. ……그리고 난 아직 저택에 돌아갈 자격이 없어."

스바루는 율리우스의 제안에 고개를 가로젓고, 숲의 저편—— 저택 방향을 쳐다보았다.

지금의 제안은 율리우스 딴에 주선한 배려다. 제 아무리 스바루라도 거기서 악의를 의심할 만큼 삐뚤어지진 않았다. 그러나 스바루가 마주할 낯이 없다고 생각하는 것도 거짓은 아닌 것이다.

"이만큼 해놓구, 아직도 그런 생각이냐 해?"

스바루의 술회에 페리스가 눈을 동그랗게 뜨고 믿을 수 없다는 얼굴로 말했다. 페리스가 그렇게 말해 주는 건 지금까지 스바루가 해온 행동을 그가 알고 있기 때문이다.

크루쉬 진영과 동맹을 맺고, 백경의 토벌에 협력하고, 대죄주교 『나태』마저 격파했다. 공적만을 늘어놓으면 충분하고도 넘친다고 칭찬하는 말도 있으리라.

하지만 그만한 공적을 쌓아도, 스바루는 자신의 어리석음을 씻어낼 수 없었다.

"뭘 어떻게 해도, 과거는 안 바뀐다. ──저지른 일은 안 없어진다."

"──."

"전에 아나스타시아 씨에게 들은 말이야. 쓰라리지만…… 내 생각도 같아. 내가 쌓아 온 『지금까지』라는 무더기 속에, 그렇게 삽질한 짓도 담겨있어. 그러니까 내가 저지른 일은, 어중간한 상태로 용서해도 될 게 아니야."

실제로 그 말을 들은 건 지난 번 회차다. 따라서 이 세계에서는 아나스타시아의 그 엄격한 질타는 없었던 걸로 됐다. 하지만 스바루의 내면까지는 그렇지 않다.

아무도 기억하지 못해도 스바루는 잊지 않고, 잊어서는 안 되는 것이다.

"그러니까 돌아간다 치더라도, 문제…… 숲의 마녀교를 전부 정리하고 나서지."

"네가 그렇게 말한다면 그러지. 애당초 네 손이 있는 편이 유리한 건 사실이다."

스바루가 저택에 돌아가는 걸 사퇴하자 율리우스는 그 선택을 존중했다. 주위도 대체로 스바루의 주장에 이해를 표시했다. 유일하게 페리스만 끝까지 불만스러운 얼굴이었다.

"이만큼 애썼는데 뭐가 불안하단 건지…… 좋고 좋아서 너무 좋은 분과 만나는데 그렇게 별별 토를 다 다는 이유를 정말 모르겠어. 싫으면 그만두면 되잖아……."

"말꼬리 잡지 마라. 그리고 싫은 게 아니야. 알면서 왜 그래."

"모르겠다니깐. 페리는 크루쉬 님이랑 사이 틀어진 적은 없구. 만나고 싶은 사람하고는 만날 수 있을 때에 만나지 않으면, 후회해도 모르거든."

"……사람 말꼬리 잡지 마라."

화난 투인 페리스의 이의는, 어쩌면 사람의 생사를 많이 접해온 치유술사의 경험담일지도 모른다. 몹시 함축적인 말이었다.

"스바루 님, 너무 고민하지 마시길. 젊을 때, 감정적이 되어서 마음이 엇나가는 일은 곧잘 있는 일입니다. 하지만 그렇다고 전부 회복할 수 없는 건 아니지요."

"우~ 빌 영감은 좀 스바루쿵 응석을 너무 받아줘."

"그렇게 말한다면, 당신은 스바루 님에게만 너무 엄격합니다. ──그 이유도 모르지는 않지만."

"……맘대로 안다는 투로 말하지 마."

빌헬름의 말에 페리스가 무안한 표정으로 입을 다물었다. 스바루를 사이에 놓고 주고받는 대화는 깊은 관계가 있는 사람끼리만 통하는 상념을 머금고 있었던 모양이다.

그 내용은 알지 못하더라도, 스바루는 빌헬름에게 훌쩍 손을 들고 말했다.

"두둔 감사합니다. 조금은 마음이 편……해진 느낌이 들락말락 하네요."

"위안거리나마 됐으면 다행입니다. 뭘, 노인의 충고 하나 가지고 남녀의 갈등이 없어진다면, 이만큼 많은 사람들이 같은 문제로 고민할 턱이 없으니까 말입니다."

"빌헬름 씨도, 역시 사모님과 싸웠을 때 마음이 무거웠어요?"

괜스레 실감이 담긴 빌헬름의 말에 스바루는 전과는 달리 흥미 본위로 되물었다. 그러자 빌헬름은 생전의 아내를 회상하듯이 눈을 감았다.

"물론이지요. 제 경우, 아내를 화나게 하면 물리적으로 이기지 못했으니까요. 곧잘 강제적으로 바닥에 눕기도 했지요."

"역시 검성이란 장난이 아니군요?!"

"그다음은 힘으로 와락 껴안고, 화가 풀릴 때까지 단단히 잡아두기도 했지요."

"역시 사모님, 무시무시한 곳을 푹 찌르는군요?!"

부활한 염장 에피소드에 물이 오른 빌헬름은 어딘가 후련한 얼굴이었다.

스바루는 과거의 인연을 청산한 검귀의 태도에 선망을 품고 자기 뺨을 때렸다. 빌헬름의 요령 없는 배려다. 그 마음에 부응하지 않으면, 그거야말로 대장부 망신일 것이다.

"그건 그거대로, 스바루큥 생각이 지나친 거라구 보는데."

"아니아니, 설마 그냥 별뜻 없이 사모님의 이야기를 터트릴리는…… 아닌 거 맞죠?"

"──자, 슬슬 출발할 준비가 갖춰진 모양이군요."

쭈뼛거리는 스바루의 물음에 빌헬름은 시치미 뗀 얼굴로 대기 중인 일원들을 보았다. 검귀의 말대로 다음 출진을 대비해서 전원 준비 만전이다.

그 표정에 좋은 의미로 긴장이 없는 건 빌헬름의 배려에 전원이 편승한 결과일 것이다. 요컨대, 스바루가 많은 어른들의 배려를 받았다는 뜻이다.

"뭐랄까, 나는…… 풋내 나는 소리를 하는 거겠지."

어른들 눈에는 그렇게 비칠 만큼 사소한 문제에 얽매여 있는 것이리라.

그래도 그 고집을 없애면 나츠키 스바루가 아닌 것이다.

"뭐, 아무튼 그런 이유니…… 여러분께는 제가, 기분 좋게 에밀리아땅과 재회할 수 있도록 조금만 더 협력 부탁드립니다."

"그게 목적이라고 생각하자니, 다소 기력이 꺾이는군."

쑥스러운 내색을 얼버무리는 스바루의 너스레에 율리우스가 그렇게 응수했다. 그러자 줄지은 전원의 얼굴에 웃음이 번지고, 그것을 계기로 스바루 일행은 움직이기 시작했다.

──남은 마녀교를 섬멸해 전원이 무사히 승리를 맞이한다.

그럴 수 있다고, 이 순간의 스바루는 믿어 의심치 않았다.

4

그 직후의 『마녀교 사냥』은 맥이 빠질 만큼 술술 진행됐다.

다시 출발한 토벌대가 처음으로 향한 곳은 당연히 이미 거처가 발각된 『손가락끝』이다.

페텔기우스 토벌 직전에 조우한 『손가락끝』의 거점── 토벌대가 감시하고 있던 곳은 숲 속 야영지로, 사방이 탁 트인 전선 거점 같은 장소였다.

하지만──.

"안녕. 나인데, 다들 잘 지냈어?"

"──."

스스럼없는 태도로 스바루가 모습을 보이자 자리에 있던 모든 마녀교도의 주목이 모였다. 날아오는 건 적개심이 아니라 이해할 수 없고 일방통행인 연대감 같은 감정이다.

행여 스바루가 그들의 소행을 모르고 순수하게 경쟁하는 상대라고 인정했으면 죄책감이 생겼을지도 모른다. 하지만 스바루는 마녀교도의 악랄한 활동이 낳는 결과를 알고 있었고, 그들이 동정할 가치 없는 악이라는 사실도 알고 있었다.

"속여서 미안하지만…… 쏘리. 거짓말이다. 전혀 안 미안해."

눈을 번뜩이며 스바루는 뻣뻣하게 서 있는 마녀교도들에게 그런 말을 던졌다. 그들이 그 발언에 고민하다가 스바루의 적대심을 알아챘을 때에는 이미 늦었다.

──전장을 몇 겹이나 되는 은빛 섬광이 날아다니고, 반응이 늦은 마녀교도는 잇달아 허물어졌다.

"이건 상상 이상으로……."

"와하하하하! 뭐꼬 뭐꼬! 그 마녀교도가 이 꼬라지가! 보소, 형씨. 어처구니없는 공훈이 될지도 모른다!"

불과 몇 초 만에 거점의 제압이 완료된다. 거의 무저항인 마녀교도를 베어 넘긴 율리우스는 눈을 크게 뜨고, 큰 손도끼를 걸머진 리카드는 흥겹게 이를 마주쳤다.

본래 숲 속에 만들어진 이 거점은 습격당할 때 즉각 포기할 계획이었으리라. 사방에 트인 지형은 뿔뿔이 흩어져 도주하는 데에 적합해서 만에 하나 다른 거점과 합류했더라면 이쪽의 존재가 훤히 알려지게 됐을 것이다. 그 계획도 불발로 끝났다.

이 모든 것은 마녀교 킬러인 나츠키 스바루의 존재에 붙잡힌 결과다.

"말은 이래도, 설마 나도 이렇게까지 효과가 직방일 줄은 몰랐어."

압도적인 전과를 목도해서 누구보다 스바루 본인부터 전율하고 있다.

토벌대에 부상자는 없고 적에게 한 사람의 도망도 허용하지 않은 완벽한 승리다. 그 입안자가 스바루라는 사실은 이미 이 자리의 누구에게도 의심할 여지가 없었다.

단, 스바루가 할 수 있는 일은 적과 접촉한 직후의 교란뿐이고, 그 이후에는 아무것도 할 수 없다. 그것이 무엇을 의미하느냐면——.

"——아아, 진짜! 이쪽도 텄어! 이쪽도! 대체 뭐니, 얘네들!"

비명 같은 노성을 터트리며 꼬리를 곤두세우고 있던 건 마녀교도를 구속하고 있던 페리스다. 그의 발밑에는 엎어져서 다시는 움직이지 못하는 흑의인이 여러 명 나뒹굴고 있다.

"자결했습니까."

빌헬름이 대노한 페리스 옆을 지나쳐 쓰러진 흑의인의 검은 두건을 벗겼다. 그 안에서 나타난 것은 아무 특이 사항이 없는 중년 남성의 죽은 얼굴이었다. 눈과 코, 귓구멍에서 피를 흘린 채 숨이 끊어졌다. 감정을 엿볼 수 없는 무표정하게 죽은 얼굴이 유달리 인상적이었다.

"혀는 무사. 자해한 낌새도 없군."

"아마 전원이 몸에다 마석을 박았을 거야. 발동하면 온몸에 독소가 돌아서 죽어버리는 거. 죽기 전에 마소(魔素)를 해석해서 해독해야 되는데, 정성껏 한 명씩 개별적으로 술식을 조작해 두고…… 뭘 이렇게 공을 들여서 심술을 부렸대!"

시체가 된 남자의 복부를 확인하고 색이 바랜 마석을 발견한 페리스가 분한 듯이 신음했다. 자결한 마녀교도는 7명이지만, 아마도 거점에 있을 10명의 마녀교도는 전원 마석이 박혀 있음이 틀림없다.

"더군다나 다른 『손가락끝』도 전부 이게 설치됐을 가능성이 있는 거냐. ……페리스도 자살을 못 막는 독이란 뜻이냐고."

"용서 못해. 이런 건 생명에 대한 모독이야. 목숨이 뭔 줄 아는 거야……!"

페리스는 스바루의 경탄에 목소리를 떨고 격정에 떠오르는 눈물을 손등으로 거칠게 훔쳤다. 그 바람에 묻어 있던 피가 하얀 뺨을 더럽혔다. 그러나 생명을 가지고 노는 패거리에 대한 의분에 불타는 그 얼굴은 처절하면서도 존귀한 아름다움으로 가득했다.

그것은 치유술사이자 생사의 무상함과 기적을 누구보다 알고 있는 페리스만이 가질 수 있는, 검이나 마법과는 다른 전장에서의 각오가 엿보였기 때문일 것이다.

"——."

그 의분 옆에서, 스바루는 늘어선 마녀교도의 주검에서 눈을 떼지 못했다.

자신의 존재가 결정타가 되어 아군에게 무혈의 승리를 부른 전과 확인——. 그렇게 맺고 끊을 수 있을 만큼 스바루의 모습에 여유가 없는 건 누구의 눈에도 분명했다.

줄지은 마녀교도의 주검은 각각 복장이 벗겨져서 생전에는 숨겨졌던 얼굴이 드러나 있었다. 하지만 나타난 것은 어느 것이나 평범한 남녀의 얼굴이라, 도저히 마녀교도의 활동에 경도됐다고는 믿을 수 없는 것뿐이었다.

"스바루 님, 너무 직시하시지 않는 편이 좋을까 합니다."

빌헬름이 그런 스바루의 시선을 가로막듯이 서서 고개를 가로저었다.

"익숙하지 않은 것에 일부러 파고들 필요성은 없습니다. 만약 책임이나 죄의식을 느꼈다면, 그 또한 불필요한 것입니다."

"저 녀석들은 그런 적이라서, 그런가요?"

"그 말이 맞습니다."

망설임이 없는 단언은 빌헬름 나름의 스바루에 대한 배려였다. 그 살벌한 배려에 스바루는 쓴웃음 지으려고 했지만, 실패했다. 그런 자신에게 탄식했다.

"딱히 동정한다든가, 죄책감에 나가떨어진 건 아니에요. 그게 해선 안 되는 일이란 것쯤은 저도 알죠."

마녀교도의 죽음을 애도할 각오는 스바루에게 없다. 설사 있다고 해도 애도는 안 하지만, 놈들의 괴멸을 토벌대에게 부탁한 사람은 다름 아닌 자신이다. 그런 당찮은 짓은 스바루라도 할 수 없다.

단지 놈들의 시체를 보고 스바루가 떠올린 건 『죽음』에 익숙해진 자기 자신에 대한 불쾌감이었다.

"자기 죽음에는 아무리 지나도 익숙해질 것 같지 않은데 말이지……."

이미 열 번을 넘는 『죽음』을 경험한 스바루지만, 『죽음』에 익숙해지는 일은 전혀 없다. 자기가 겪는 『죽음』의 상실감은 항상 신선하고, 그 공포는 영겁토록 흐려질 일은 없을 것이다.

그런데도 타인의 『죽음』에는 마비되고 있는 자신의 마음이 스바루에게는 두려웠다.

"거기 늘어선 놈들의 시체가 인형처럼 보여서…… 그게 무섭구나 해서요."

"……확실히, 지시대로 행동하는 놈들의 자세는 인형 같을지도 모르겠군요."

그러나 빌헬름에게는 그런 스바루의 감상이 정확하게 전해지지 않았다. 검귀의 살짝 빗나간 이해에 스바루는 이번에야말로 분명하게 쓴웃음을 지었다.

그것은 지극히 당연한 가치관의 차이였다. 현대 일본의 감각으로 생사를 파악하는 스바루와 전장에서 무수한 생사를 지켜본 빌헬름은 『죽음』을 받아들이는 방식이 다르다.

따라서 인식의 도랑은 메워지지 않는다. 다만 메울 필요도 없다는 생각도 했다.

　"마녀교도란……."

　스바루의 쓴웃음에 빌헬름은 미간을 모았지만, 스바루는 구태여 화제를 바꾸지 않고 말을 이었다.

　그것은 『죽음』과는 또 별개로, 그들의 주검을 바라보다가 떠오른 의문이었다.

　"이놈들은 뭘 하고 싶어서 이러고 있는 걸까요. 마녀는 전 세계에서 미움받는, 알지도 못할 존재라는데, 왜 그렇게나 심취하는 거지."

　"——."

　그 중얼거림에 빌헬름의 미간에 어린 주름이 깊어졌다. 주위에, 왠지 그냥 지금의 대화가 들린 이들도 마뜩지 않은 표정이었다. 그 침묵을 깨트린 건 어린 소년의 목소리였다.

　"——스스로 파멸을 원하는 게 아닌가요?"

　말한 사람은 자기 지팡이를 손질하고 있는 티비였다. 새끼고양이는 고개를 들지 않은 채로 얼굴에 쓴 단안경을 살짝 기울이고 말을 이었다.

　"마녀교의 나쁜 평판은 전 세계에 알려졌지만요, 그래도 입신하는 사람은 보는 바대로 끊이질 않는다요. ……사치스러운 이야기라고, 저는 생각합니다요."

　"사치?"

　"자기 파멸을 위해서 행동할 수 있다니, 생각할 여유가 있기

때문에 할 수 있는 선택이라고 저는 생각할 뿐입니다요. 딱히
이 사람들에게 아무 생각 없다요."

티비는 끝까지 고개를 들지 않고, 그 말을 끝으로 입을 다물었
다. 깜찍한 새끼고양이의 옆얼굴은 그 이상의 추궁을 거절하고
있어서 그 과거에 있었을지도 모르는 아픔을 상상하게 했다.

"응──? 왜──? 오빠, 무슨 일 있었어?"

하기야 같은 처지일 터인 미미는 남동생의 말에 아무 반응도
하지 않으므로 그 주변의 자세한 사정은 추측할 수 없었지만.

어쨌든 티비의 주장은 일고할 여지가 있었다.

"모든 것에 절망하여 파멸을 원한다……. 전혀 이해할 수 없
다고는 할 수 없겠지만 말이야."

모든 걸 끌어들여서라도, 모든 것을 흐지부지하게 만들고 싶
은 심정. 파멸을 희망하는 그 감정은, 절망적인 상황에 내몰린
적이 있는 사람이라면 누구나 짚이는 곳이 있을 것이다.

특히나 스바루는 그런 경향이 강했기에, 이해하지 못할 이야
기도 아니다.

"──이런 놈들을 한 톨이라도 알려고 들지 마. 몇 번씩 말하
게 하지 말라구."

그런 스바루의 중얼거림을 주워들은 페리스가 엄격한 시선을
보냈다. 마녀교도의 주검을 검시하는 것을 마치고 피로와 분노
가 가시지 않은 얼굴이 스바루를 노려보고 있었다.

"마녀교도와는 절대로, 머리털 한 올도 서로 이해할 수는 없
어. 안 그럼 이놈들의 어둠에 삼켜져. ……스바루큥은 특히 위

험하니까, 조심해."

"몇 번씩 당부하지 않아도 아니까, 의심하는 눈초리는 그만 거둬라……. 방금 한 말도 그냥 궁금해서 했을 뿐이야."

스바루는 페리스의 서슬에 두 손을 들고 변명하면서 다시 시체 쪽을 쳐다보았다.

드러난 마녀교도의 얼굴은 그야말로 남녀노소 불문이라는 구색이었다. 그들의 인생 어디서 마녀교에 가담할 계기가 있었는지 상상도 가지 않는다. 그 섬뜩한 행태를 생각하면 그들이 이해할 수 없는 괴물이라고 단정하는 편이 현명할 것이다.

그러나 스바루만은, 그들의 『죽음』의 방아쇠가 된 스바루만은, 그 『죽음』을 이해할 수 없는 괴물의 『죽음』이라고 선을 긋는 것이 현실에서 눈을 돌리는 행위가 아닐까 생각했다.

"스바루큥?"

"아무것도 아냐. 마녀교도가 뭔가 정보가 될 만한 건 안 가지고 있었냐?"

"……꼼꼼하게도 다들 무기 말고 아무것도 들고 있지 않더라. 복음서 역시 아무도 가지고 있지 않을 정도라서 마치 처음부터 돌아갈 마음이 없었던 것 같아. 까불고 앉았어."

정보도 달성감도 수확 없음. 페리스의 불평에 맺힌 분노와 전의가 있는 건 어지간히 참을 수 없기 때문이리라. 그렇다면 놈들에 대한 분노의 담당은 잠시 그에게 맡기자.

"나는 냉정하게 가고. ——그러면, 슬슬 다른 거점도 공격하러 갈까."

스바루는 그 자리에서 무릎을 굽혔다 펴고, 본격적인 미끼 작전의 결행으로 의식을 전환했다.

이미 거점이 드러난 페텔기우스와 이 『손가락끝』과 다르게, 숲에 숨은 마녀교도를 꾀어내는 『마녀교 사냥』은 지금부터가 실전이다.

새로운 낚시터를 찾아내기 위해서 스바루를 앞장세운 숲의 수색이 시작된다.

"자, 와보시지. 계산 착오. 동료들의 힘을 얕보지 마라……!"

"기합 넣는 긴지 마는 긴지 모를 표현이구마."

기합 단단히 넣은 빈대 선언에 리카드가 어이없다는 듯이 이빨을 마주치는 소리가 들렸다.

그러나 그런 스바루의 약한 발언과 정반대로 쾌진격은 이어지는 것이었다.

5

"――스바루, 밖의 진지에서 수배한 행상인이 합류했다."

율리우스가 그렇게 보고한 것은 토벌대가 네 번째의 『손가락끝』을 괴멸시킨 직후였다.

숲 속에 있던 거점 이후, 강변과 늪지―― 두 군데의 거점을 괴멸시키고 나서 마녀교에 대해 몇 가지 판명된 점이 있었다. 그것은 『손가락끝』이라고 불린 그룹의 거점이 일률적으로 열 명으로 통일됐다는 점과, 대죄주교가 빠진 집단이 상상 이상으로 여리다는 점이다.

　이번에 저택과 마을을 습격할 계획을 꾸미고 있던 마녀교도는 계획에서 벗어난 상황에 대한 대응력이 너무나도 낮다. 마녀의 향을 풍겼다고는 해도 초면인 스바루에게 거의 하라는 대로 따르고 있다.

　스바루의 미끼 작전은 효과 직방 수준이 아니라 천적이었다.

　"오오! 정말로 와 줬나!"

　순조롭기 짝이 없는 흐름에 은근히 기세가 올랐던 스바루는 그 보고를 듣고 목소리가 들떴다.

　피난용 용차를 수배한 것은 자신이지만 실제로 이야기를 받아 줄 행상인이 있을지는 미지수였다. 그게 결실을 맺었다고 들어 불안한 마음이 안심했다.

　"모인 사람들에게 헛걸음만 시킬 것 같은 게 뭐하지만 말이야. 그래도 상대가 무사히 왔다는 소리는, 평원이 완전히 비었단 뜻이군."

　"그건 틀림없을 것 같더군. 적은 『안개』의 불발을 알아채지 못했다. 따라서 본래는 봉쇄됐을 터인 가도에 무경계한 것이겠지. 우리가 예상한 대로다."

　"그놈에게도 거짓말을 할 이유는 없었단 뜻인가. 유일하게 제대로 믿을 수 있는 게 페텔기우스의 말이라는 게 성질나지만, 그건 길보로군."

　광인의 발언에 거짓이 없었다. 그것이 증명되어서 참으로 말 못할 기분에 젖었다.

어쨌든 스바루의 부름에 따라 모여 준 행상인들은 만나두고 싶었다. 그들이 말려든 상황의 특이성도 포함해 대화를 나눌 필요가 있을 것이다.

"그래서 진지에 돌아온 노릇인데 말이죠……."

미끼 작전을 중단하고 숲 밖으로 돌아온 스바루는 난처한 얼굴로 머리를 긁었다.

원인은 모여준 행상인 무리였다. 그 용차의 수는 비관적인 상상을 배신해서 15대 이상이었다. 『짐을 부르는 값에 산다.』라는 문구는 어지간히도 효과가 있었던 모양이다. 정확하게 센 적은 없지만 아람 마을의 촌민은 100명 이하──. 충분히 피난이 가능한 숫자다.

"그런데 꽤 조그맣게 뭉쳐 있는데."

"이만큼 삼엄한 분위기에서 제지된 거다. 그럴 만도 하겠지."

진지 구석에서 한데 뭉친 집단은 엄중한 경계 태세에 있는 기사들의 모습에 위축되어 있다. 그 모습을 본 율리우스의 말에 스바루는 이해하고 어떻게 설명해야 하나 고개를 모로 꼬았다.

모여준 것은 고맙다. 하지만 각오의 유무는 상인 정신과는 또 별개다.

"우리 편 분위기로 이렇다면, 적이 마녀교도인 걸 알면 도망치는 거 아냐?"

"용기의 총량에는 개인차가 있지. 다만 네 염려는 맞을 거다."

스바루의 염려에 율리우스가 동의하자 두 사람은 어깨를 동시에 으쓱였다.

본래 스바루는 여기서 저들에게 사정을 털어놓고 협력을 청할 작정이었다. 하지만 지금의 상태를 보면, 마녀교의 관여를 알고 꺾이지 않을 용기를 가진 이가 얼마나 있을까.

　"도망치면 난처해. 이동 수단이 없어지는 문제 이전에, 잔당한테 이번을 들키고 싶지 않아."

　비정한 것 같지만 이미 그들은 비상사태에 휘말린 것이다. 사정을 모르는 편이 행복하게 협력해 줄 수 있다면, 그편이 쌍방을 위한 게 아닐까.

　"내가 그렇게 생각하는 건, 너한테는 마음에 안 들까?"

　"우아하다고는 못하겠군. 다만 비상시에 지나치게 고집을 부리는 건 어리석은 일이지. 요는 때와 상황이야. 그리고 이번은 때든 상황이든 충족됐다는 게 내 생각이다."

　"번거롭긴 하다만, 찬성이란 뜻이군."

　에두른 율리우스의 양해를 얻자 스바루는 토벌대의 다른 인원들에게도 눈으로 의사소통을 시도했다. 다행히 빌헬름과 페리스에게서도 반대 의견은 나오지 않았고, 중요한 사정은 숨기는 상황 설명으로 결의안이 제출됐다.

　"애초에 마을 사람들을 도망쳐 보낼 경우도 실제 사실은 말하지 못할 가능성이 컸으니, 그 예행연습 같은 거라고 여기면 되나……."

　괜한 혼란을 피하기 위해서 마녀교의 관여를 덮어두는 건 필요한 조치다. 스바루는 그렇게 자기 자신을 타이르고, 불안한 눈치의 행상인들 쪽으로 발길을 옮겼다.

"아, 아. 먼 곳에서 모여 주셔서 감사합니다. 일단 고시를 낸 것은 저라서, 사정을 설명하죠."

"……형씨가?"

대표로 앞에 나선 스바루를 보고 행상인들은 놀란 서로 얼굴을 살폈다. 그 반응에 스바루는 토벌대 인원들을 떠올리고 그럴 만도 하다고 쓰게 웃었다. 노령의 빌헬름과 기사다운 율리우스를 제쳐두고 스바루가 대표라고는 아무도 생각 못할 것이다.

그 당연한 반응에 스바루는 도리어 긴장이 풀렸다. 그러자 옹기종기 모인 행상인들 속에서 낯익은 얼굴이 언뜻 보이는 것을 알아챘다. 특히 한복판에 있는 인물은 그렇다.

"댁은…… 맞아. 이름은 기억 안 나지만, 처음에 오토를 소개해 준 사람이지. 백경과 처음 조우했을 때, 협력해 준 사람도 여기저기 있군."

"처음? 백경? 무슨 말을 하는 거지?"

"미안. 지금 건 혼잣말. 그리고 지금부터는 멀쩡한 이야기야."

감개무량한 발언에 남성은 곤혹스러워하지만, 스바루는 웃으며 얼버무렸다. 덩달아서 행상인의 줄에 오토가 끼어 있지 않은지 찾았지만 아무래도 없는 것 같았다. 대량의 기름을 재고로 떠안은 청년과는 운명의 접점이 끊어진 모양이다. 약간 아쉬운 기분이었다.

"어쨌든 모두에게 중요한 건 장사 이야기잖아? 고시에 불려나왔단 말은 『화물을 부르는 값에 인수한다.』라는 조건에 동의한 사람들로 보면 되지?"

"어, 어어, 맞아. 그쪽이야말로 그 조건에 거짓말은 없는 게 맞겠지?"

"당연. 단, 조건으로 당신들의 용차를 이동 수단으로 빌리겠어. 이것도 말했을 거야. 당신들은 산을 뒤지는 동안 근처 마을 사람들을 데리고 나가는 일에 협력했으면 해."

"산을 뒤져……?"

의아한 말이 터져 나오고, 행상인들이 일제히 불온한 어감에 갸우뚱했다.

현재, 마녀교를 배제하기 위해 산을 뒤지는 작업이 실행되고 있는 건 사실이다. 단, 그것을 고스란히 전달하면 그들의 공포에 불을 지필지 모른다. 그렇기에 대안은 이렇다.

"이 숲에 올가름이란 마수가 둥지를 틀어서 말이야. 보는 바대로 상당한 규모의 토벌대가 편성됐어. 그런 우리가 산을 뒤지는 동안, 마을 사람들의 피난에 협력해줬으면 하는 거야."

──2개월 늦은 사정을 털어놓고, 스바루는 뻔뻔스럽게 시치미를 뗐다.

"퍽 현실감 넘치게 지어낸 이야기더군. 너는 공상가나 글쓴이 재능이 있는데."

"그거 칭찬하는 거 아니지?"

율리우스는 행상인 팀을 말주변으로 구워삶아 무사히 협력을 약속받은 스바루를 그렇게 평했다. 그 내용에 스바루는 시비가 걸렸다고 이마에 핏대를 세웠다.

"그러지 마, 스바루큥. 지금 건 평범하게 율리우스의 본바탕이니까. 그리고 페리도 솔직히 잘 만들어진 이야기구냥— 하고 생각했구."

"너희는…… 애초에 지어냈다고 할 만큼 지어낸 이야기가 아니라고. 2개월 전의 실화야."

중재할 마음이 있는지 없는지, 페리스에게서도 지독한 평가를 받은 스바루는 포기한 표정으로 그렇게 읊조렸다. 그러자 그 내용에 두 기사는 얼굴을 마주보았다.

"방금 이야기가 실화라면, 이 숲에 마수가 군생하고 있다고?"

"군생이라고 표현하면 뭐하지만, 있기는 있었지. 하지만 숲은 결계로 인간과 마수는 생존권을 나누고 있어. 이 주변은 문제없이 인간 쪽 필드다."

눈에 경계를 드리운 두 사람을 본 스바루는 빠른 말로 주위의 안전을 설명했다. 그 설명에 율리우스는 어깨 힘을 풀었지만, 대신에 페리스는 입술을 삐죽였다.

"스바루큥은, 사실은 무지를 가장해 페리 일행을 몰살시키려거나 그러지 않니? 믿어두 괜찮아?"

"누가 듣고 오해하겠다! 날 믿은 건 크루쉬 씨의 판단이니까, 그걸 의심하진 않는다고 말한 넌 어디로 갔니!"

"이만큼 딴소리 나오면 의심도 하구 싶어집니다. ……마수 관련에 관해서는 오히려 군생지 근처에 저택을 세운 메이더스 변경백 쪽이 정신 나갔지만."

저택이 있는 쪽을 노려보며 그렇게 말한 페리스의 모습에 스바루는 얼굴을 찌푸렸다.

　솔직히 스바루에게 로즈월 저택의 생활이야말로 이 세계의 상식적인 감각이다. 그렇기에 인가 근처에 경계를 가르고 마수가 공존하고 있는 건 평범하다고 여겼었는데.

"그럴 리가 어디 있어."

"마수는 예외 없이, 본능적으로 생물의 살해를 목적으로 둔다. 가축에도 식용육에도 적합하지 않은 그저 위험하기만 한 생물이야. 결계가 있더라도 거처를 근처에 두다니 상상도 안 가는군."

　두 사람의 즉각적인 부정에 얼마나 비상식적인 입지에 저택과 마을이 있는지가 판명됐다. 로즈월의 괴이성은 외견과 성격만으로 그치지 않았던 모양이다.

"이번 부재도 포함해서, 그 자식에게는 해둬야만 할 말이 너무 많아……."

　염증을 내면서 스바루는 솟구치는 피로감을 일단 치워두었다. 로즈월의 정신이 바른지 미쳤는지 여부는 차치하고, 설득력이 있는 변명을 할 수 있었던 이유는 그 경험 덕분이다.

　할 필요가 있는 경험이었느냐는 의문은, 일단 지금은 고려하지 않는다.

"좌우간 행상인 팀은 쾌히 힘을 빌려주기로 했어. 이렇게 말해도 사냥하는 데에 동행은 시킬 수 없으니 진지에서 대기. 유사시에 대비하도록 하자."

"그리고 피난할 일이 없으면 보수는 없이 떠나기를 청한다고……."

"그런 억척스러운 짓 할 수 있겠냐! 공수표라도 수표야. 약속은 지키게 할 거야. ⋯⋯그래, 약속은 중요한 거라고! 알겠어!?"

"아, 알겠는데, 왜 그렇게 전력으로⋯⋯?"

약속에 과민 반응하는 스바루의 서슬에 기가 죽어 페리스는 쩔쩔맸다.

두 사람의 대화 옆에서 율리우스는 앞머리를 만지며 행상인 쪽을 쳐다보고 말했다.

"하나 이 자리에 저들만 남기는 건 부주의해. 비호하는 인원이 늘어나면 진지에 남길 호위에도 숫자를 할애할 필요가 생기는군."

"아아, 절반쯤 진지에 남기려고 해. 현재 『낚시』 쪽은 전력이 과도한 느낌이니, 만약 『손가락끝』에게 진지가 발견됐을 경우, 공격도 도주도 할 수 있는 선택지는 원하는⋯⋯데."

끝부분에서 자신감이 부족한 스바루의 말에 율리우스는 눈을 감고서 고개를 가로저었다. 그 반응은 부정인 줄 알았는데, 그는 "괜찮겠지." 하고 말을 덧붙였다.

"네 의견을 존중하지. 호위에 할애할 전력도 반수라면 타당한 선이야. 『손가락끝』의 인원이 하나같이 열 명일 경우, 우리 전력이 배로 있으면 충분히 대처할 수 있다."

"네 태도는 긍정과 부정을 무진장 알기 어렵더라."

"그게 매력적이라고 자주 듣지."

"미스터리어스. 단, 미남에만 한정한다군요. 압니다."

찬성을 받았음에도 수긍이 가지 않는 기분으로 스바루는 율리우스에게 혀를 내밀었다.

"사냥은 적성상 『철 어금니』에 맞아. 호위는 기사 일파를 남기도록 하지. 그 방향으로."

책임자로서 한 말은 아니지만, 스바루의 그 발언으로 토벌대의 편제는 재빠르게 변경됐다.

지시대로, 기사 20명이 용차 15대의 호위로서 진지에 남는다. 행상인들의 표정에서 불안은 가시지 않지만, 스바루는 겁을 주지 않도록 일부러 밝게 손을 흔들며 숲으로 향했다.

여차한 순간, 그들의 협력은 필수다. 다만 사전 준비들이 부질없이 끝나주는 편이 지금은 가장 바람직한 전개임이 틀림없다.

그리고 실제로 그것은 꿈이 아닌 곳에 손이 미치고 있다는 확신이 있었다.

6

"이걸로—— 다섯 번째!"

"그러하군요."

보검의 피를 털어내고 검무를 마친 빌헬름이 스바루의 쾌재에 턱을 슬쩍 움직였다.

장소는 숲 서쪽에 있는 분지로, 그곳을 거점으로 삼았던 『손가락끝』을 격파한 순간이었다. 토벌대는 수가 반감한 영향도 없이 첫 공격으로 마녀교도를 반파했다. 그렇게 되면 적은 태세를 회복할 여지도 없이 검귀와 『가장 우수한 기사』의 칼부림 앞에 쓰러질 뿐이다.

"페리스, 어떻지?"

"……미안. 또 실패. 당했어."

다만 여전히 입막음에 대한 저항만은 좀처럼 성공하지 못했다. 면목이 없어서 눈을 내리까는 페리스에게 스바루도 율리우스도 건넬 말을 찾을 수 없었다. 페리스가 할 수 없는 일이라면 다른 누구도 할 수 없다. ——그런 사실은 당사자에게 아무런 위로가 되지 않으니까.

"침울해져서 우짜고. 마음 고쳐먹그라. 어여, 다음 가자."

"냐?!"

낙담한 페리스의 머리를 리카드가 사정없이 쓰다듬고 가녀린 몸을 일으켜 세웠다. 페리스는 막무가내 격려에 한순간 놀랐지만, 곧장 자기 뺨을 때리고 걸음을 재개했다. 그런 페리스의 모습에 리카드는 만족스럽게 이빨을 드러내고 웃었다.

그러한 행동거지를 보면 역시 리카드도 남 못잖은 조직의 우두머리라고 수긍이 갔다.

"웅— 너무 쉬워서 몸이 둔해지네—. 티비는 어떤 느낌—?"

"일이 간단한 건 좋은 일이에요. 누나에게 위험한 일을 시키면 형이 잔소리하니까 전 엄청 고맙다요."

"으음! 남자애인데 연약한 놈이로다—!"

분방한 누나와 이지적인 남동생인 수인 남매는 그 성격의 차이와 정반대로 전투에서는 훌륭한 콤비네이션을 발휘하고 있다.

공방에 빈틈이 없는 미미와, 뜻밖에 공격적인 티비의 연계다.

실력과 통솔력으로 무리를 이끄는 리카드와, 그에 따라다니는 강력한 부단장 남매. 빌헬름과 페리스 못지않게 그들 또한 얻기 힘든 협력자임을 재확인하고 있다.

그런 식으로 그들의 존재를 믿음직한 아군이라고 실감하면 실감할수록, 이런 생각이 드는 것이다.

"뭐랄까, 이게 정리되면 적과 아군 사이로 돌아온단 말이지. 이 녀석들하고."

"앞날 걱정이라니 여유가 있나 보군."

감개에 잠긴 스바루 옆에 기사검의 피를 닦은 율리우스가 섰다. 산뜻한 미장부는 전투의 여운이 느껴지지 않는 우아한 몸짓으로 하얀 망토 자락을 털어보였다.

성질나는 이야기지만 율리우스의 지적은 지당하다. 스바루는 머리를 긁고 시선을 돌렸다.

"미안하다. 좀 지나칠 만큼 순조로워서, 긴장이 풀렸을지도 모르겠어."

"미안하단 말까지는 필요 없지. 실제로 급조라고 여겨지진 않을 만큼 우리는 잘 기능하고 있어. 이 관계를 아깝게 여기는 네 마음을 모르는 건 아니다."

"……완전 의외네."

비꼬는 말이나 비아냥거리는 말을 예상했던 스바루는 율리우스의 동조에 눈이 동그래졌다. 그런 스바루의 반응에 율리우스는 그야말로 섭섭하다는 듯이 어깨를 으쓱였다.

"우리는 왕선이 시작되어 진영을 달리한 관계지. 하나 경쟁하는 처지더라도 뜻을 함께한다면 손을 잡을 수 있다. 왕선이 시작되자마자 그걸 실현한 우리는 행운아라고, 그렇게 생각하진 않나?"

"……그 행운이 마녀교가 에밀리아를 노리는 상황이어서야, 그런 생각을 못 하겠는데."

"그건 그렇군. 미안하다. 방금 말은 내 배려가 부족했어."

율리우스는 즉각 실언을 사과하고 앞머리를 만지면서 탄식했다. 그 깔끔한 태도에 스바루는 반사적으로 악담을 내뱉은 자신의 쪼잔한 속을 깨달았다.

마음속으로는 스바루도 율리우스의 의견에 동감이었다.

물론 에밀리아와 마을 사람에게 닥쳐드는 위협은 무시할 수 없다. 그 참극을 떠올리면 행운이란 소리는 입이 찢어져도 말하지 못할 것이다. 하지만 그러한 사정을 빼고서 이렇게 모여 준 협력자들과의 관계는 나쁘지 않다고 여기고 있었다.

무사히 마녀교를 물리친 뒤에 다시 적과 아군으로 갈리는 것이 아깝다고 여길 정도로는.

"무슨, 정말로 긴장 풀린 고민이잖아. 난 바보냐."

아무리 순조로운 흐름이더라도 아직 문제 중 절반에 대처했을 뿐이다. 이기고 있을 때일수록 긴장해야 한다고 말할 생각은 아니지만, 아직 장군도 치지 못한 단계에서 승리를 그리다니 마음이 너무 급하다.

잘 풀리는 것 같다고 생각했을 때부터가 가장 위험하다는 건 동서고금의 진리다.

"——미안해. 완전히 정신줄을 놓고 있었어. 낚시를 재개할 테니 다들 잘 부탁해."

스바루는 주먹으로 뺨을 눌러서 무딘 아픔으로 자기 자신을 재가동했다.

『낚시』는 스바루를 미끼로 마녀교를 낚는 작전이지만, 다른 사람이 개입하지 않은 상태에서 스바루와 마녀교도가 접촉하는 것이 관건이다. 따라서 『손가락끝』을 찾아 숲 속을 걸어 다니는 동안, 스바루는 단독 행동. ——적어도 보이는 범위 안에 아군의 모습은 없다.

토벌대는 스바루의 후방, 중거리에서 뒤따르게 하고 있다. 마녀교도는 불 속에 뛰어드는 날벌레처럼 스바루에게 다가오기 때문에 아군의 존재가 감지될 낌새는 전무하다.

그리고 그것은 이번에도 예외가 아니었다.

"오——."

숲의 서쪽 탐색을 마치고 강둑을 넘어갈까 판단했을 때, 스바루가 주위의 공기가 차가워지는 걸 느끼자마자 눈앞에 그림자가 미끄러져 나왔다.

"——."

나타난 마녀교도는 네 명. 지금까지 접촉한 인원수로서는 가장 많다. 『낚시』를 개시하고 없앤 거점은 세 군데. 지금까지와 다른 전개에 스바루의 심장이 세게 뛰었다.

"큭……."

예측하지 못한 사태에 대비해 수신호를 협의해 두었다. 다만 『낚시』가 한번 실패하면 남은 『손가락끝』에 의심을 주어 마녀 교와의 본격적인 공세를 피하지 못할 것이다. 그렇기에——.

　"——여어. 순찰 중으로 보면, 될까?"

　스바루는 쪼그라드는 간담을 억지로 펴서 어떻게든 상대에게 웃음을 보냈다.

　평시에는 평판이 좋지 못한 스바루의 웃음은 마녀교 상대로는 호평이다. 변함없이 말이 없고 반응이 없는 마녀교도들은 여럿 이서도 스바루에게 적개심을 보이지 않았다.

　"여러 명이서 정성들이는 건 좋은데, 이 주변은 문제없어. 문 제없으니까 자기 자리로 돌아가도 된다고. 응. 그래다오."

　"——."

　"서열은 내 쪽이 위잖아? 따라두는 편이 모가 안 날걸?"

　"——."

　명령한 직후의 이 침묵이 심장에 안 좋다. 실제로 심장은 긴장 과 불안을 재료로 속도와 음량을 급등시키고 있으며 스바루의 뒷목은 식은땀으로 흠뻑 젖었다.

　하지만 이 숨 막히는 긴장은 스바루의 체감만큼 오래 이어지 지 않는다. 수십 초, 혹은 불과 십여 초 만에 마녀교도는 공손히 인사하고 스바루의 지시에 따르는 것이다.

　"——후."

　폐까지 굳어지던 긴장에서 해방되어 스바루는 식은땀을 닦았 다. 그다음에 수신호로 『성공』의 신호를 보내고 이동하는 교도의 뒤를 다급한 걸음으로 추적했다.

기본적으로 숲을 돌아다니는 『손가락끝』의 행동 범위는 거점 근처에 한정되어 있다. 아마도 놈들은 순찰을 하는 게 아니라 스바루의 존재를 느끼고 끌려왔을 것이다. 스바루에게 소굴로 돌아가라고 지시를 받으면 아무 의심도 없이 거점으로 돌아간다.

그렇기 때문에 거점까지 추적은 5분도 걸리지 않는다. 인원이 증가한 이번에도 그것은 동일——.

"——?! 갈라졌어?"

그 기대가 빗나가서 4인조가 추적 중에 별도 행동을 시작하자 스바루는 눈이 휘둥그레졌다.

4인조는 느닷없이 세 명과 한 명의 두 팀으로 갈라져서 망설임 없는 발걸음으로 다른 방향을 돌아서 걷기 시작했다.

"——."

단독 행동과 3인조. 놓칠 위험부담이 높은 건 단독 행동이다. 한순간 골몰한 스바루는 곧장 수신호로 아군을 불렀다. 불과 몇 초 만에 『철 어금니』의 구성원이 곁에 내려섰다.

"놈들이 흩어졌어. 나는 혼자가 된 놈을 쫓아갈 테니까, 3인조 쪽은……."

"아항. 맡겨시두라이."

여우 얼굴—— 말 그대로 여우인간인 청년이 스바루의 지시를 받아 몇 명을 데리고 3인조가 사라진 방향으로 추적에 임했다. 그 등이 사라지기 전에 다짐을 받았다.

"절대로 손은 대지 마. 거점만 발견하면 곧장 합류하자고."

"예이예이."

가느다란 수염을 튕기고 여우인간은 그대로 오른쪽 숲으로 소리도 없이 날아 들어갔다. 그 모습을 지켜보자 스바루도 멍하게 있을 순 없었다. 서둘러 단독 행동하는 마녀교도의 미행을 재개했다.

다행히 혼자가 된 마녀교도는 금방 따라잡았다. 천천히 숲 안쪽으로, 더 안쪽으로 나아가는 그림자를 신중하게 쫓아가 자세를 낮춘 스바루는 눈에 들어오려는 땀을 거칠게 닦았다.

사실, 숨을 죽이며 마녀교도를 미행하는 스바루의 행동에 의미는 없다.

스바루에게 기척을 숨기는 미행 스킬은 없고, 애초에 스바루의 존재는 마녀교도에게 숨길 수 있는 게 아니다. 아마도 앞에 가는 마녀교도는 스바루의 추적을 애초부터 감지하지 않았을까.

그래도 놈들이 아무 말도 하지 않는 것은 『높은 쪽』인 스바루의 지시에 맹목적으로 따르기 때문이다. 스바루의 이해할 수 없는 행동이 마녀교 쪽의 이득이 된다고 판단했다. 속내는 알 수 없지만, 대충 그럴 것이라고 추측할 수 있다.

——하지만 그렇다면 더욱더 4인조가 별도 행동에 나선 이유가 걸린다.

본의가 아니지만, 스바루는 대죄주교에 필적하는 명령권을 가지고 있다. 그런 스바루의 지시에 거역해서까지 단독 행동으로 이행한 이유를 알 수 없다. 혹은 그거야말로 치명적으로 뭔가를 놓치는 결과로 이어질 느낌마저 들어서 스바루의 심장박동은 미미하게 빨라지고 있었다.

"──."

눈에 힘을 주어 전방에 있는 마녀교도의 움직임에 집중한다. 눈을 혹사한 탓인지 주위 경치에 위화감이 있다. 숲이야 어디나 비슷한 풍경이지만, 마치 기시감이 있는 곳에 헤매어 들어온 듯한, 낯익은 곳을 밟고 있는 듯한 착각──.

"──이거, 정말로 착각인가?"

길이라고는 말 못할 짐승길에, 크게 꾸불거리는 나무뿌리의 계단. 발밑에 난 도랑을 뛰어넘어 독살스러운 색깔의 버섯을 넘어가자 스바루 속에서 위화감은 확신으로 바뀌었다.

"설마!"

머릿속의 경종이 최대한으로 울려 퍼져 스바루는 어금니를 악물고 정면으로 달리기 시작했다. 넘어질 뻔한 것을 근성으로 버티고 눈앞의 숲이 트일 때까지 단숨에 내달린다. 그리고──.

"뭘 하고 앉았어?!"

시야의 녹색이 끊기고 눈앞에 회색의 광경이 날아들었다.

몇 시간 전에 전장이 된 암석지대에는 붕괴한 벼랑과 묘비가 없는 무덤이 있다. 하지만 굼실대는 마녀교도들은 그 무덤을 파헤쳐 안에 묻힌 광인의 주검을 파내려 하고 있었다.

──이곳은 페텔기우스 로마네콩티의, 마지막 장소다.

"──."

무심결에 그 광경을 보고 소리를 지른 스바루에게 무감정한 마녀교도의 눈이 집중했다. 무덤을 파헤치는 마녀교도는 아홉 명. 미행한 한 명이 합류해서 열 명——『손가락끝』이다.

페텔기우스의 『죽음』을 들켰다. 적어도 이 『손가락끝』은 섬멸해야만 한다.

"——."

스바루 안에서 사고가 귀결하는 것과 『손가락끝』이 일제히 움직이기 시작한 것은 거의 동시였다. 페텔기우스의 죽음을 안 마녀교도는 즉각 스바루를 향해 그 손을 뻗어왔다.

그것이 스바루의 생명을 빼앗으려고 한 것인지, 대죄주교를 대신할 존재를 확보하려고 한 것인지는 알 수 없다. 결과는 영원히, 내달린 은빛 섬광 저편으로 사라졌기 때문이다.

피보라가 튀고 눈앞의 마녀교도가 비스듬히 양단됐다. 검은 그림자는 거무튀튀한 피를 뿜으면서 쓰러지고, 말없는 단말마가 싸움의 포문을 열었다.

"스바루 님, 등 뒤로."

선제공격으로 한 명 베어 넘긴 빌헬름이 스바루를 가볍게 뒤로 밀어주었다. 비틀대는 스바루 옆을 지나쳐 리카드의 거구와 율리우스의 마른 몸이 각각 적의에 덤벼들었다.

——전투는 일방적이었다.

충동적으로 뛰어나간 스바루의 실수로 싸움은 대등한 조건 하에서 시작됐다. 하지만 토벌대는 마녀교도를 문제 삼지도 않으며 그 압도적인 전력으로 단숨에 짓뭉갰다. 불과 몇 십 초 만에 싸움은 판가름 나고 전장에는 마녀교도들의 시체가 나뒹굴 뿐이었다.

"이놈들, 여기서 뭘 하고 앉았던 거지?"

전투의 끝을 지켜보고 스바루는 다시 전장이 된 암석지대에서 언성을 높였다.

그 의문에는 아무도 대답하지 않았다. 마녀교도는 입 다물고 이야기하지 않으며, 마지막 한 명도 분투하는 페리스의 품속에서 자해해 스러졌다. 『손가락끝』을 또 새로 없앴다고 기뻐할 여유는 없다.

"땅을 파고 뭔가를 찾고 있던 것 같은데……."

"저놈들이 파던 곳은 대죄주교의 무덤이야. 무덤이라고 해도 미미가 흙 뿌리고 묻었을 뿐에다 그곳을 폭파한 것도 미미 본인이지만."

도로 파낸 무덤에서 흙 위에 늘어선 것은 광인의 시체 조각이다. 원래 목을 쳐서 몸통만 남았던 주검은 폭렬의 영향으로 더욱 끔찍한 파편으로 형상을 바꾸었다. 이미 고기조각이나 마찬가지인 덩어리에 놈들이 무엇을 바라고 있었는지 추측도 할 수 없다. 다만——.

"……꺼림칙한 예감이 들어."

파묻힌 대죄주교를 도로 파내어 뭔가를 찾고 있던 마녀교도. 스바루의 지시에 거스를 만큼 강경하게 이 작업에 종사한 이유. 남은 네 개의 『손가락끝』의 존재——.

"다른 한쪽의, 3인조를 쫓은 사람들과 합류하자. 서둘러서."

가슴 속에서 술렁이는, 불온한 기척이 사라져주질 않는다.

스바루는 주먹을 가슴에 대어 억지로 그 둔통을 무시하고, 별도 행동 중인 여우인간들과의 합류를 서둘렀다. 숲을 되돌아가 헤어진 지점에서 그들을 쫓았다.

쫓아가면, 이 불안이 사라질 거라 믿고━━.

7

"━━."

그 공간에는 피 냄새가 잔혹하게 끼어 있었다.

미지근한 열기가 나무들 사이에 맴돌고 쏟아진 내장의 악취가 콧구멍을 찔렀다. 주변에는 신발과 하얀 의상이 어지럽게 흩어졌고, 그것들에는 어느 것이나 『내용물』이 들어 있는 상태였다.

원형을 남긴 존재는 없다. 상식에서 벗어난 힘으로 모든 게 쥐어뜯겼다.

"……생존자는, 없나 본데이."

아연실색해 말도 못하는 스바루의 정면에서 코를 쿵쿵거린 건 리카드다. 수인 중에서도 코가 밝은 견인족인 그는, 이 자리의 누구보다 먼저 이변을 알아채고 달려 나갔었다.

뒤늦게 따라잡은 스바루 일행을 돌아보고 꺼낸 말이, 이 참상의 결말 전부였다.

"치, 치료……. 다친 사람을, 치료해야……."

"말했잖노. 생존자는 없데이. 부상자는 이곳에 한 명도 없어."

스바루의 떨리는 목소리에 리카드는 평소의 호쾌함을 거두고 고개를 가로저었다. 그 태도에 다짐 받을 필요도 없이 한 눈에 확신할 수 있을 만한 상황이다.

이 자리에 있었을 터인 동료는 전멸하고, 아무도 살아남지는 못했다고.

"──뭔가 이상한 느낌이 드는 상황이군. 아무리 그래도 너무나 일방적이야."

"맞는 말입니다. 『철 어금니』의 훈련도를 고려하면 이렇게까지 압도되리라곤 생각하기 어렵지요."

제시되고 있는 비현실적인 광경에 사고가 따라잡지 못하는 스바루를 내버려두고 대화는 진행됐다. 위화감이 있다고 주위를 둘러보는 율리우스에게 빌헬름이 동의하는 모양새다.

기사와 검귀는 무기에 손을 얹고 참상에 눈썹을 찌푸리면서도 검기를 몸에 두르고 있었다.

"일방적……이라니."

"말 그대로야. 이곳에는 라디안 일행의, 우리 아군의 시체밖에 남지 않았다. 아무리 생각해도 부자연스러워."

"──."

"상대가 마녀교도라도 저항 못하고 살해당하리라는 생각은 할 수 없어. 『철 어금니』의 정예가 적을 한 명도 해치우지 못하다니…… 그건 이상한 상황 아닌가?"

침묵하는 스바루에게 율리우스가 사실을 하나하나 풀어서 설명하지만, 그에 대꾸할 여유가 없었다.

애초에 신경 쓸 포인트가 잘못됐다. 스바루는 이 상황의 위화감을 고심하고 있던 게 아니다. 더 코앞의, 최초의 충격에 무릎꿇고 움직이지 못하고 있는 것이다.

"무슨, 당연한 것처럼……."

"스바루?"

"달려왔더니 동료가 죽어 있었잖아?! 그런데 어떻게 다들 아무렇지도 않게……."

"일어나버린 건 바뀌지 않아. 과거가 바뀌지 않는 것과 마찬가지로."

말문을 잃었다. 율리우스는 아무 말도 못하는 스바루에게서 시선을 떼고 페리스에게 걸어갔다.

지금까지 말이 없던 페리스지만, 스바루처럼 우두커니 서 있던 건 아니다. 그는 이곳저곳에 있는 수인의 시체를 둘러보며 그 상처를 검시하고 있었다.

──여기저기 흩어진 고깃덩이는 잇대면 다섯 명의 동료가 될 터다.

율리우스가 라디안이라고 부른 건 스바루가 마녀교도를 쫓게 한 여우인간 청년인가. 표표한 얼굴과 익살맞은 카라라기 사투리가 떠올랐다. 그런 그를 포함한 다섯 명의 수인은, 이곳에서 원래 모습도 상상할 수 없을 만큼 끔찍하게 찢어져버렸다.

"페리스, 뭔가 알아냈나?"

"……일단 생존자는 없음. 상처 상태를 보아서 같은 놈한테 당한 것 같은데, 날붙이 상처가 아냐. 물론 마법도 아니고. 이거, 힘으로 쥐어뜯겼어."

"마수(魔獸) 같은 수법을 쓰는 놈이 계시단 말이가? 봐주라카이."

담담한 페리스의 보고에 리카드가 개 이빨을 마주치는 소리를 냈다. 그 소리에 현실로 돌아와 스바루는 그 대화에 비틀비틀 끼어들었다.

"쥐어뜯겼다니…… 설마, 마수에게 당한 건 아니지?"

"물린 상처하곤 다르니까, 그 걱정은 없을걸. 괴력으로 한 느낌. 하지만 거의 즉사한 모양이니까 아마 그렇게 고통스럽지 않았을 거야."

"……어…째서. 그런 소리를 덧붙인 거야."

"그편이 스바루큥의 마음이 조금은 편해질까 해서."

위안거리 수준인 페리스의 배려지만, 안타깝게도 스바루의 마음에 효과는 없었다.

『죽음』은 『죽음』에 불과하다. 그 결과 고통스러웠는지 아닌지는 지금은 관계없는 것이다. 스바루가 그들을 구하지 못하고 호락호락 죽게 해버린 사실은 변함없으므로.

"내가…… 내가 더, 제대로……!"

"스바루 님, 후회하는 마음은 이해합니다. 하지만 지금은 장소가 좋지 못합니다."

"빌헬름 씨."

"아마도 마녀교의 거점과 위치가 가까울 겁니다. 아군이 습격당한 이상, 지리적 이점은 놈들에게 있다고 추측할 수 있겠지요. 일단 태세를 정비하고 싶군요."

빌헬름이 그 자리에서 무릎 꿇어버릴 것만 같은 스바루의 어깨를 잡고, 고개를 저어 후회를 그만두게 했다.

검귀의 말은 비정하지만, 사실이다. 지금 아군의 죽음에 발을 멈추는 짓은 다른 아군을 위험으로 내모는 우행이 될 수 있다. 후회든 동요든 지금은 뒤로 미뤄야 한다.

근처에 있는 건 이미 교전 상태에 들어간 『손가락끝』이다. 암석지대의 『손가락끝』과 똑같이, 이곳에서 스바루는 쓸모없는 족쇄에 불과하다.

"여기서 물러나자. 원수를 갚는다 치도, 일단 태세부터 정비하자꼬."

리카드가 턱을 내밀어 참상에서 이탈하기를 선언했다. 호령에 반대 의견은 없다. 율리우스와 빌헬름은 물론, 울먹이는 티비를 달래는 미미도 그렇다.

"……최소한, 모두의 유품 정도는."

"그것도 벌써 회수했어. 반지랑 머리카락 정도지만."

미련을 못 버리는 스바루에게 페리스가 차분하게 대답했다. 가볍게 품속을 어루만지는 그의 손놀림에 스바루는 자신이 우두커니 서 있던 사이에 그 과정이 끝났음을 깨달았다.

발을 멈출 이유를 빼앗긴 스바루는 마지막으로 매달리듯이 참상을 돌아보았다.

"──."

훤히 드러난 흙 위에 줄지은 주검은 불과 10여 분 전에 말을 주고받은 동료다.

그 잔혹한 『죽음』을 지켜보고, 스바루의 마음에 무겁고 씁쓸한 것이 포효를 터트리고 있었다.

왜, 스바루의 마음은 지금, 이토록 미치도록 부르짖고 있는가. 그것은──.

"스바루큥, 가자."

"……알아."

시간도 아군도 스바루에게 고뇌할 겨를은 주지 않는다. 주검에 건넬 말도 떠오르지 않는 채로 스바루는 페리스의 부름에 이탈하는 이들의 최후미에 따라붙으려고 했다.

그리고 알아챘다.

──나무들 틈새를 뚫고 소리도 없이 다가서는 칠흑색 손바닥의 존재를.

"숙여──!!"

"──큭!"

어둠에서 빠져나온 듯한 마수(魔手)의 존재에 스바루는 무아몽중으로 외치고 있었다.

그 갑작스러운 지시에 창졸간에 반응할 수 있던 건 빌헬름 쪽 주력이었다. 그들은 되묻는 우를 범하지 않고 즉각 몸을 숙이며 땅을 박차 손바닥의 사거리에서 벗어났다.

그러나 반응이 늦은 이들을 포착한 마수는 남김없이 악랄한 위력을 발휘했다.

"끼약——."

잇따라 터지는 비명—— 아니, 비명이 아니다. 단말마다.

검게 칠해진 팔은 반응이 늦은 전사들의 목에 뻗어 그 인후를 치명적으로 파헤쳤다. 손끝의 움직임은 마치 저항 없이, 물을 헤집듯 인체를 가볍게 파괴했다.

피가 분출하고 스바루의 눈앞에서 복수의 생명이 무자비하게 사그라졌다. 그 사실에 스바루는 아연실색했지만, 직후에 터져 나온 목소리가 그 경직을 해제했다.

"——뭐야, 무슨 일이 일어났지?!"

"몰라! 전원, 갑자기 목에서 피를 뿜고……."

아군의 참살에 경악한 그들은 무엇이 『죽음』을 낳았는지 보지 못했다. 그것은 즉, 그 검은 마수의 정체가 스바루가 아는 그것이라는 가장 큰 증거다.

그렇기에 스바루는 믿을 수 없는 마음을 내던지고 외쳤다.

"——『보이지 않는 손』이다!!"

아군을 죽음에 이르게 한 검은 손바닥—— 그것은 페텔기우스의 『보이지 않는 손』임이 다름 아니다.

그러나 말이 안 된다. 그것을 조종하는 광인은 확실하게 죽었다. 목을 치고, 몸통을 쪼개고, 거의 파편이 된 시체를 확인한 직후, 페리스도 회복이 불가능하다고 단언했다.

"그런데 누가 『보이지 않는 손』을 쓰고 자빠진 거야?!"

놀람에 목소리가 갈라진 스바루에게 허공에서 춤추는 칠흑의 마수가 반응했다. 복수의 손바닥은 마치 뱀 머리처럼 그 손끝을 이쪽에 겨누고 쉭쉭대었다.

그 수, 대략 서른——. 페텔기우스가 다루는 개수를 가볍게 웃도는, 보이지 않는 폭력이다.

"스바루 님! 팔 위치를, 지시를!"

검을 잡고 발밑으로 페리스를 굴린 빌헬름이 외쳤다. 검귀의 요청에 첫 수에서 달아난 이들이 스바루를 보았다. 사기는 꺾이지 않았지만, 대처법은 스바루 말고 없는 것이다.

그 역할을 이해하고 스바루는 마수에 시력을 집중했다. 이 이상, 동료의 주검을 늘리는 건 단연코 사절이다. 그러나 마수는 그 각오를 비웃듯이——.

"사라져……?!"

검은 아지랑이로 이루어진 손바닥은 그 손끝부터 천천히 풀어져 티끌로 바뀌었다. 스바루는 서른 개의 팔이 한순간에 무산하는 모습을 지켜보고, 상대의 의도를 읽지 못해서 얼굴을 굳혔다.

오른쪽을 본다. 왼쪽을 본다. 하지만 사라진 팔이 다시 모습을 보일 낌새는 없다.

"형씨, 공격은 어찌 됐노?! 어데 나왔어?!"

"사라졌어! 뒤로 빠졌어! 이유는 모르겠고!"

스바루는 리카드의 노성에 마주 고함치고 필사적으로 주위에 눈길을 돌렸다.

소리도 기척도 없는 『보이지 않는 손』의 기습은 스바루밖에 감지할 수 없다. 자신의 행동이 아군의 생사에 직결된다. 그 사실에 스바루는 결사적이 됐다.

따라서 자기 자신에게 소홀해졌다.

"욱——?!"

목 뒤에서 갑자기 발생한 위화감에 스바루의 목이 비명을 질렀다.

직후, 목뼈가 삐걱거리는 악력에 들려 올라가 스바루의 발이 지면에서 떨어졌다. 공중에 떠버리면 발버둥 칠 수도 발을 디딜 수도 없다. 버둥대듯이 손발을 파닥거리지만 스바루의 몸은 단숨에 등 뒤의 어두운 곳으로 끌려들어가고 말았다.

"아뿔싸! 스바루——!"

"율리우스, 안 돼! 적이 왔어!"

순간적으로 율리우스가 손을 뻗었지만, 그건 귀기 감도는 페리스의 한마디에 가로막혔다.

분단되기 직전, 스바루의 눈에 비친 것은 숲을 뚫고 튀어나오는 검정 일색의 집단—— 마녀교도가 옆에서 경계하는 아군을 엄습하는 모습이었다.

"제길! 놔……, 놓으라고!"

칼부림 소리가 울리기 시작하는 숲 안쪽에서, 스바루만이 전장에서 끌려 나왔다. 휘두르는 손발이 나뭇가지에 맞아 고통과 생채기가 발생하지만 그에 상관할 여유는 없었다.

구속하고 있는 손바닥은 비상식적인 완력과 인체구조상 불가능한 움직임으로 스바루를 나르고 있다. 돌아볼 수는 없어도 무엇에 끌려가고 있는지 상상은 쉽다. 스바루는 지금 『보이지 않는 손』에 끌려가고 있다. 그렇다면, 그 적은——.

"끄, 억——!"

충격에 사고가 억지로 중단됐다.

가차 없는 공중 부유가 끝나고 등부터 거목에 찧은 것이다. 그대로 나무줄기에 밀어붙여져서 허공에 매달린 상태는 지속 중. 스바루는 발이 닿지 않는 채로 적과 대치하게 됐다.

"콜록, 제길! 대체, 어디 사는 어느 놈이……."

"아아—— 뇌가, 떨, 린다."

"——."

기침하고 주위에 눈길을 돌린 스바루는 그 대사에 심장이 얼어붙었다.

핥듯이 고막에 흘러든 헛소리. 그러나 무시하기에는 너무나도 사악하기 짝이 없다.

——천천히, 어둠에서 스며져 나오듯이 걸어 나온 것은 홀쭉한 그림자였다.

스바루가 아는 한, 마녀교도는 모두 다 같은 흑의를 걸치고 있으며, 그 인영 또한 예외가 아니었다. 그러나 그 인물만은 머리까지 쓰고 있던 후드를 벗어 맨 얼굴을 드러내고 있었다.

"——."

한순간, 스바루는 그 인영이 그 페텔기우스와 겹친 것처럼 착각했다.

하지만 바로 직후에 그것은 부정됐다. 상대는 광인과도 닮아도 닮지 않은 모습이다. 왜냐하면 스바루 앞에 나타난 것은 아직 젊은 나이의, 빨강머리에 주근깨가 두드러지는 여성이었으므로.

"그렇건만…… 뭐야, 너……. 뭐야, 뭐냐고……?!"

온몸을 세게 압박되어 버둥대는 스바루는 여자를 내려다보면서 괴롭게 신음했다.

마녀교도의 조건은 남녀노소 무분별. 그것은 지금까지의 『손가락끝』의 퇴치로 수긍을 마쳤다. 적대자가 여성이어도 놀라기에는 마땅치 않다. 마땅치 않건만, 스바루의 공포는 수그러들지 않았다.

문제는 상대의 성별이 아닌 것이다. ——이 여자의 존재가, 그 광인과 겹치는 것이다.

스바루는 페텔기우스 로마네콩티에 필적하는 혐오와 공포를 이 여자에게서 느끼고 있다. 그 인식은 여자의 발밑에서 굼실대는 그림자가 스바루를 구속하고 있는 사실과 결코 무관하지는 않았다.

눈앞의, 여자는, 페텔기우스의 관계자, 그것도, 단순한 관계자가 아니라——.

"너, 는…… 페텔기우스의, 뭐, 지……?! 이 손, 놔……!"

"——『손가락끝』, 입니다."

"아?"

전율을 찍어 누르고 쥐어짜낸 스바루의 말에 여자가 잠긴 목소리로 말했다. 스바루가 그 목소리를 의아해한 직후, 여자는 용수철 달린 인형처럼 힘차게 고개를 펄쩍 들었다.

그리고 들어 올린 오른손의 손가락을 자기 입에 넣고, 거칠게 손가락을 깨물어 터트렸다. 둔탁한 소리. 떨어지는 선혈. 그것은 그 광인의 모독적인 자해 행위 바로 그것──.

"저는 『손가락끝』! 저는 총애에 보답하는 자! 시련을 집행하고 사랑의 인도에 따르는 충실하며 근면한 사도! 아아! 아아아, 당신, 나태합니까?!"

"으······!"

피로 물든 손가락을 휘둘러대어 피를 뿌리면서 여자는 본능 그대로 광태를 드러냈다. 『손가락끝』이라고 자칭하며 정신없이 고함지르는 여자의 작태에 스바루는 갑갑한 호흡마저 잊고 몸을 틀었다.

저 광기, 저 광태. 발작을 일으킨 듯한 행동거지와, 하나밖에 모르는 듯 반복되는 악다구니──. 같은 권능을 조종하는 것만이 아니다. 저 기벽과 기괴한 발언을 비교할 필요도 없이, 여자와 광인 사이에는 무시할 수 없는 공통점이 있었다.

심복, 후계자, 대죄주교 아닌 대죄주교 등, 갖은 가능성이 머릿속을 휘돌았다.

하지만 어느 것이나 부적절하다. 더 정확하게, 이 감각에 이름을 달자면──.

"판박이, 동일······ 복제? 페텔기우스의, 성격 그대로인······!"

스바루에게는 눈앞에 있는 여자의 정체가 페텔기우스를 모방한 것이 아니라, 페텔기우스 그 자체처럼 여겨질 따름이다. 혹여 『손가락끝』이란, 그런 뜻인가.

말 그대로 『손가락끝』이란 페텔기우스의 일부였다는 뜻인가.

"그렇다 치면, 최악이란 수준이 아니라고……!"

"일찍 당신을 회수할 수 있어서 안심한 겁니다! 당신은 골칫거리, 당신은 위험, 당신만은 매우 극악! 당신, 『보이지 않는 손』이 보이는 것이군요?"

"노, 코멘트……."

"침묵을 고수해도 소용없는 겁니다! 당신은 나의 총애를 포착해 본래라면 희생되어야 마땅한 쓰레기를 구했습니다! 하면 우연으로 치부할 수 없는 것입니다! 한 번도 아니라 두 번씩이나된다면, 그것은 우연이 아니라 필연! 필연에 힘쓰는 그것은 근면!"

남의 이야기를 들을 자세가 아닌 것도 오리지널과 완전히 동일하다.

안구가 튀어나올 만큼 눈을 부릅뜨고, 긴 혀에서 침을 뚝뚝 흘리는 여자 광인. 무난하게 있으면 그럭저럭 볼 만한 용모인 만큼, 그 광란은 화면 이상의 추악함을 부르고 있었다.

"그럼, 그럼, 그럼그럼그럼. 이렇게 된 것은 매우 유감인 겁니다만, 확인해야만 하는 사항이 있는 겁니다. 당신, 정체가 무엇이고 무엇을 꾸미고 있는 겁니까?"

"내가, 뭘……?"

스바루는 보고 있기 힘든 상대에 대한 혐오감까지 드러내며 질문에 얼굴을 찌푸렸다. 앵무새처럼 되풀이한 대꾸에 여자 광인은 허공에 손을 뻗고 외쳤다.

"그렇습니다! 의문은 바로 그 점인 겁니다! 당신이 두른 총애는 일개 신도와 비교가 되지 않고, 대죄주교에 필적하는 겁니다! 하면, 역시 당대의 『오만』이 아닌지? 『나태』를 대신해 시련을 대행하기 위해서 이 자리에 참석한 『오만』이 아닌지!"

"느긋하게, 살려둔다고 했더니만 이제 와서 무슨……. 그리고 한 식구 아니냐고 의심하는 것에 비해서 인정사정없이 목 졸라대고 계시잖냐고……!"

"설령 대죄 사이여도 피차 상대의 수법에 참견하지 않는 건 불문율입니다! 그러고서 다투는 결과가 된다면, 나머지는 더 근면하게! 온갖 고난을 물리쳐 사랑에 매진하는 이가 관철할 뿐입니다! 막무가내든 공멸이든, 드문 일은 아니니 말입니다!"

스바루의 의문에 여자 광인은 광소하고, 홍소하고, 조소하며 대답했다.

조직 내에서 경쟁심을 부추긴다고 하면 듣기야 좋지만, 궁극적으로 자기중심적인 존재의 모임임을 자랑스럽게 폭로하고 있다. 즉, 이 여자 광인에게는 스바루가 『오만』이라는 사실과 적이라는 사실이 양립되는 것이다.

"당신이 『오만』이라면 대죄의 자리가 마침내 메워지는 겁니다! 이번 시련을 완수한 뒤에 남은 대죄를 소집하고 그다음에 마녀에게 저희의 사랑을 드러내야지요! 그러기 위해서도——."

"———."

"당신의 미련을 끊기 위해서, 시련의 개시를 앞당기는 겁니다. 내일? 아니요. 지금 당장에라도! 당신은 그것을 꼭 지켜보길 바라는 겁니다!"

압도적인 우위를 기회로 여자 광인은 스바루에게 기분 좋게 요구를 들이밀었다.

내용은 최악. 시련의 조기 집행———. 즉, 습격 계획을 앞당길 작정이다. 여자 광인은 드높이 착각을 읊조리면서 스바루에게 학살 행위를 선보이겠다고 지껄였다.

당연히 실행하게 둘 수는 없다. 이대로 계속 시간을 벌어서 여자 광인을 이 자리에 잡아둘 메리트는 거의 없다. 최악의 상상이 적중했을 경우, 권능의 사용자——— 페텔기우스의 복제는 이여자 한 명으로 그치지 않을 가능성이 있기 때문이다.

따라서 스바루는 1초라도 빨리 동료들에게 이 사실을 전해야만 한다———.

"그런 판국에…… 제길! 보이더라도 내 쪽에서 간섭은 못하는거냐!"

자유로워지는 데에 가장 큰 장애는 아직도 스바루를 구속하고 있는 『보이지 않는 손』이다. 목 뒤를 거머쥐는 감촉에 손을 뻗어 봐도 스바루의 손가락은 아지랑이를 획 지나쳐서 간섭할 수가 없다.

너무나도 부자연스러운 현상에 스바루가 퍼붓는 악담에 여자 광인은 득의만면하게 끄덕였다.

"역시 당신에게는 『보이지 않는 손』이 보이는 거군요. 매우 불만, 불복, 불본의불유쾌부조리불합리한 겁니다만, 그것이 바로 당신이 『오만』이라는 증거!"

"여러 번, 말하게 하지 마라. ……아아, 네게는 아직 첫 번째 인가. 난 『오만』은커녕, 입회 특전인 책도 못 받았어……!"

"어찌 이렇게 고집스럽습니까! 그러나 그런 당신도 금세 고분 고분해지…….."

발버둥을 재개하는 스바루의 모습에 여자는 흉악한 얼굴을 즐겁게 일그러뜨리며 바라보았다. 하지만 그 가는 팔이 자신의 품속을 무의식적으로 더듬은 순간, 여자의 말이 중단되고 표정이 사라졌다.

"……그래, 요."

나직이, 여자는 품속에서 손을 빼고 말했다. 여자 광인의 손에는 아무것도 들려 있지 않았다. 들려 있지 않았기에 여자 광인은 자기 뺨에 손톱을 박아 살점을 긁어내고 외쳤다.

"——복음!!"

"——?!"

목이 터져라 외친 절규가 울려 퍼져 무심코 스바루는 몸을 굳혔다.

난데없는 감정의 폭발. 할퀸 상처라는 어수룩한 말은 어울리지 않는, 열상(裂傷)을 자기 뺨에 새긴 여자는 분노 어린 표정으로 스바루를 쳐다보고 살점이 낀 손톱을 겨누었다.

"이 왜소한 몸으로는! 만언을 다하고! 만 번 신명을 걸고! 만인의 한탄을 바친다 하더라도 닿지 않는 겁니다! 그 어리석고 미숙한 이 몸이, 올바르게 총애에 보답하기 위해서 도표가 필요한 겁니다! 그러기 위한, 복음! 그것이 지금, 제 손에 없는 겁니다!"

"으……."

"잃어버렸다면 어디에?! 아아, 알고 있는 겁니다! 나의 복음, 나의 사랑의 도표! 그것은 당신이, 당신이당신이당신이이, 빼앗았을 겁니다!"

불안정한 증오의 칼끝이 스바루를 겨누고, 내리꽂힌 악의에 등골이 얼어붙었다. 확실하게 페텔기우스의 정신을 물려받은 여자 광인이 피로 물든 흉악한 표정으로 스바루에게 접근했다.

"오지, 마……!"

그 접근에 스바루는 오래도록 맛보지 못한 『죽음』의 존재를 지척에서 느꼈다.

스바루만이 감지할 수 있는, 가까이 다가든 『죽음』에 대한 후각. 그 『죽음』이 여자의 몸에 들러붙어서 나츠키 스바루의 명운을 끝내러 오고 있다.

다가와서는 안 된다. 죽을 수 없다. 죽고 싶지 않은 것이다. 이런 곳에서——.

"발버둥 치든 발악하든 소용없습니다. 당신은 이대로……."

비웃는 여자 광인의 목소리에 마수의 악력이 스바루의 목뼈를 삐걱거리게 했다. 그대로 의식이 치명적인 공백의 바닥에 잠기기 직전이다.

"——뭡니까?"

"——아."

의문 어린 목소리에 악력이 느슨해지고, 찰나의 순간만 스바루의 호흡이 누그러졌다. 그리고 스바루는 흐려지는 눈을 억지로 떠서 무슨 일이 이 시간을 만들어주었는지 확인했다.

그리고 보았다. ——스바루의 눈앞에 하늘하늘 일렁이는 붉은 빛 덩어리를.

"뭐……."

"정령——!!"

빛의 정체를 언급하기보다 먼저, 여자 광인이 증오로 채색된 외침을 터트렸다. 그에 대한 빛의 반응은 선뜻하고 명쾌했다.

마치 파열하는 것처럼 뿜어진 빛이 스바루와 여자의 눈을 하얗게 태웠다.

8

"——."

예조 없는 빛의 작렬에 스바루는 비명도 지르지 못하고 몸을 젖혔다. 망막에 바늘이 꽂힌 듯한 고통에 눈물이 터지고 얼굴을 손바닥으로 가린 직후—— 구속이 풀리며 내던져졌다.

"으, 어!"

부유하는 감각에 지배되어 손으로부터 벗어난 것이라고 깨달은 순간에 스바루는 낙법에 들어갔다. 큰 나무의 뿌리둥치에 다리부터 넘겨져 낙하 대미지를 최저한으로. 검귀의 지도 덕분에 날려갔을 때의 낙법만은 완벽하다. 손등으로 눈을 비비고 얼굴을 들었다.

"지금 그건…… 엇, 위험해!"

상황을 확인하려던 머리 위를 칠흑의 손바닥이 고속으로 쓸고 지나갔다. 닿으면 머리가 날아갈 수 있는 일격에 전율한 스바루는 무슨 일인가 손을 쓰는 자를 노려보았다. 그러자 여자 광인 본인은 얼굴을 손바닥으로 가리면서 주위를 고려치 않고 무수한 마수를 휘둘러대고 있었다.

"정령……! 정려어어엉!!"

한 방 맞은 게 어지간히 참을 수 없었는지, 여자의 증오는 정령에 쏠려 있었다. 그러나 그 옅은 빛은 아무 데도 눈에 띄지 않았다. 여자 광인의 분노는 삼림 파괴만 될 뿐이지 정작 정령에게는 생채기도 입히지 못한 모양이었다.

그 주의는 완전히 스바루에게서 벗어났다. 지금이라면 공격이든 도주든 선택은 자유다.

"그럼, 도망이지!"

미쳐 날뛰는 마수를 회피하고 여자 광인의 급소에 일격을 때려 넣는다── 같이 욕심을 부리는 건 스바루에게는 무리다. 망설임 없이 도망을 선택. 지금 스바루가 해야 할 일은 공세보다 전력의 확보다.

"저 녀석은 방치할 수 없어. 그래도 필요한 전력은 빌헬름 씨 급! 저쪽은……."

"──하명하실 게 있으신지요, 스바루 님."

합류를 서두르려던 스바루의 고막에, 지금 가장 듣고 싶은 목소리가 날아들었다. 돌아보니 나무들 틈새를 누비며 달려오는 백발의 노인──검귀의 모습이 눈에 들어왔다.

"빌헬름 씨!"

"간이 철렁했습니다. 순간적으로 잡지 못하여 죄송합니다."

보검을 들고 따라잡은 빌헬름은 스바루가 무사한 모습을 확인하고 한숨을 쉬었다. 예상하지 못한 증원에 환희한 스바루는 노검사의 머리 위에 떠 있는 붉은 빛을 알아채고 눈을 크게 떴다.

그 빛은 틀림없이 조금 전 스바루의 궁지를 구원한 정령의 광채다.

"그 정령은 아까 그……. 빌헬름 씨, 정령을 부릴 수 있었어요?!"

"안타깝게도 검 말고 재주가 없습니다. 이건 빌린 것뿐이고 본래의 계약자는 따로 있습니다. 하지만──지금은 제 유일한 장점이 필요할 때 같군요."

거기까지 말한 뒤 빌헬름은 스바루 앞으로 나섰다. 검귀에게서 뿜어진 귀기는 무시무시해서 빛에 눈이 먼 여자 광인도 이를 깨닫고 돌아섰다.

"아아, 거기에 있었던 겁니까……. 놓치게, 놓치, 놓치지 않는 겁니다……!"

피로 물든 여자의 광기가 빌헬름과, 그를 시중드는 정령 둘을 겨누었다.

"대죄주교와 동등한 적이야! 『보이지 않는 손』의 위력은 아까

겪은 대로, 아무리 빌헬름 씨라도 정면으론 불리…….”

“뭘, 보이지 않는다고 알면 방법은 있기 마련이지요.”

들끓는 여자의 광기를 경고하는 스바루의 말에 검귀는 든든한 대답을 남기고 전진했다. 그 대수롭잖은 한 걸음에 스바루는 놀라고 여자 또한 흉악한 얼굴 속에 의문을 품었다.

“뭡니까? 그 목, 그 생명, 헌상할 마음이 생겼습니까? 그렇다면 제법 결사적이고 현명한 판단입니다! 저도 경의와 함께 부응할 따름입니다만…….”

“눈에 보이지 않는 손이었던가요. 흥미로운 곡예입니다. ──한 수, 보고 싶군요.”

“……곡예. 그렇게 말한 겁니까?”

빌헬름의 말에 여자 광인의 광소가 순식간에 사라졌다. 빌헬름은 여자의 발언에 검을 내리더니 비어 있는 왼손으로 손짓을 ── 덤벼보라고, 도발했다.

“──! 그 우행, 생각을 포기한 것이나 마찬가지인 겁니다! 포기, 즉 나태애!!”

“빌──.”

광분한 여자가 두 손을 내지르고, 동시에 그림자에서 분출된 팔이 검귀를 엄습했다.

그 맹위에 스바루는 순간적으로 피하라고 외치지만, 이미 늦었다. 검은 마수는 빌헬름의 팔다리에 달라붙어 그 육체를 끔찍하게 찢었다──어야 했다.

은빛 섬광이 허공을 달리고 여자의 목덜미가 피보라를 뿜었다.

"공격을 가하는 인간이 눈앞에 있으면, 보이지 않는 공격일지라도 간파할 방법은 있기 마련. 눈을 보면 궤도가, 전의에 닿으면 기회가, 호흡을 읽으면 노리는 곳이, 훤히 보입니다."

"――."

그것은 칠흑의 마수를 완전히 간파하고 검격을 때려 넣은 무시무시한 검귀의 단언이었다.

그 회피는 과장 없이 완벽한 타이밍이어서, 호흡을 읽었다는 말은 결코 겉치레가 아니었다. 경탄할 만한 전투 기술은 보이지 않는 마수의 이점을 힘으로 찍어 누른 것이다.

"어찌, 어찌, 이 어찌나……."

그리고 스바루 이상의 경악을 맛본 것은 틀림없이 여자 광인 쪽이리라. 여자는 자신의 목 왼쪽, 그곳을 스친 선뜻한 참격을, 손바닥을 물들이는 피로 실감하고 있다. 빌헬름의 검격을 촌각에 피해 구사일생한 여자의 행동 또한 비정상적이었다.

"권능으로 자기를 내던져버렸어……."

검격에 맞추어 여자는 부자연스러운 자세와 이해할 수 없는 속도로 뒤에 날아갔다. 그림자의 팔이 여자의 몸을 붙잡고 던져서, 가까스로 검귀의 칼날에서 그 생명을 건져낸 것이다.

단, 대가로 여자의 왼쪽 어깨는 마수의 악력에 찌부러졌다. 난폭하고 힘 조절도 애매한 긴급회피. 그러나 여자는 찌부러진 어깨를 손으로 어루만지고 빌헬름을 노려보면서 외쳤다.

"이 어찌나…… 근면한 발상, 근면한 기량, 근면한 모습이랍니까!"

뺨이 붉게 달아오르며 여자는 환희에 젖은 눈으로 빌헬름을 칭찬했다. 그 여자 나름의 찬사를 듣고, 빌헬름은 불쾌하다는 듯 얼굴을 찌푸렸다. 하지만 여자는 개의치 않았다.

"이와 같은 방법으로! 수법으로! 술수 수작으로! 저의 사랑을 공략한 존재는 없던 겁니다! 당신은 훌륭해! 이 어찌나, 근면! 아아, 훌륭해애애!"

"어느 시대든 말이 안 통하는 족속과의 대화만큼 무의미한 건 없군."

"야박한 소리 말고 더 보여줬으면 하는 겁니다! 더 선보였으면 하는 겁니다! 당신의 모든 것을! 당신의 검을! 당신을!"

여자 광인은 몸 절반을 피로 물들이고 빌헬름 쪽으로 구애하듯이 팔을 뻗었다. 검귀는 그 발언에 불쾌감을 숨기지 않으며 검을 쳐들고 재차 돌진했다.

"그럼그럼그럼! 이런 취향은 어떠합니까?!"

언변과 함께 대지에서 솟아나오는 『보이지 않는 손』이 여자의 정면에 검은 벽을 만들었다. 빌헬름에게는 보이지 않는 벽이다. 그대로 돌격하면 회피불능의 마수에 포박된다.

"정면에 팔로 벽을 만들었어! 옆으로 돌아줘!"

"──옛."

스바루의 외침에 빌헬름은 지면을 박차 눈앞의 검은 벽을 지척에서 회피. 그대로 옆으로 뛰어 팔의 범위에서 벗어나, 검귀는 지면에 검을 박고 위로 휘둘렀다.

"싯──."

비스듬하게 참격을 받은 지면이 파이고 흙비가 여자 광인의 머리에 쏟아졌다. 아무 특색 없는, 그저 흙을 뿌릴 뿐인 행위다. 당연히 여자는 대미지를 받은 낌새가 전무.

"──? 그거, 무슨 의미가."

"실망시키지 말아주길 바라는 겁니다! 자아! 자아자아! 근면한 노구여! 이 세상에서 가장 존귀함을 아는 소중한 아이여! 제게, 당신의 근면함을 보여 주는 겁니다!"

검귀의 행위에 스바루와 여자의 목소리가 겹쳤다. 하지만 빌헬름은 어느 쪽 말에도 대답하지 않았다. 노검사는 그저 경쾌하게 달리며 흙비를 몇 번씩 거듭거듭 여자에게 뿌렸다.

여자 광인은 불쾌하게 쏟아지는 비를 뿌리치고 사랑에 빠진 소녀 같은 눈으로 검귀를 보면서 치명적인 팔을 집요하게 후려쳤다.

"그걸로 끝입니까? 그 정도인 겁니까? 그렇다면 실망! 낙담! 의기소침의 소혼! 아아, 아아! 당신, 나태합니까아?!"

"이, 게 뭐야?!"

여자의 외침에 그림자가 폭발하고 무시무시한 권능이 일제히 빌헬름을 조준했다.

그때까지 산발적이던 마수의 총수가 서른을 넘어서 좁은 숲의 하늘이 말 그대로 손바닥에 가려졌다. 그 압도적인 물량에 스바루는 현기증마저 느꼈다.

치명적인 손의 수가 서른. 스바루의 입으로 전할 수 있는 건 하나나 둘에 불과하다──.

"빌헬름 씨, 좌우지간 위험해!"

아무 해결도 안 되는 스바루의 비명과 동시에 마수가 검귀에게 곧게 와르르 쏟아졌다.

닿은 것을 가차 없이 파괴하는 악의는 이번에야말로 빌헬름을 유린한다. 대지를 박차는 빌헬름은 머리 위를 쳐다보고 그 푸른 두 눈을 가늘게 좁혔다.

"말했을 겁니다."

고요한 목소리를 숲의 미지근한 바람에 실으며 검귀는 눈앞에 육박하는 보이지 않는 손바닥을 쉽사리 피하고 있었다.

"허?"

어안이 벙벙한 목소리는 스바루와 여자, 어느 쪽의 것이었는지 본인들도 알지 못했다.

마수는 사방팔방에서 쏟아지며 검귀의 팔다리를 뜯어내고자 덮쳐든다. 빌헬름은 그것을 상궤에서 벗어난 몸놀림으로 피한다. 회피한다. 압도한다.

이윽고 모든 맹공을 다 피해낸 검귀는 그 뺨에 사나운 웃음을 머금고 여자를 노려보았다.

"──보이지 않는 팔이 있다고 알면, 싸울 방법은 있다고."

앞서 꺼낸 자신의 말에 거짓이 없었음을, 그 몸으로 분명하게 실증해 보인 것이다.

하지만 그 결과는 너무나도 장렬해서 스바루는 벌어진 입을 다물지 못했다. 아무리 빌헬름이라고 해도 무수한 팔 전부를 초감각으로 감지할 수 있을 리가 없건만.

"말도 안 돼. 말도 안 돼, 말도 안 돼, 말도안돼말도안돼말도
안돼말도안돼안돼안돼안돼안돼……!"

자신이 가진 비장의 수가 봉살되어 크게 놀란 여자의 두 눈은
초점을 잃었다. 와들와들 떠는 여자는 페텔기우스를 따라서 남
은 손가락도 깨물어 터트리지만, 격정은 수그러들지 않고 코피
가 흘러나왔다.

"불가능해불가능해불가능해! 당신, 설마 제『보이지 않는
손』을?!"

"당연히, 보고 피했다. ——내막이 밝혀지면, 애들 장난으로
손쉽게 깨지는 속임수에 불과해."

담담히 내뱉은 빌헬름은 보검의 칼끝으로 다시 흙비를 뿌렸다.

그 흙비를 받으면서 여자 광인은 몰이해 때문에 얼굴이 새빨
개졌다. 그러나 스바루는 반복되는 그 행위에 비로소 빌헬름의
노림수를 이해하고 동시에 경악했다.

——반복되는 흙비. 그것이야말로『보이지 않는 손』을 가시
화하기 위한 포석이다.

보이지 않는 마수는 눈에 보이지 않을 뿐이지, 닿은 것에는 파
괴하기 위해서 간섭한다. 즉, 흙비 속에서 마수의 궤도는 지워
지는 비에 길을 내는 것이다.

물론 서른을 넘는 마수의 맹공은 설령 보인다고 쳐도 쉽게 피
할 만한 게 아니다. 빌헬름의 초인적인 전투력이 있어야 가능한
초월적인 기술이다. 애들 장난이라니, 터무니없는 소리다.

"자, 피차 술수는 충분히 공개한 판국. ——동료의 원수, 갚기

로 하겠다.”

빌헬름이 보검의 칼끝을 들이밀고 분노를 억누른 목소리로 호통을 쳤다.

칼끝에서 뿜어져 나오는 날카로운 검기에 직접 칼날을 겨눈 것도 아닌 스바루조차 한기를 느꼈다. 당연히 칼끝 앞에 선 여자 광인이 받는 공포는 그와 비교가 되지 않으리라.

그럼에도 여자 광인은 피로 물든 두 팔을 벌리고 그 살의를 환영하듯이 웃었다.

“아아, 아아, 훌륭합니다! 당신의 행위야말로 정녕코 근면의 체현입니다! 이런 상황이, 전개가, 곤경이 제게 찾아오다니! 저는 사랑에 보답하고자 항상 힘쓰고, 총애에 보답하는 신도로서 누구보다 근면했습니다! 그럴진대, 당신은 그것을!”

“근면, 나태. 넓두리 같아서 상대도 못하겠군.”

검귀는 볼썽사나운 여자의 외침을 단숨에 잘라내고, 두 눈에 살의를 능가하는 전의를 머금었다.

“──이걸 했으니까 사랑받는다. 이만큼 하면 사랑받는다. 네놈이 입에 담는 사랑의, 그 경박함에 귀가 썩겠다. 네놈의 그 것은 사랑이 아니라, 단순한 독선이다.”

“당신이, 사랑의 무엇을 압니까?! 사랑이야말로 제 모든 것입니다!!”

절규하는 여자에게 대답하지 않고 빌헬름은 검격을 때려 넣고자 전진했다. 흙비를 다시 뿌리고 파고드는 기세로 땅을 파헤치는 검귀의 몸이 탄환처럼 사출됐다.

채찍처럼, 창처럼, 망치처럼, 검처럼. 여자 광인은 가지고 있는 마수를 구사해 빌헬름을 쳐 날리려 했지만, 그 모든 게 간파되어 접근을 허용했다.

그리고——.

"끝이다, 더러운 것."

내뱉은 빌헬름의 손아귀에서 보검은 깊숙하게 자루까지 광인의 아랫배에 박혔다. 관통한 검은 등을 뚫고, 뒤틀려 뽑히자 대량의 피와 창자가 쏟아졌다.

빌헬름이 물러나고, 그곳에 앞으로 숙인 광인이 무릎을 꿇으며 상처를 손으로 만졌다.

"아아, 이렇게, 나……."

흘러넘치는 피는, 쏟아지는 창자는, 그 힘없는 손바닥으로는 잡아둘 수 없다.

빌헬름은 생명의 유출을 막지 못하는 광인을 가만히 내려다보고 있었다. 많은 생명을 베어온 검귀는 그 생명이 앞으로 얼마 남지 않았음을 아는 것이다.

"손을 빌려드릴 필요가 있습니까?"

"——손을 빌려? 불필요, 합니다. 생명이 쏟아진다, 피가 없어진다……. 제 삶을 지탱하는, 근면한 맥동이, 멈추고, 사라져서…… 서, 서……."

검귀의 자비를 거절하고 옆으로 쓰러지는 여자 광인의 입가에 웃음이 떠올랐다. 그대로 천천히 빛을 잃는 여자의 눈—— 그것이 마지막으로 우두커니 선 스바루를 보았다.

"……윽."

"아아, 뇌가, 떨린……."

스바루를 응시한 채로, 마지막으로 그 말만 남기고 여자의 숨이 완전히 멎었다.

──『보이지 않는 손』을 가진, 두 번째 『나태』의 죽음이다.

그 모습을 지켜보고 스바루는 "하." 하고 숨을 내쉬었다. 호흡도 잊을 만한 싸움이 집결하여 육체가 잊고 있던 생명 활동을 떠올린 것처럼 재개하기 시작했다.

"끄, 끝난…… 건가?"

"확실하게 숨통을 끊었습니다. ──적어도, 이 여자의 것은."

쭈뼛쭈뼛 시체를 엿보는 스바루에게 검의 피를 닦는 빌헬름이 그렇게 받았다. 그 말이 의미하는 내용에 스바루는 조금 전의 추론이 긍정 받은 느낌이 들어 입술을 깨물었다.

하지만 금세 머리를 젓고 지금은 사색에 잠기고 있을 때가 아니라고 마음을 바꿔먹었다.

"이 녀석이야 어쨌든…… 돌아가자! 다들 걱정이야. 합류해야 돼!"

"──아니오, 스바루 님. 지금 보고가 왔습니다. 저쪽도 정리한 모양입니다."

"보고라니……."

조급해하는 스바루에게 빌헬름이 손을 내밀자 그 손바닥 위에 옅은 빛이 떠올랐다. 아련히, 붉게 발색하는 정령은 하늘하늘 좌우로 흔들리며 자신의 존재를 주장하고 있었다.

"아까도 말했었던 정령…… 아니, 미정령(微精靈)인가? 그 말은, 다른 사람들 쪽이 무사하단 사실도 그 정령에게서 전해졌다고 보면 돼요?"

빌헬름의 손바닥에서 깜빡이는 빛에 스바루는 대답을 기대하며 말을 걸었다. 그러나 정령은 말로 응답하지는 않으며 그저 부유하며 인도하듯이 숲 안으로 들어갔다.

"저건, 따라오란 뜻으로 보면 되는 거죠?"

"──갑시다, 스바루 님."

안내하겠다는 의사표시라고 받고 스바루와 빌헬름은 정령의 뒤를 쫓았다.

대죄주교에 필적하는 강적을 물리치고, 아군 쪽으로 되돌아간다. ──상황만을 보면 낭보를 가지고 들어가는 모양새가 됨에도 두 사람의 얼굴에는 험악한 감정이 짙게 새겨져 있었다.

"──제길."

합류하는 아군의 상황이 어떨지, 지금은 그것만을 걱정했다.

9

"──누구냐!"

"잠깐! 우리야! 놀라게 해서 미안해!"

날카롭게 제지하는 목소리가 날아와 스바루는 두 손을 들고 풀숲에서 모습을 보였다.

숲 안에서 돌아온 두 사람을 감지하고 검을 겨눈 기사는 곧장 경계를 풀더니, 검을 내리면서 그 표정에 안도감을 드러냈다. 다만 그 안도감에는 비탄과 회한 또한 배어 있었다.

숲에서 벌어진 전투의 결과, 그것이 순수하게 승리를 기뻐할 만한 게 아님은 예감할 수 있었다.

"두 사람 다 돌아온 모양이군."

"율리우스……."

주변을 둘러보는 스바루 쪽으로 율리우스가 달려왔다. 그는 스바루와 빌헬름 각각에게 상처가 없는 걸 확인하고, 표정 변화 없이 끄덕였다.

"일단 그쪽은 무사한 것 같아서 다행이다. ……피해를 보고해도 될까?"

"……그래, 부탁해."

서로 무사함을 확인하는 것도 하는 둥 마는 둥 하며 피해 보고로 넘어가는 율리우스의 말에 스바루는 수긍했다. 그 대답을 들은 율리우스는 전장이 된 숲을 손으로 가리켰다.

이곳저곳에 전투의 여파가 미쳐 쓰러진 나무와 유혈의 흔적이 남은 숲을.

"맨 처음, 보이지 않는 공격에 의한 기습으로 다섯 명이 즉사했다. 직후에 들어온 마녀교 공격으로 응전한 이들 중에서 다시 두 명──. 합계해서 일곱 명, 그것이 이번 피해의 숫자야."

"일곱 명이나……."

예상은 하고 있었지만, 그 숫자는 스바루의 마음에 묵직하게 쐐기를 박았다.

첫 수인 『보이지 않는 손』, 그 기습으로 다섯 명이다. 그건 너무나도 처참한 희생이었다.

"……습격해온 마녀교도는?"

"이 자리에 있던 마녀교도는 아홉 명, 전원 사망했어. 두 명은 살린 채로 잡았지만, 여태까지와 마찬가지로 자결하더군. 페리스는, 건투했어."

"적은 전멸. 우리 쪽의 희생은 망을 보던 다섯 명을 더해서 다 합치면 열두 명입니까."

"병사를 나눈 건 악수였다……고 단언할 수는 없겠군요. 맨 처음 희생만 늘어났을 가능성이 있습니다. 물론 숫자가 더 있었으면 상대가 주저했을 가능성도 있습니다만."

희생자의 수를 애도하면서 율리우스와 빌헬름은 자제심을 유지하고 있다. 한편, 스바루는 피해 보고 처음부터 피가 번질 만큼 입술을 깨문 상태였다.

"우리 쪽 보고는 이상이다. 네 쪽은?"

"──큭. 너, 달리 나한테 무슨 할 말 없는 거냐."

"필요한 보고를 우선했어. 그 외의 이야기는, 네 보고를 듣고 난 뒤에 하자고 생각한다만."

감정적이 되는 스바루에 반해 율리우스의 태도는 담담한 것이었다. 하지만 대꾸하는 그의 앞머리는 희미하게 흐트러지고 근위기사의 제복에는 핏자국이 번져 있다. 당연히 본인도 무사한 게 아니다.

그 분전의 자취를 본 스바루는 화풀이가 될 감정을 참았다.

"……적어도 지금 공격해온 『나태』는 쓰러뜨렸어."

"지금 공격해온 『나태』는…… 말이지. 순순히 기뻐할 보고는 아닐 성싶군."

낭보라고 단언하기에는 울적한 스바루의 대답에 율리우스도 금세 문제점을 파악했다.

이 마당에 이르면 스바루도 아까 만난 여자 광인의 정체를 인정할 수밖에 없다.

토벌대에 대한 기습을 전담하고 전장에서 권능으로 스바루를 데려간 여자 광인── 쓰러뜨렸을 터인 대죄주교에 필적하는 사악은, 틀림없이 『나태』라고 부르기에 걸맞은 존재였다.

"이 작전의 첫 수에서, 『나태』의 대죄주교는 격파했을 거다. 그건 누구보다 네가 확신을 품고 끄덕였을 터. ……그럼에도 너는 아까 싸운 적이 『나태』였다고?"

"……아아, 그래. 아까 싸운 놈은 『나태』였어. ──두 번째, 『나태』야."

두 번째 『나태』, 그 발언에 율리우스는 여의찮게 눈썹을 찡그렸다. 하지만 진지한 스바루의 눈초리와 실제 사건을 맞대보면 이견은 나오지 않았다.

"처음에 쓰러뜨린 『나태』와 지금의 『나태』는 다른 사람이었다. 틀림은 없겠지?"

"그 빌어먹을 자식의 낯짝은 죽어도 못 잊어. 그리고 두 번째 『나태』는 여자였어. 착각할 리가 없지. 착각할 리가 없을 텐데……."

스바루는 처음 여자 광인과 조우한 순간에 페텔기우스의 모습으로 착각했다.

그것은 용모와는 다른 부분에서 페텔기우스와 여자 사이에 확실한 연결고리를 느꼈기 때문이다.

마치 그 두 사람의 광인이 각자 같은 밑바탕을 둔 것 같은 감각을——.

"권능은 동일, 언동도 판박이. 난 무지 꺼림칙한 예감이 들어."

"처음에 쓰러뜨린 『나태』는 대역이고, 두 번째 『나태』가 진짜 대죄주교……. 아니, 진위는 확인할 도리가 없지. 그리고 이 경우의 문제는——."

"——누가 진짜인지 따질 차원의 이야기가 아닐지도 몰라."

추측을 계속하는 과정에서 율리우스가 도달한 결론을 스바루가 이어받았다.

그 발언에 스바루는 이마에 땀을 흘리고, 율리우스도 뺨을 희미하게 굳혔다. 그것은 무시무시한 상상이다. 그러나 현재 상황을 대조하면 합리적인 대답이기도 했다.

첫 번째 인물인 페텔기우스, 두 번째 인물인 여자 광인으로 이어지면, 그 가능성에 다다르는 건 필연이다.

"즉, 『나태』의 대죄주교는 복수 존재한다. ——동일한 이능, 동일한 목적 아래에 행동하는 집단이야말로 『나태』라고 불리는 대죄주교의 정체라고?"

"……내가 알고 있던 『나태』는 처음에 맞닥뜨린, 환자 낯짝을 한 악당뿐이야. 그런데 다음 여자를 본 지금은 그 추측을 부정하지 못하겠어."

여자 광인은 스스로 『손가락끝』을 자칭하고 『나태』의 대죄주교로서의 자각도 있었다.

부합한다. 부합, 하고 만다. 『나태』의 대죄주교는 복수로 이루어진 집단이라고.

"과장 없이, 『손가락끝』은 대죄주교의 일부라 이거군. 그런데 만약 『나태』를 자칭하는 대죄주교가 복수의 인물로 구성된 집단이라면, 각국에서 소란을 일으키는 광범위한 활동에도 이해가 가."

"마녀교가 거느린 교의 실행 부대가 『나태』란 거야. 오싹하구만, 그 상상."

종교 단체 내에 존재하는 실행 부대 같은 건 숫제 공상의 산물이다. 무심코 웃어버릴 것만 같지만 메마른 웃음조차 떠오르진 않았다.

페텔기우스 로마네콩티조차 『나태』 중 한 명에 지나지 않았다면, 지금까지의 쾌진격도 촌극이 될 수 있다. 그건 지독하게 무시무시한 상상이었다.

"어디까지나 추측의 범주를 넘지 못하는 이야기야. 함부로 불안을 퍼뜨려 모두를 동요시키는 건 피하고 싶어."

스바루가 꺼림칙한 상상에 입을 다물자 율리우스는 한데 뭉친 토벌대의 동료에게 눈길을 돌렸다.

"남은 『손가락끝』은 세 군데지만, 이쪽의 희생은 열두 명……. 무시할 수 있는 손실이 아니야."

"——열두 명이 아니라, 열한 명이야."

희생자의 숫자를 정정하는 목소리에 돌아보는 스바루 일행 쪽으로 페리스가 걸어오고 있었다. 하얀 웃옷을 피로 더럽힌 페리스는 이마에 맺힌 땀을 닦으면서 등 뒤를 손가락으로 가리키고 말했다.

"한 명, 중상인 애는 복귀시켰으니까. 아슬아슬하고, 아슬아슬했지만."

"길보군. 그 상태에서 잡아놓다니 과연 대단해, 페리스."

"죽지만 않으면 되돌린다. ——그렇게, 말했으니까."

보고를 접한 율리우스가 처음으로 입매를 누그러뜨리고, 페리스는 흐릿하게 웃었다. 하지만 그 미소도 금세 모양을 잃었다. 페리스는 "하지만." 하고 다른 방향으로 시선을 보냈다.

스바루도 덩달아서 그쪽을 쳐다보고, 얇은 천에 덮인 누군가의 모습을 목격했다.

"다는 구하지 못해. ……단장님의 말뜻, 지금은 사무치게 알겠더라."

"넌 잘하고 있어. 그건 우리는 결코 할 수 없는 역할이야."

"응. 고마워."

율리우스의 위무에 페리스는 짧게 대답했지만, 그게 말처럼 위로가 되지 못한 건 누구나 알 수 있었다.

고개 숙인 페리스는 입술을 핥고, 한동안 주저한 다음에 스바루를 보았다.

"……아까 하던 이야기 말인데, 그 두 번째 『나태』의 시체는 어디 있어?"

"——. 저쪽 숲 속인데, 그게 왜?"

난데없는 이야기 전환에 스바루는 눈썹을 찡그렸다. 조금 전 율리우스와 나눈 대화를 듣고 있었는지 페리스는 스바루가 손가락으로 가리키는 방향을 바라보고 노란 두 눈을 가늘게 떴다.

"혹시나 하지만, 조사하면 차이를 알 수 있을지도 몰라."

"차이? 무슨 차이를?"

"스바루큥이 걱정하는, 『손가락끝』과 다른 교도와의 차이."

그 지적에 스바루가 숨을 죽이자 페리스는 한쪽 눈을 감고 "기다려 봐."라는 말을 남기더니, 몇 명의 아군을 데리고 시체를 검사하러 떠났다.

여자 광인, 두 번째 『나태』를 조사하면 끔찍한 대죄주교를 공략할 실마리로 이어지는 뭔가를 얻을 수 있을까. ——가능하다면, 그렇게 믿고 싶다.

"그리고, 말이야."

페리스를 배웅하고 스바루는 한데 뭉친 토벌대 쪽으로. 그리고 누구나 시름 어린 눈길을 보내는 한구석, 희생자들의 바로 옆에 섰다. 쭉 늘어놓은 시신에는 얇은 천이 덮여 다시는 깨지 못하는 잠의, 최소한의 안식을 얻고 있다.

원형을 남기지 않고 파괴된 처음의 다섯 명. 그것은 어떻게 손쓸 수도 없는 희생이었다. 그러나 기습으로 빼앗긴 다섯 명의 생명은 별개다. 스바루만이라도 깨달았어야 했다.

"처음에, 다섯 명이 맨손에 찢겼다고 들은 시점에서 내가 깨달았어야 했어. 그게 어떤 권능인지 알고 있던 나만은, 눈치챘어야 했다고."

스바루만은 저항하지 못하고 살해당한 그들의 『죽음』을 낳은 원인을 깨달았어야 했다. 하지만 스바루는 아군의 죽음에 동요해 그 기회를 놓치고 다른 희생자를 만들고 말았다.

그 결과 자신은 적에게 끌려가 교전하는 아군의 전력을 분산시키는 수고까지 끼쳤다. 빌헬름이 빠지지 않았으면 응전 중에 희생된 사람은 죽지 않고 끝나지 않았을까.

"기습이라고는 해도 상대는 절반에 가까운 소수였어. 대죄주교의 권능 같은 예외가 아니면 우리가 질 요인은 없지. 빌헬름 님을 보낸 것도 그 때문이다."

"____."

"오히려 이치를 무시하는 첫 수의 권능 쪽이 성가셔. 그걸 회피하는 데에 도움이 된 시점에서 네 임무는 끝났어. 나머지는 기사의…… 우리의 소임이었다."

스바루의 중얼거림을 주워들은 율리우스는 흐트러진 앞머리를 바로잡으면서 그렇게 보충했다. 그 말이 자신에 대한 배려라는 걸 깨닫지 못할 만큼 무신경해지진 않았다.

그러나 그 위로로 달래질 수 있을 만큼 스바루의 근심이 약하지 않은 것도 사실이다.

백경전에서도 사람은 죽었다.

그들의 『죽음』에도 비탄은 느꼈다. 하지만 이 정도까지는 아니다. 자신의 『죽음』과 비교해서 타인의 『죽음』에 마음이 움직이지 않는 자신을 한탄했었을 텐데, 이『죽음』은 무겁고 괴롭다.

어떤 모양새여도『죽음』임에는 차이가 없는데도 왜 이『죽음』은 이다지도 괴로운가.

──뻔하다.

"……내가, 끌어들인 사람들이기 때문이야."

이곳에서 죽은 이들의 생명의 책임. 그것이 나츠키 스바루에게 있다고 이제야 깨달았기 때문이다.

그들이 백경에 도전한 것은 자신의 의지로 마수와의 전장을 선택한 결과다. 하지만 이번 마녀교와의 싸움은 아니다. 그들은 스바루의 요청에 응하고, 에밀리아와 다른 사람들을 구하고 싶다는 그 의지에 찬동해서 협력해 주고 있는 것에 불과하다.

"──무거워."

『사망귀환』으로 정보를 얻어서, 스바루는 크루쉬 진영의 백경 토벌에 협력했다. 그러나 그 싸움도 바꿔 말하면 스바루의 정보를 계기로 발발한 것임에 차이는 없다.

전장을 만들어 여러 사람들을 사지로 내몰아 적지 않은 생명이 사람들의 기억에서 사라졌다.

그 막중한 책임 중 한쪽을 짊어진 것을 지금껏 깨닫지 못했던 것은 스바루가 무의식중에 눈을 피하고 있었기 때문만은 아니다. 크루쉬가 너무나도 당당했기 때문이다.

백경전을 주도하며 그 전장의 모든 책임을 짊어진 크루쉬가 자신의 책무를 자각하고, 그럼에도 무게가 느껴지지 않을 만큼 당당하게 행동했었기 때문에 깨닫지 못했다.

『사망귀환』으로 운명을 바꾼 결과만이 아니다. 스바루가 무언가를 선택하고, 무언가를 바라고, 무언가를 위해서 움직임에 따라 좋든 싫든 세계는 변화한다는 당연한 사실을.

"──."

지나치게 때늦은 자각과 함께 오간 것은 한심하고 어리석은 자신에 대한 거센 분노였다.

방심했다. 빈틈투성이였다. 너무 순조롭게 진행되는 것을 더 의심해야 했다. 모두가 살아 돌아가자는 말이나 해 놓고, 그 노력을 게을리했다. 그 결과가 이 꼴이다. 그 결과로 죽은 것은 열한 명이나 되는 존귀한 생명이다. 한편을 들어 준 사람들이다.

후회가 머릿속을 가득 메웠다. 한탄으로 내장이 끓어올랐다. 뭔가 더 할 수 있었을 거라고, 근거가 없는 분노가 영혼을 후려쳤다. 차라리 이대로 화병으로 죽고 싶을 정도로──.

"스바루 님."

"──우."

시야가 새빨개질 정도의 분노에 휩싸인 스바루는 그 목소리에 제정신으로 돌아왔다.

정면에서 스바루를 똑바로 응시하고 있는 사람은 빌헬름이었다. 한순간, 미숙함을 책하지 않을까 싶어서 마음이 떨렸다. 하지만 이내 검귀의 두 눈이 그 생각을 부정했다.

검귀는 호수의 수면을 비춘 듯이 잔잔한 시선으로, 그저 차분하게 스바루의 검은 눈을 꿰뚫었다.

"아마도 지금의 당신 머릿속에는 갖가지 생각이 떠올라 있겠지요. 어느 것이나 여간한 감정은 아닐 터. ……다만 추태의 극치임에도 말을 해 보겠습니다."

"──."

무심결에 빌헬름의 그 말에 등이 곧추섰다. 무슨 말을 들을지는 알 수 없다. 그러나 못 듣고 놓치면 안 되는 무언가를 듣는다. 그것만은 알아챌 수 있었다.

그리고 몸가짐을 바로 한 스바루에게 빌헬름은 말했다.

"──싸워라."

그것은 나직하게, 대기를 떨게 하는 『말』이었다.

하지만 그 말을 들은 스바루의 몸이, 마음이, 영혼이 베이는 『칼날』이기도 했다.

빌헬름에게서 넘쳐 나온 귀기가 전장이 된 숲을 가득 메우고, 스바루의 심신을 옭매었다. 주위를 휘어잡는 검기에 자연히 전사들의 시선이 두 사람에게 집중했다.

그 시선 와중에 검귀는 말을 이었다.

"후회가 있더라도, 한탄에 부딪치더라도 싸워라. 싸우겠다고, 저항하겠다고 스스로 정했다면 온 마음과 힘을 다해 싸워라. 1초라도, 일순이라도, 찰나도 포기하지 않고 바라본 승리를 탐욕적으로 물어뜯어라. 아직 서 있다면, 아직 손가락이 움직인다면, 아직 이빨이 부러지지 않았다면, 일어서, 일어서, 일어서, 일어서서, 싸워라. ──싸워라."

"──."

그것은 한때 스바루가 빌헬름에게 들은 말과 많이 비슷했다.

크루쉬의 저택 정원에서, 빌헬름은 목검으로 때려눕힌 스바루에게 그 순간만 검귀로서의 단편을 내비치며 투쟁의 마음가짐을 설파한 것이다.

그때 그 말을 듣는 스바루를, 빌헬름은 『강해질 마음이 없는 사람』이라고 지칭했다. 실제로 스바루는 진지하게 그를 의식하지 않았었다. 그 순간에 검귀가 무슨 생각으로, 그토록 무기력했던 스바루에게 설파했는지 모른다.

하지만 그때와 지금은 다르다. ──다른 마음이 말을 꺼낸 것이라고, 그렇게 생각했다.

"강해지라고, 말씀하시는 건가요?"

"아니오. ──강하게 있으라고, 그렇게 말하는 겁니다."

들이민 그 말은 무섭도록 높고 날카로운 요구였다.

스바루라 한들 빌헬름처럼 될 수 있기를 바란다. 강철이고 싶다고, 늘 생각한다.

하지만 후회와 통한에 꺾인 지금의 마음은 그 말에 부응할 수 있다는 생각이 들지 않았다.

"저도, 그러고 싶어요. 하지만 어려운걸요. 이렇게 누군가를 죽게 하고 싶진 않았는데…… 또, 내가 모자란 탓에!"

약간 잘 풀린 것만 가지고 바로 우쭐대다가 또 실수한다. 실수한 결과, 누군가를 죽게 했다. 또 실수하면 이번에는 누구를 죽을지 알 수도 없다.

그렇게 되지 않기 위한 방법을 필사적으로 고민하고 있다. 그런데도 떠오르지 않는다. 나오질 않는다.

"내가 해야 되는데……. 내가, 시작한 거니까."

"당신에게 말려들어서, 당신에게 휘둘려서 죽은 사람이 나왔다고?──그건 아닙니다."

빌헬름은 회오에 마음이 뒤틀려 끊어질 것만 같은 스바루에게 두 팔을 벌렸다.

"이곳에 있는 전원, 누구나 당신에게 말려들었다는 생각은 안 합니다. 계기를 준 것은 당신이어도 싸울 것은 스스로 선택했습니다. 다들 자기 의지로 이곳에 있는 겁니다."

"──."

"그들이 맞은 죽음의 책임을 혼자 지는 건 그만두십시오. 그들 또한 부담이 되고 싶지 않을 겁니다. 그저 잊지 않게끔 마음에 담아둔다. 그것만을 하십시오."

"잊지 않게끔, 무엇을……?"

그들의 죽음을, 말일까. 그런 스바루의 예상에 빌헬름은 고개를 가로저었다.

"──그들은 당신의 짐을 나누려고 했다. 그 사실을."

그 말에 스바루의 온몸은 이번에야말로 벼락에 맞은 것처럼 전율했다.

아연실색한 스바루에게, 빌헬름은 끄덕이며 허리에 찬 검을 만졌다.

"힘을 빌린다 함은, 딱히 검을 휘두르는 것만이 아닙니다. 같은 적에게 덤비고, 장애를 함께 고민하고, 상처와 부담을 나눈다. 그것을 할 수 있는 것입니다. 저는 과거에 그렇게 배웠지요."

빌헬름은 그렇게 말하고 압도된 스바루에게 턱짓했다. 그 움직임에 따라서 고개를 움직이니 이 자리에 있는 전원의 시선이 자신에게 모여 있었다.

그 눈에는 하나같이 빌헬름과 같은 감정이 깃들어 있어서.

──혼자만 싸우고 있단 생각 말라고, 그런 말을 들은 느낌이 들었다.

정체 모를 적을 상대로, 상황이 불리하다며 도망치자는 눈은 하나도 없다. 들은 것과 다르다고 스바루를 탓하는 눈초리도, 약아빠지게 규탄하는 목소리도.

"……약은 사람이 한 명쯤 있어도 좋을 듯한데."

탄식이 흘러나왔다. 동시에 스바루의 머릿속에 자욱하던 먹구름이 급속하게 갰다. 그것은 고뇌로부터의 해방이 아니다. 하지만 맘대로 틀어박힌 막다른 골에서의 이탈이기는 했다.

스바루 한 사람의 머리로, 대관절 뭐가 얼마나 떠오른단 말인가.

"제기랄──!"

스바루는 거칠게 머리를 쥐어뜯고 어금니를 악물며 충동에 몸을 맡겨서 발을 구른 다음, 전원을 향해 머리를 숙였다.

"숙일 머리, 이거밖에 없어. 수도 없이 숙여서 싸구려 머리지만 말이야."

지금도 변함없는 눈초리로 싸우자고 말해 주는 동료들에게 스바루는 간청했다.

체념과 회한은 어느새 어딘가로 맨발로 달아나고 없었다.

"여러 가지로…… 정말 여러 가지로, 상황이 바뀌었어. 마녀교의 『나태』는 진짜로 만만찮아. 분명하게 말해서 전모가 안 보여. 전 세계에서 역귀 취급 받는 것도 이해가 가. 상대할수록 손해가 아니냐고 겁이 나. 겁이 나는데……."

그건 혼자서 전부 다 생각하고 대처해서 싸우고, 그래야만 한다고 착각했기 때문이다. 지금은 다른 사람들 덕택에 손발의 떨림은 멎었다.

싸우자고, 그렇게 생각하고 있다.

"아직 도통 뭘 하면 될지 정리가 안 됐어. 그렇지만 해야만 하는 일은 알아. 놈들은 쓰러뜨려야 돼. 『나태』는 반드시 여기서 해치워야만 해."

아무리 전모를 모를 적이라고 하더라도, 싸움을 시작한 것은 스바루이며, 스바루와 함께한 이들인 것이다. 그리고 이 싸움의 결판은 무슨 수를 써서든 완전히 쓰러뜨릴 때까지 진행할 수밖에 없다.

"──."

고개를 돌리고, 스바루는 보았다. 이 숲에서 쓰러진 동료의 주검을. 방금까지는 자책감 때문에 직시하지 못하고 그 『죽음』에 회한만을 품은 주검을.

그건 달아날 길 없는 스바루의 죄다. 그들의 『죽음』은 어떤 말로 치장해도 스바루에게 책임이 있다. 그리고 나서 달아나는 건 결코 용납되지 않는다. 누군가의 손을 빌려서 가볍게 하자는 생각도 오만이 아닌가 스바루는 생각한다.

그렇기에 스바루는 스스로 짊어진다. 그렇지만 그것을 부담이라고는 생각지 않았다.

그렇게 짊어지자고 결심한 것이 무엇으로 변할지 아직 스바루는 알지 못해도.

"에밀리아를, 그리고 모두를 구한다. 마녀교는 때려잡는다. 그 양쪽 모두 해내기 위해서."

"해야 할 일을 합시다. 다른 누구도 아닌, 당신 자신의 소원을 위해서."

그러기 위한 힘이 되겠다고, 빌헬름이, 토벌대의 사람들이 끄덕여 주었다.

고민해야만 하는 사항이 산더미처럼 쌓여 있고, 막아서는 장애물은 헤아릴 수도 없이 많다. 그러나 혼자서 덤빌 필요는 없다. 그 덕분에 일어설 수 있다.

"······약하고 여려서 다행이구만."

스바루가 혼자서 일어설 수 있을 정도로 강했더라면, 지금도 막다른 골에서 빠져나오지 못했다.

그러니 지금만은, 그렇게 생각한다.

"──갈까요."

"네, 가죠. 지혜와 힘, 빌려주세요."

『죽음』은 가벼워지지 않는다. 계속 무겁다. 그걸 아는 한, 고개 숙이지 말고 저항하자.

다시 걸음이 이어지고, 나츠키 스바루의 싸움이 시작된다.

──나츠키 스바루와 동료들의 싸움은, 이어진다.

제3장 『돌아온 의미』

1

　──동료의 시신과 함께 돌아온 스바루 일행을 보고, 진지에 남은 기사들은 크게 놀랐다.

　다행히 진지에는 아무 일도 없었지만, 숲에서 벌어진 전투와 피해의 보고를 듣고 대기 중이던 그들의 얼굴에는 침울한 기색이 퍼졌다. 싸움에 참가하지 못했다는 자책, 그건 누구에게나 공통된 것이었다. 그들 또한 다른 동료들과 같이 재차 스바루에게 협력을 맹세해 주었다.

　그렇게 합류한 아군을 더해 향후 방침에 관한 대화가 시작됐다.

　하지만 새롭게 부상한 문제와 장애는 어느 것이나 난해한 것뿐이었다. 대죄주교 『나태』의 존재는 그토록 높은 장벽이 되어 토벌대 앞을 끝없이 막아서고 있었다.

　"우선 두 번째 『나태』의 시체를 조사한 결과의 보고. ──짐작한 대로, 다른 마녀교도의 시체와는 살짝 다른 구석이 있더라. 이상한 술식, 그 흔적이 있었어."

처음에 거수하고 보고한 사람은 여자 광인의 시체의 조사를 마친 페리스다.

그의 보고 내용, 술식이라는 어감에 스바루는 얼굴을 찌푸렸다.

"그건, 마녀교도에게 자살용으로 설치된 마석과는 별개란 뜻이야?"

"바로 그거. 혼재해 있어서 알아보기 어려웠지만, 있다고 짐작하고서 비교했더니 일목요연했어. ⋯⋯아마 다른 『나태』 같은 교도에게도 같은 처치가 되어 있을 거라 봐."

"그 처치가 권능의 내막이란 느낌인 거야?"

"거기까지는 몰라. 하지만 교도 중에 특별한 처치가 된 놈이 있다구 생각하면, 대죄주교가 조종하는 이상한 힘과의 관련성은 의심하고 싶어지지."

『나태』가 복수 있을 가능성은 이미 토벌대 내에서 정보가 공유됐다. 페리스의 조사와 지금까지의 고찰을 맞추어 보면 그 가능성은 더욱 높아졌다고 할 수 있다.

"그렇담 문제는 두 명의 『나태』와 별개로, 앞으로 몇 명의 『나태』가 남았느냐군."

"현시점에서는 두 명이지만 그걸로 끝이라고 여기는 건 매우 위험하다. 최악에는 『손가락끝』이라고 불리는 존재는 전원 『나태』일 가능성이 있다고 보는 편이 나아."

"⋯⋯아무리 그래도 그건 비약 아냐? 전원이 권능을 쓸 수 있다면, 우리에게 반격하러 오기 마련이지. 그런 놈은 없었을 텐데."

"그건 『손가락끝』이라고 불리는 존재가, 대죄주교의 부하 집단을 뜻할 경우지."

율리우스의 대답에 스바루는 갈피를 잡지 못했다. 그러나 대신에 납득한 표정을 지은 것은 페리스와 리카드 두 명이었다.

"오호라. 즉, 율리우스는 고거구마. 『손가락끝』이라는 기는 대죄주교의 오른손이니 왼손이니 하는 의미 아인가 싶은 기다."

"——? 오른손이고 왼손이고 자시고, 다 몸의 일부임에는 차이 없잖아?"

"그런 게 아니라, 심복이거나, 오른팔이니 왼팔이니 하는 의미야. 원래 『손가락끝』이 마녀교에 있어 무엇인지는 스바루큥의 추측이었던 거잖아?"

"……아!"

거기까지 듣고서 스바루도 간신히 세 사람의 의도를 이해했다.

스바루가 아는 한 페텔기우스가 부하를 『손가락끝』이라고 부른 케이스는 몇 번쯤 있지만, 그 자세한 사정에 대해서는 스바루의 추측이 많다. 실제로 스바루는 『손가락끝』이란 페텔기우스가 부하 집단을 구분해 부르기 위한 호칭이라고 생각했었다.

그러나 정확히는 『손가락』의 이름을 가진 특별한 교도가 복수 존재하며, 각각에게 페텔기우스와 같은 권능이 깃들었다고 치면.

"손가락 수만큼 『나태』가 있고, 페텔기우스도 그중 하나에 지나지 않는단 말인가."

"최대 열 개, 각각의 거점에 하나씩 『나태』가 배치되어 있었다면, 지금까지 운 좋게 반격할 틈을 주지 않고 처리한 것일지도 모르지. 낙관적인 생각이다만."

"남은 거점은 세 군데, 『손가락』은 세 개……. 앞으로 세 명은 있을 수 있다고 생각하는 편이 좋겠어."

율리우스의 추측은 물론, 페리스의 말에도 무시하지 못할 무게가 있었다.

어떤 상황이어도 최악을 가정해야 마땅하다. 적의 위협을 싸구려로 잡으면 비싼 값을 치르기 마련이다. 그야말로 비싼 과외비를 몇 번씩 내고 배운 사실이다.

그리고 현재 상황에서 가정해야 할 최악의 가능성은——.

"——저택과 마을 사람들의 피난을 시작하고 싶어. 한시라도 빨리."

"……솔직히 네가 말을 꺼내지 않으면 내가 제안하려고 생각했었다."

목소리를 죽인 스바루의 제안에 한쪽 눈을 감은 율리우스가 동의했다.

"가장 큰 위협인 『나태』의 배제가 불확실해진 지금, 가장 우려해야 할 사항은 놈들이 본래 목적—— 에밀리아 님과 마을 사람에게 위해를 끼치는 것이겠지."

"그치들 수도 반감 이하데이. 이미 우리네가 적대하고 있는 기야 뺀하게 안다꼬 생각하는 편이 나을끼다. 그리되믄 될 대로 되라고 하는 기 제일로 무섭제."

율리우스에게 리카드가 동조하고, 스바루도 염려를 미간의 주름으로 드러내면서 끄덕였다. 마녀교가 이미 토벌대를 깨달은 것은 틀림없다. 그것은 앞선 기습으로 명백하다.

"두 번째 『나태』는 우리를 기다리고 매복했었어. 어디선가 우리를 알아챈 거야. 우리의 존재가 들킨 건 그나마 나아. 하지만 우리의 목적이 들키는 건 안 좋아."

전투 면에서 우위가 사라진 것도 쓰라리지만, 가장 큰 문제는 토벌대의 목적이 에밀리아와 마을 사람의 구출이라고 들키는 것이다. 현재 마녀교는 자신들에게 적대하는 스바루 일행이 무엇을 목적으로 메이더스령에 쳐들어왔는지 모를 터.

피차 목적이 저택과 마을에 있다고 알면 틀림없이 마을은 전장으로 바뀐다.

"지금이라면 아직 마녀교는 평원이 뻥 뚫린 걸 알아채지 못했어. 에밀리아 쪽은 용차에 태우고 가도를 통해 당당히 보낼 수 있을 거야."

"에밀리아 님 일행을 피신시켜서 뒷일 걱정이 없어지면 마녀교 토벌에도 집중할 수 있지. 약점 지고 싸우는 건 장난 아니니깐. 페리랑 스바루큥은 특히."

"귀가 따갑네. ……그래도, 그 말이 맞지."

페리스의 따끔한 찬동을 받고 스바루는 토벌대의 총의에 다른 의견이 없는지를 물었다. 시간이 판가름하는 가운데, 다행히도 의견은 나오지 않아 스바루는 무릎을 털고 결단했다.

"고마워. ——행상인을 데리고 다 같이 마을로 가자. 남는 사람은 없이. 그럼 되지?"

"이 앞에 어디서 남아 있는 『나태』의 습격이 있을지 몰라. 네 눈은 필수일 거다."

에두른 율리우스의 긍정이 나와서 토벌대의 방침은 확정됐다.

"오오. 겨우 우리를 부르신단 말씀이군. 일이 생겨서 안심했다고."

그리고 간신히 나온 출발 지시에 대기하고 있던 행상인들은 뜻밖에 솔깃한 눈치였다.

가만히 있는 건 성미에 맞지 않은 것이리라. 다만 마녀교 관련에 대해서는 변함없이 덮어둔 상태다. 지금 그들의 발걸음이 무거워져서는 애써 만든 노림수가 주저앉을 수도 있다.

"너도 기다리게 했는걸, 파트라슈. ……뭐냐. 그렇게 화내지 마라."

"――."

숲길에 동행하지 못하고 진지에 남겨졌던 파트라슈는 스바루에게 저기압이었다. 칠흑의 지룡은 품위 있고 날카로운 얼굴을 돌리고 스바루의 부름에 완전히 토라졌다.

"아니, 봐봐, 숲 안이라고? 넘어져서 다리라도 부러지면 수습이 안 되잖아."

"그 지룡은 다이아나 종(種)이라고 불리는 종류로서, 지룡 중에서 가장 좋은 종입니다. 사막과 한랭지에 대응한 종류도 있습니다만, 다이아나 종은 모든 지형에 대응하는 뛰어난 종이지요."

"엥? 모든 지형에? 숲 같은 곳도?"

"숲이든 사막이든, 물가든 빙산이든 마찬가지입니다."

빌헬름의 보증에 스바루는 눈이 휘둥그레졌다.

완전히 첫 인상만 가지고 선택한 지룡이었는데, 상상 이상으로 우수한 종이었던 모양이다. 파트라슈의 영리함과 능력을 감안하면 당연한 노릇일지도 모르지만.

"살짝 괜찮은 집을 살 수 있을 정도의 애니까 말야."

"가격을 말하지 마! 그만둬! 그런 느낌은 들었었다고!"

타는 것도 황송한 심정이 되어 스바루가 언성을 높이자 페리스가 웃었다. 하지만 그 웃음은 평소의 그와 비교하면 어딘가 그늘이 진 것처럼 느껴졌다.

그 원인에 대략 짐작이 가서 스바루는 그의 지룡과 나란히 달리며 목소리 낮추어 말했다.

"미안. 나만 여러모로 배려를 받아서."

"──. 갑자기 왜 그래? 이상한 거라도 먹었어? 치유할래?"

"얼버무리지 마라. 네가 말했었잖아. 아무도 죽게 하고 싶지 않은 건 나만이 아니라고."

"──."

정곡을 찔린 듯 페리스는 무안한 표정으로 입을 다물었다.

아군의 죽음에 강한 자책감을 느끼는 사람은 딱히 스바루뿐이 아니다. 어쩌면 직접적으로 누군가를 구할 수단을 가진 페리스 쪽이 훨씬 더 속을 앓고 있을지도 모른다.

그걸 내색하지 않고 자기 안에 끌어안는 건 페리스의 강한 면이라고 생각은 하지만.

"내가 말해봤자 아무 소용없을지도 모르겠다만, 너한테 도움 많이 받는다. 진심이야."

"그러지 마. 자신이 무용지물이란 것쯤은 내가 가장 잘 알아. 열한 명이나 죽게 하고, 적의 자결도 막지 못하고. ……입만 살았지."

"하지만 한 명은 살렸어. 네 덕분에 죽지 않고 끝난 거야."

내뱉적인 페리스의 말에 스바루는 뒤따르는 용차에 눕힌 부상자를 거론했다. 체력을 극심하게 소모해서 의식은 돌아오지 않았다. 그러나 생명에 별지장은 없다. 그건 페리스가 거둔 성과다.

누군가 한 명을 구하는 것. 그게 얼마나 힘든 일인지 스바루는 알고 있다.

"네가 생각하는 것보다 너란 존재는 크다고. 아니 정말, 이건 진짜로."

"……그게 뭐야. 페리가 귀여우니까 꼬드기는 거니? 남자한테 빠진 거야?"

"안 빠졌고, 꼬드기는 것도 아니거든?! 진지한 이야기다?!"

적성에도 안 맞는 걸 감수하고 말했더니, 생각 이상으로 신랄한 반격을 받아 스바루는 쩔쩔맸다. 그런데 페리스는 곧바로 입매를 누그러뜨리고 길게 한숨을 내뱉었다.

"진지한 이야기라면 진지하게 받아들일게. 딱히 자신의 존재 의의를 고민하진 않으니까 걱정 놔. 그런 걸 고민할 차원은 진즉에 지나갔으니깐."

"그, 그래?"

"단지, 뭐, 약간은 위안거리가 됐을까 하네? 정말로 살짝만, 전에 들은 말과 비슷해서 안도했으니까."

페리스는 손가락으로『살짝만』을 표현하면서 장난스럽게 스바루를 곁눈질했다. 그 반응에 스바루도 조금은 기분을 전환하는 데에 공헌한 느낌이 들어 안도했다.

"그럼 기회 닿은 김에 페리도 말하겠는데…… 스바루큥, 율리우스랑 빨리 화해하는 편이 좋아. 진짜루."

그런 만큼, 되받아치는 페리스의 말에 스바루는 눈이 동그래지고 말았다.

"빨리고 자시고…… 화해랄까, 시비 텄던 건 흘려보냈어. 봤잖아?"

"일단은, 말이겠지. 본심과 무의식에 반발이 남아 있어. 그러니까 툭하면 율리우스를 꼬치꼬치 선택지에서 뺀다고."

"──."

"율리우스는 믿어도 돼. 사귀기 어렵고, 알아먹기 어려운 점은 인정하지만."

페리스는 살랑살랑 손사래를 치며 대화를 끝내고, 마녀교의 마석 해석에 집중했다.

그런 페리스와 대조적으로 스바루 쪽은 지금 말에 마음이 어지러워지고 말았다.

"무의식중에, 저 녀석에게 반발하고 있다……라."

짐작 가는 구석은, 없다고 단언할 수는 없었다. 적어도 자신의 내면에 율리우스에 대한 대항심과 응어리가 남아 있다는 자각은 있는 것이다. 물론 지금까지 내린 판단에 사감을 집어넣지는 않았다. 하지만 무의식까지 제어할 수 있었느냐면, 자신감은 없었다.

"──."

마땅치 않은 얼굴을 하고 그대로 앞을 보니 별안간 달콤한 꽃향기가 콧구멍에 날아들었다.

길가에 핀 작고 푸른 꽃잎. 바람에 휘날리는 꽃향기와 가련함을 본 기억이 있어서 스바루는 기억에 선한 꽃밭을 떠올렸다.

──과거에 에밀리아와 함께한 꽃밭이다.

"사실은 좀 더, 이런 답답한 감정이랑 작별한 다음에 개선하고 싶었는데 말이지……."

지금의 스바루에게는 조급한 마음과 비슷한 수준으로 꽁무니 빼는 부분이 있다. 이대로 가도를 나아가서 아람 마을에 들어가면, 마을 사람들의 피난 유도가 시작될 것이다.

당연히 그중에는 저택 사람도 포함되는 노릇이고, 그 말은 즉 재회라는 뜻이므로.

"전부 정리한 다음의 재회라면 폼도 살건만."

어중간하고 또 어중간. 모든 게 어정쩡하다.

마녀교 토벌도 어정쩡하고, 왕도에서 의탁을 받았던 역할도 어중간. 무엇보다 에밀리아를 마주 대하려는 스바루의 마음가짐이 어중간해서, 심정은 몇 시간 전에 토로했을 때와 바뀌지 않았다.

왕도에서 그 지경까지 저지른 스바루의 소행은 아직 속죄하지도 못했다. 그런 상태로 에밀리아와 가슴을 펴고 재회할 수도 없다. 그 점이 가슴을 지독하게 들쑤시는 것이다.

물론 스바루의 거북한 기분과 저택 사람들의 안전은 저울에 올릴 필요도 없는 문제지만.

"──내게는 죄가 세 가지 있다……고 했던가."

그 말은 하얗게 물든 세계에서, 죽음을 눈앞에 두고 날아든 것이었다.

약속을 짓밟고, 마음을 걷어차고, 그 생명마저도 앗아간 어리석은 자에게 내리는 단죄의 말.

세 번째 회차에서 스바루를 죽인 팩이 남긴 저주이기도 했다.

"에잇, 관뒀다 관뒀어! 왜 이런 기분이 되어야 하는 건데. 구하러 간단 말은 백마 탄 왕자님에게 어울리잖아. 지룡은 검고, 왕자님도 아니지만, 더 당당하게…… 말이야."

싸워라. 빌헬름에게도 들었지 않은가. 그 마음가짐은 딱히 전장에만 해당하는 게 아니다. 인생의 갖가지 국면에서 꺾이려는 마음을 북돋는 귀중한 힘이다.

"그렇죠? 빌헬름 씨."

"음? ……예, 말씀이 맞습니다."

약간 전방에서 나아가는 빌헬름에게 동의를 바라자 검귀는 한순간 주저하다가 수긍했다.

그러자 마침 그 대화를 곁눈으로 지켜보고 있었던 율리우스가 탄식했다.

"빌헬름 님을 난처하게 만들지 마. 고민이 있는 건 당연하지만, 넌 좀 태연하게 있어야 하지 않을까?"

"……애당초 내 고민에 넌 무관하지 않더랬지?"

"그 일은 네가 자기 잘못을 인정하는 것으로 화해에 이른 줄 알았다만."

"이성과 감정론은 또 별개라고! 나 참, 그래. 결국 그런 거지."

"——?"

언성을 높였다가 자조하는 스바루. 그 모습에 율리우스는 이해할 수 없다는 듯 고개를 갸웃했다.

지금 나눈 대화 도중에 페리스에게 막 지적당한 반발을 깨닫고 말았다. 이성에 따른 수긍, 감정으로 느낀 수긍. 그것들은 별개라고.

그렇다고 해서 그걸로 판단을 그르치는 건 본말전도. 이 또한 페리스의 말이 맞다.

"아— 그, 뭐냐. 재차, 네게 말해야 할 게, 있을지도 모르겠는데."

스바루는 나란히 달리는 율리우스 쪽은 쳐다보지 않고 더듬더듬 신중하게 말을 꺼냈다.

깨달은 불화의 씨앗을 한시라도 빨리 제거하기 위해 스바루는 고심하며 말을 골랐다.

정면에 보이는 좌우로 숲을 둔 가도는 홀쭉하게 이어져 있고 길 앞에 보여야 할 아람 마을의 모습은 아직 멀었다. 대화할 시간을 제공해 주는 것처럼.

"가도에서 합류했을 때, 지난 일은 피차 흘려보낸 걸로 했을 텐데…… 미안하다. 내 쪽은 아직 소화하지 못했나 보다."

"──."

"널 신용하지 못하는 건 아냐. 다만 거북한 감정은 남아 있다고 할까, 그게 이유로 지시가 슬쩍슬쩍 좋지 못하게 됐다…… 고 페리스에게 들었어."

"──."

"아니, 페리스에게 들었다고 어쨌단 건 아닌데, 일치단결해야만 하는 상황에서 뭐랄까, 불신감이 남아 있으면 안 된다는 건 나도 같은 의견이야. 그러니까……."

"──."

침묵하는 율리우스 상대로 스바루는 당최 핵심으로 들어서지 않는 대화를 이어갔다. 본인도 자기 자신이 답답하지만, 문제는 맞장구도 치지 않는 상대 쪽에게도 있으리라.

거북하게 느끼는 게 스바루뿐. 그건 너무나도 부조리하다.

"너, 아까부터 듣고는 있냐? 나만 웅얼웅얼 떠들고──."

겸연쩍어서 앞을 노려보고 있던 스바루는 거기서 침을 튀기며 율리우스를 돌아보았다. 새치름한 표정의 미장부를 쏘아보며 따끔하게 한 방 먹여 주자고, 응어리를 풀기 위해 시작한 대화의 본분을 잃을 뻔했지만──.

"──웃?!"

고함치려던 순간, 스바루는 갑자기 불어 닥친 돌풍에 무심코 얼굴을 팔로 가렸다.

꽃향기가 뒤섞인 예상 밖의 강풍. 앞머리가 휘날린 스바루는 무슨 일인가 딱 한순간 놀랐다가, 깨달았다.

──길게 늘어뜨렸던 지룡의 줄이 사라지고 혼자만 남았다는 사실을.

2

"뭣──?!"

이상사태라는 건 금방 깨달았다. 하지만 무슨 일이 일어났는 지는 알 수 없었다.

고삐를 잡은 채로 스바루는 멈춰 서서 주위를 둘러보았다. 주변 풍경은 방금까지와 다름없어 좌우에 숲을 둔 가도 한복판이었다. 아까와 다른 점은 바로 옆에 있었을 아군의 모습이 아무 데도 눈에 띄지 않고 혼자만 방치되어 있다는 점으로──.

"아니, 혼자만은 아니군."

"──."

고삐를 끌어당기며 몸을 딱딱하게 굳힌 스바루는 파트라슈에 타고 있는 상태다. 안장 너머로 전해지는 낮은 체온은 지금도 건재. 접촉해 있는 존재와는 분단할 수 없었다고 추측해야 마땅할 것이다.

"그리되면, 공간간섭이나 텔레포트……인가?"

눈 깜박할 새에 아군과 분단된 판국이다. 방법은 대충 그럴 거라고 점찍었다. 스바루가 보는 바로 풍경에 변화는 없다. 어디 날려갔다고 치면 그건 스바루 외의 다른 사람들이다.

그리고 당연하지만, 스바루만을 고립시켜서 이점을 얻는 건 마녀교밖에 없다.

"제길! 멍 때리고 있을 때가 아냐. 파트라슈!"

상황 파악이 늦은 걸 반성하며 스바루는 고삐를 후려쳐 지룡을 달리게 했다. 울부짖은 파트라슈는 그 튼튼한 다리로 단숨에 가속──. 바람을 날려버리는 듯한 속도로 고립한 상황에서의 이탈을 시도했다. 그 동안 스바루는 주위에 시력을 집중해 사방에서 날아올 공격을 경계했다.

고찰이 옳다면 언제 새로운 『나태』의 『보이지 않는 손』이 날아올지 모른다.

"──."

하지만 스바루의 경계에 반해 『보이지 않는 손』이 튀어나올 기척은 없었다. 의문이 떠오르고 그와 동시에 파트라슈의 발놀림에도 불안이 생겼다. 그 불안의 원인은 스바루의 의문과 동일하다. 전력질주하고 약 10초. 풍경이 전혀 변하지 않았으니까.

이 상황은 단순한 공간전이로는 설명이 되지 않는다. 비슷한 경험이 불쑥 떠올랐다.

"베아트리스의 무한복도 같은 상황인가……? 하지만 문 같은 건 없다고?!"

이전에 스바루는 딱 한 번 이것과 비슷한 현상을 체험한 적이 있다. 로즈월 저택에서 생활하는 소녀, 베아트리스의 마법으로

복도의 공간이 루프하는 상태가 됐을 때다. 그때는 스바루의 데 면데면한 판단으로 정답인 문이 열려 상황은 금세 해제됐다.

그러나 이번은 그리 쉽지 않다. 상황은 야외이고, 정답이고 오답 이고 문부터 없는 것이다. 즉, 스바루의 감은 해제 조건으로서 도움이 안 된다.

"빌어먹을, 혼자서 고민하는 건 그만두란 이야기 나눈 직후에 이 꼴이냐!"

한데 뭉쳐 난관에 맞서겠다. 그렇게 결정한 직후에 이래서야 한탄도 할 만하다. 스바루는 주위를 내다보고 변화가 없는 광경 에 짜증스럽게 혀를 찼다.

"어어이! 누구! 누구 없어! 대답해 줘! 누가 좀———!!"

조급해져서 스바루는 필사적으로 소리를 질렀다. 최악에는 이 목소리가 적을 끌어들인다고 해도 상관없다. 아군 쪽으로 가 는 적이 한 명이라도 줄어든다면, 아무것도 하지 않는 것보다 훨씬 환영이다. 그러나 그런 스바루의 의도도 보람 없이 적에게 서도 아군에게서도 호소에 대한 반응은 없었다.

이상하다. 비정상이다. 스바루만 홀로 다른 차원에라도 옮겨 졌다는 말인가. 이 세계에 있는 마법의 법칙성을 모조리 알지는 못해도, 그 정도까지 가능한가.

"멈춰, 파트라슈. 진정하고 생각해 보자……. 쿨하게 말이야."

스바루의 지시를 받은 파트라슈가 달리는 발의 속도를 늦추다 가 멈춰 섰다. 일순, 멈춘 순간을 노릴지도 모른다고 우려했지 만, 그런 기척도 느껴지지 않았다.

숲은 으스스하리만치 고요하고, 들리는 건 바람 소리와 벌레 소리뿐이다. 그토록 많던 인간들의 숨결이 사라지자 그것만으로도 세계는 적막에 지배됐다.

이건 그야말로 세계가 마녀교의 지배하에 놓였을 때의 상황으로——.

"……아닌데? 이건, 아냐."

거기까지 생각한 순간에, 스바루는 뚜렷한 위화감을 느껴 고개를 퍼뜩 쳐들었다. 주위를 바라보았다. 풍경은 변함없다. 그러나 귀를 곤두세우면 자신의 심장 소리와 파트라슈의 숨결에 섞여서 방울벌레가 우는 소리 같은 게 들렸다. ——마녀교의 지배 아래에서는 끊겨 있어야 할.

"공간전이가 아냐. 이게 뭐야. 어떻게 된 거지?"

마녀교의 지배도 전지전능하지 않다. 하물며 같은 풍경을 반복하는 가도를 준비하는 건 초월적인 마법사라도 불가능할 터다. 그렇다면 전제 조건이 잘못됐다.

기억을 되짚는다. 처음에 무슨 일이 일어났던가. 혼자가 됐다고 생각한 순간, 무슨 일이 있었던가. 우선 처음에 강한 바람이 불어 닥쳤다. 그리고 그것부터 이미 이상하다.

"파트라슈의 『바람막이의 가호』는 작용하고 있었을 터야. 원래라면 진동도 바람도 느끼지 못해야 하는데, 그 돌풍은 어디서 튀어나온 거지?"

"——."

"그 바람이 분 순간, 무슨 일이 발생했어. 아니지. 뭔가 수작이 있었다면 그 전부터야. 이게 공격이었다고 치면, 두드러졌던 건…… 꽃향기인가?"

꽃향기. 그렇다. 달콤한 꽃의 향기다. 농밀한 방향은 돌풍에도 섞여 스바루의 콧구멍으로 미끄러져 들어와 뇌에 침투했다. 그리고 그 향기는 지금도 메스꺼워질 만큼 풍기고 있다.

"──윽?! 우, 엑, 이게 뭐야."

의식하자마자 그때까지 무시할 수 있었던 꽃향기에 후각이 침범됐다. 명백하게 비정상적인 방향을 본능이 거절하고 스바루는 위험한 향기에 순간적으로 호흡을 막았다.

"이런 꽃향기 속을 내내 아무렇지도 않게 돌아다니고 있었단 거야?"

무의식중에 스며드는 알 수 없는 힘에 스바루는 오싹해졌다. 그와 동시에 이 상황의 원인은 이 냄새에, 이 꽃에 있다고 직감했다.

그렇다면, 이 향기의 원인은──.

"길 가장자리에 피어 있는, 이 꽃이야."

스바루는 파트라슈에서 내려와서 길 옆에 덩그러니 피어 있는 꽃으로 걸어갔다. 산들바람에 꽃잎을 살랑거리는 그 꽃은, 원래 세계로 치자면 팬지꽃과 비슷했다. 그러나 원흉이 꽃에 있다고 확정해서 쪼그려 앉긴 했지만, 스바루는 막막해졌다.

꽃이 원인이라 치고, 뽑아버리면 되는 걸까. 아니면 짓밟아 뭉개면 되는 걸까. 탈출 방법에 예상이 가지 않는 채로, 스바루는 일단 꽃을 꺾으려 결심하고──.

"욱……?!"

꽃을 만지려는 순간, 그 손길을 거부하는 듯한 변화가 일어났
다.

──꽃의 밑동이 파헤쳐지고 꿈틀대는 넝쿨이 마치 채찍처럼
휘어서 스바루의 목에 휘감겼다. 가는 넝쿨은 어마어마한 힘으
로 스바루를 조르고, 상상을 초월한 힘에 고통의 비명이 터져
나왔다.

"아, 큭…… 어격……!"

스바루는 엉덩방아를 찧고 숨통에 틀어박힌 넝쿨을 손가락으
로 쥐어뜯었다.

딱딱하다. 넝쿨은 식물이라는 생각이 들지 않는 강도로 손톱
을 거절하고, 생물처럼 살의로 스바루를 저승길로 보내려 하고
있다. 스바루는 등을 젖히며 손을 뻗었다. 등 뒤에 있는 파트라
슈에게 도움을 청한다.

검은 지룡은 스바루 뒤에서 꽃과 격투하는 스바루를 가만히
응시하고 있었다. 그대로 움직일 낌새가 없다. 그저 보고만 있
다. 절망감이 솟는다. 하지만 절망 전에 위화감이 솟았다.

"──."

여태까지 스바루에게 헌신적이던 파트라슈가 이 상황을 못 본
척하는 건 부자연스럽다. 왜, 그런 일이 일어나는가. 가능성은
둘. 못 본 척하는 것이거나 보이지 않거나. 전자는 자동적으로
쳐내고 후자의 가능성이라고 단정한다. 보이지 않는다. 꽃향
기, 환각──.

"이……런…… 꽃은, 없어……! 없다고……!!"

부정한다. 눈앞의 『죽음』을 초래하는 꽃을. 이런 위험한 꽃은 없다. 나츠키 스바루는 지금 있을 수 없는 세계를 보고 있다. 따라서 이것은, 허깨비다.

시야가 눈물로 흐려졌다. 아니다. 눈물과는 다른 요인으로 흐려졌다. 파트라슈의 모습이 뿌예지고, 함께 있었다고 생각했던 허깨비가 사라졌다. 이곳은 아무도 없는, 스바루만의 덧없는 세계.

——허깨비인 것이다!!

"——어헉! 커헉! 콜록, 케헥, 하아!"

뿌리친 순간, 스바루의 목을 조르던 넝쿨의 감촉이 소멸했다. 호흡의 허가가 떨어져 스바루는 폐에 산소를 넣고 기침하면서 무슨 일이 있었는지 눈물 고인 눈으로 쳐다보았다.

눈앞에서 스바루에게 공포 체험을 보여준 꽃이 불타고 있다. 꽃잎도 넝쿨도 뿌리도, 모든 게 다 새빨간 불꽃에 휩싸여 검디검게 불타 허물어졌다. 그리고 그것을 해치운 것은 타오르는 꽃 바로 위에서 아물아물 흔들리는 붉은 빛—— 미정령이었다.

"너, 또……."

그건 앞서 여자 광인에게 사로잡혔을 때에도 스바루를 구출해준 붉은 미정령이었다. 정령은 스바루를 궁지에서 구원하자 신음하는 그 눈앞으로 다가왔다.

순간적으로 손이 절로 나오고, 스바루는 손바닥 위에 그 따스한 빛을 받아들였다.

"——! 이건……!"

그 열기를 받은 것과, 푸른 꽃이 불꽃에 모조리 타버린 것은 동시였다. 꽃잎 전부가 재로 변하고 달콤한 향기가 탄 냄새로 바뀌자 곧장 세계가 변질했다.

무한하게 느껴지던 가도가 뿌예지고 좌우에 있던 숲과 하늘이 뒤섞였다. 세계가 그림물감을 녹인 물처럼 꾸물텅 일그러지고, 그것은 한순간에 역재생처럼 되감겼다.

세계의 재생—— 아니다. 환각에서의 해방과, 현실 세계로의 회귀다.

"——스바루!"

누가 말을 걸고 있다. 날카로운 목소리에 스바루는 고개를 쳐들고 원래 세계로 돌아왔다.

바로 앞에 서 있는 율리우스가 그 어깨에 붉은 정령을 싣고 스바루를 부르고 있었다.

3

"너냐……."

"그 극성스러운 혀를 보면 네가 틀림없는 모양이군. 설마 내 의식하의 네가 이렇게까지 진짜를 재현할 수 있다고 생각할 순 없으니까."

돌아오고 나서 처음으로 본 얼굴에 스바루가 진저리를 치자 율리우스가 속 시원한 비아냥으로 받아쳤다. 그러나 그는 바로 스바루의 팔을 잡아끌어 일으키고 턱을 내밀어 주위를 가리켰다.

그에 따라서 주위를 바라본 스바루는 멍하게 우두커니 서 있는 토벌대의 모습에 흠칫했다. 토벌대는 전원 남김없이, 사람이고 탈것이고 죄다 그 자리에 정지해 있었던 것이다.

"누군가의 공격이야. 환혹 계열의 술식인데, 몇 초간 의식이 날아갔지. 지금은 나와 너 두 명밖에 돌아오지 못했다. 어떻게 돌아왔지?"

"몇 초라고? 그쪽에선 몇 분이나 지났다만? 머릿속이라서 그런 건가?"

"설마 네게 이 방면의 마법의 저항력이 있을 줄은 몰랐어. 어떻게 돌아왔지?"

"이거, 다른 사람들도 다 말려든 거냐? 몇 초가 몇 분이라니, 이대로 발목이 잡혀 있다간 그냥 표적이잖아. 무슨 수를 써야!"

"그러니까 어떻게 돌아왔는지를 네게 묻고 있잖아!"

말다툼에 가까운 모양새로 서로 자기 의문을 내던지다가, 해결이 나지 않는 상황에 율리우스가 성을 냈다. 그 희한한 반응에 스바루는 눈을 동그랗게 뜨면서 언쟁할 상황이 아니라며 마음을 다잡고 대답했다.

"환각 속에서 원인이 됐던 꽃을 태웠어. 아니, 태웠다고 해도 내 공적이 아니지만, 좌우지간 방아쇠는 꽃이야. 그걸 없앴어."

"꽃, 꽃이라. 그렇군. 꽃향기에 암시의 술식을 실은 건가. ――하지만."

거기서 말을 끊고 율리우스는 술법에 빠진 주위의 동료들을 둘러보았다. 그리고 어떻게 하는가 눈을 부릅뜬 스바루 앞에서 그는 천천히 그 팔을 들어 올렸다.

그러자 그 율리우스의 팔을 횃대로 삼듯이 복수의 빛이 모습을 드러냈다. 각양각색의 빛은 다 해서 여섯 색깔. 그 중에는 스바루를 구원한 붉은 빛의 존재도 있다.

"너! 그건……!"

"내 봉오리들의 빛이야. 지금부터 전원에게 환혹을 깨트리는 방법을 전하겠어. ——인! 네스!"

단적으로 스바루에게 대꾸한 율리우스는 손끝을 뻗고 손가락을 벌렸다. 미끄러지듯이 그의 손가락끝에 켜진 것은 백과 흑, 두 가지 색깔의 빛이었다. 두 빛은 뒤섞이듯이 광채를 더하고, 눈을 감는 스바루 눈앞에서 세계가 빛에 휩싸였다.

"무, 무슨 일이…….

『웅—! 얼씨구—! 절씨구—! 아무도 없어—! 여기 어디야—!』

"허?"

들린 것은 뭔가 상황을 이해하지 못하는 멍한 소녀의 발언——아니, 엄밀하게는 발언이 아니다. 그것은 목소리가 아니라 사념이었다. 소리가 아니라 감정이, 고막이 아니라 뇌에 직접 울려 스바루에게 의사를 전한 것이다. 그리고 그것은 하나만이 아니었다.

『이탈했다……. 아니, 분단당했어. 위험해. 이대로 있다간.』

『일 났구마. 이거 최악이데이. 아무리 숲을 부숴도 바뀌질 않는다 아이가.』『이런 때에 이런 수법……! 크루쉬 님……!』『누나! 누나! 어디 갔다요?!』『티비가 울어버릴지도—.』

"우, 어⋯⋯!"

흘러들어온다. 흘러들어온다. 사념은 탁류처럼 사정없이 스바루의 귓불을 지나가 두개골 안으로, 두개골 안의 뇌로 처리할 수 없는 양이 일거에 밀어닥쳤다. 복수의 의지와 감정이 가시 돋은 공처럼 머릿속에서 튀어 다녀 스바루는 고통에 몸부림쳤다.

아픈지, 괴로운지도 잘 모르겠다. 아픔은 없다. 괴로움은 없다. 무겁다.

"——친화성이 너무 좋은 건가? 미안하다. 심호흡하고 참아."

"너, 어, 이 자식⋯⋯."

"지금은 너만을 위해 조율할 여유가 없어. 일행을 모두 끌어내는 게 먼저야."

그 말만 하고 율리우스는 술식에 집중하기 위해선지 눈을 감고 움직이지 않았다.

이 괴로움의 원인 같은 미장부에게 스바루는 번민 속에서 악담을 퍼부었다. 말한 대로 심호흡을 해도 안식은 한 톨도 찾아오지 않았다. 지금도 뇌는 복수의 사념으로 그득하다. 이대로 있다간 귀에서 골이 흘러나온다. 스바루는 사고를 모조리 점령당할 수 없다고 생각했다.

혼탁해지는 사고, 뒤섞이는 의식은 율리우스의 소행이다. 환각을 깨트릴 수단을 전달하기 위해서 모종의 마법으로 이 상황을 만들어냈다. 생각한다. 누군가의 환각 속에서 푸른 꽃이 졌다. 몇 명쯤이 환각에서 해방되어 사념의 도가니에서 빠져나간

다. 아직 많다. 아직 사로잡힌 사람이 많다. 반복하며 사념파가
오간다. 하지만 서서히 가시가 빠지듯이, 빗을 빗듯이 사념의
물결이 줄어들기 시작한다. 환각의 마수에서 현실로 회귀한다.

"이대로, 전원 해방되면……."

이명마저 지워버릴 거센 의지의 파도에 스바루는 비지땀을 흘
리면서 버텼다. 이마를 적시는 식은땀을 거칠게 닦고 하늘을 우
러르며 신음했다. 그 직후다.

"흡———!"

희미한 숨결이 들렸다. 발신원은 하늘. 스바루 일행의 머리 위
다. 올려다본 숲의 틈새. 가도의 하늘에는 태양이 떠오르고, 그
태양을 등진 하얀 그림자가 스바루 옆에 착지했다.

그림자는 그대로 환각을 해제하는 율리우스에게 눈길도 주지
않고 스바루의 팔을 잡아끌었다.

"어, 워……!"

술식에 주력하는 율리우스는 움직이지 못하고, 스바루는 하
얀 그림자에게 붙들려 반쯤 끌려 넘어졌다.

머리부터 하얀 로브를 뒤집어써서 얼굴이 보이지 않는 하얀
그림자는 다짜고짜 스바루를 끌고 갈 태세였다. 순간, 이 환각
의 술자가 눈앞의 존재라고 직감했다. 당연히 마녀교. 이곳에
서 스바루가 끌려가면 토벌대는 『보이지 않는 손』에 대항할 수
단을 잃는다.

"썩을! 기다려, 누가 네 생각대로……오?!"

버텨 서며 저항하려던 순간에 버팀발이 채여 스바루는 큰소리

를 마저 치지도 못하고 획 뒤집혔다. 체술의 기량에서 수준 미달이라 이야기가 되지 못했다.

그대로 하얀 그림자는 넘어진 스바루를 질질 끌고 이 자리의 이탈을 시도——.

"츠아아아——!"

하지만 그 행동은 찢어지는 기합과 함께 터진 은빛 섬광 때문에 중단됐다.

파고들어 검을 후려친 것은 가장 빨리 환각에서 해방된 빌헬름이다.

검귀는 자신을 술법에 빠트린 상대에게 그 분노를 발산하는 듯한 신속(神速)의 검을 펼쳤다. 포물선을 그리는 참격은 인정사정없이 그 호리호리하고 하얀 인영에 박혔다. 그러나——.

"우푹?!"

하얀 그림자는 스바루를 거칠게 수풀에 내던지고, 무시무시한 몸놀림으로 검격을 스치듯이 피했다. 최소한의 움직임을 거친 회피에 필살을 확신했던 빌헬름이 경탄하여 눈을 크게 떴다.

"——후라!"

그 감탄을 날려버리듯이 지팡이를 내민 그림자가 마법을 터트렸다. 노리는 곳은 파고드는 빌헬름의 발밑. 지면이 둥글게 도려내듯이 파이고 검귀의 속도가 죽었다.

그곳에 적은 일부러 뛰어들고, 쳐올린 발끝이 빌헬름의 몸통을 포착했다.

"욱……!"

단련된 복근이 삐걱거리고 작은 체구로는 상상 못할 위력이 빌헬름의 몸을 띄웠다. 그런 검귀를 대기를 일그러뜨리는 지팡이 끝이 겨눈다. 발생한 바람의 분류는 그대로 검귀를 잘게 토막——내기 전에 강철의 참격에 잘려 마나가 폭발했다.

"——."

찰나의 공방으로 죽음에 이르는 일격을 주고받고, 빌헬름과 하얀 그림자의 거리가 벌어졌다. 중거리는 마법을 쓸 수 있는 적의 거리다. 접근할 필요가 있는 만큼 빌헬름이 불리하다. 하지만 검귀의 불리함은 다른 요인——수적인 이점으로 뒤집혔다.

"으라차!!"

가로 일자로 그어진 큰 손도끼가 뒤로 뛴 하얀 그림자를 등 뒤에서 강습했다. 포효를 터트린 리카드의 일격은 암반에 필적하는 백경의 가죽마저 관통하는 위력이다. 맞으면 그 부위가 사라져버릴 수도 있는 일격이 무방비한 하얀 그림자에게 충돌하고, 호리호리한 몸이 거세게 날아가고——.

"이기 뭐꼬?!"

그러나 필살의 일격을 후려갈겼을 리카드는 승리가 아니라 경악을 부르짖었다.

원인은 날아가는 하얀 그림자—— 아니, 스스로 회전해서 날아간 적에게 있었다. 하얀 그림자는 무시무시하게도 리카드의 타격에 맞춰 몸을 돌려서 충격을 완전히 죽이고 받아넘겼다.

기량이 어떻게 되면 그런 짓을 할 수 있는지, 정녕코 신의 기술이랄 도리밖에 없다.

"그 기량, 훌륭합니다. ──하나."

"이 이상, 맘대로 굴 수 있을 줄 알믄 크게 착각한 기다, 흐압!"

검귀의 칭찬과 큰 늑대의 포효 사이에 낀 적은 손아귀 속에 짧은 지팡이를 돌리며 응전했다.

큰 손도끼가 미쳐 날뛰고 은빛 섬광이 종횡무진 날아다니는 일격필살의 공간. 그것을 하얀 그림자는 춤추듯이 헤쳐 나가며 틈틈이 마법을 펼쳐내어서는 두 전사를 상대해냈다.

토벌대의 주력 두 명을 상대로 믿을 수 없는 선전이었다.

하지만 인지를 초월한 실력자 사이의 공방은, 끼어든 세 번째 칼날로 결판이 났다.

"──."

"적이지만 넋을 잃을 정도의 실력이었다. 하나 그것도 끝."

숨을 죽인 하얀 그림자의 목덜미에 율리우스의 기사검이 닿아 있었다.

공방 도중에 토벌대의 환혹은 전부 해제된 것이다. 시간을 놓치고 도망칠 때를 놓친 하얀 그림자는 저항을 그만두었다. 율리우스만이 아니라 빌헬름과 리카드 두 명도 좌우에서 상대를 견제하고 있었다. 도망칠 길은 없다. 상대도 그것을 인정한 것이다.

"승부는 났다."

"……죽여. 모욕은 받지 않겠어."

적의에 둘러싸인 하얀 그림자가 극히 무감정한 목소리로 자신의 종말을 받아들였다. 목소리는 높고, 하얀 로브 차림의 어깨는 가늘다. 영창 단계에서 알고 있었지만, 상대는 소녀였다.

미련 없는 발언에 빌헬름이 눈을 크게 뜨고, 율리우스와 리카드는 얼굴을 마주보았다. 현실로 돌아와 사정을 파악하기 시작한 토벌대에도 동요가 퍼졌다.

"자, 잠깐! 잠깐잠깐! 잠깐만 기다려줘!"

거기서 손을 들고 목소리를 높이며 굴러들어온 것은 풀로 범벅된 스바루다.

스바루는 수풀에 쳐박힌 뒤, 손을 댈 엄두도 내지 못할 싸움을 지켜보고 있었지만, 싸움의 결판과 그것을 인정한 소녀의 음성에 저도 모르게 뛰쳐나왔다.

상대가 소녀였기 때문이 아니다. 그 목소리를 들은 기억이 있었기 때문이다. 그리고 뛰쳐나온 스바루에게 기억이 있던 건 상대 쪽도 마찬가지로.

"——바루스."

"아아, 그 호칭도 그리운데. 아니 그보다 진짜로 너였냐."

습격자의 예상 밖의 정체에 힘이 빠져서 스바루는 땅이 꺼져라 한숨을 내뱉었다. 그런 스바루의 반응에 하얀 로브 차림의 인물은 쓰고 있던 후드를 벗었다.

나타난 것은 분홍색 머리, 그리고 옅은 홍색 눈동자. 사랑스럽지만 엄격한 생김새의 소녀.

"——람."

로즈월 저택의 메이드인 람이었다.

4

"그래서, 이건 어쩔 작정인지 설명하지? 바루스."

토벌대를 유례없는 궁지에 몰아넣고 빌헬름을 비롯한 주력을 상대로 대활극을 펼친 람은 지저분해진 몸을 털고 언짢기 짝이 없는 눈초리를 스바루에게 꽂았다.

"어쩔 작정이고 자시고, 그건 우리가 할 소리지……."

그 매서운 시선에 쩔쩔매면서도 스바루는 가도의 참상을 둘러보았다.

숲과 가도에는 지금 주고받은 공방의 흔적과, 환혹에서 해방되어 숨을 돌리는 아군의 모습이 있었다. 다행히 술식의 후유증은 가벼운 두통 정도라서 람까지 포함해 부상자는 나오지 않았다. 그러나 다친 사람이 없다고 넘어갈 문제냐면 그렇지는 않다.

왜 이런 상황이 되고 말았느냐고 스바루는 탄식을 참으며 람을 보았다.

"네가 선제공격을 걸었다가 반격당했다는 게 개요지. 같은 편끼리 죽였다간 최악인데…… 빌헬름 씨, 다친 곳 없으세요?"

"풍마법(風魔法)에 생채기가 난 정도입니다. 나중에 페리스에게 부탁하지요. 그보다 지레짐작으로 베지 않고 끝나서 다행입니다. 돌이킬 여지가 없어질 뻔했군요."

팔을 든 빌헬름이 쩍 찢어진 소맷부리를 보이고 쓰게 웃었다. 스바루는 그 대범한 그릇에 기대서 안도하고 가슴을 쓸어내렸다.

"빌헬름…… 빌헬름 반 아스트레아?"

그때, 팔짱을 끼고 있던 람이 스바루와 빌헬름의 대화 중에 노검사의 이름을 주워듣고 중얼거렸다. 풀 네임으로 불린 검귀가 돌아보자 람은 "흐응." 하고 끄덕였다.

"설마 상대가 『검귀』일 줄은 몰랐어. 람이 진 것도 수긍이 가."

"전성기와 비교하면 과분한 이명이지요. 날마다 쇠퇴하지 않도록 분발은 하고 있습니다만, 그래도 나이에는 못 당합니다. 옛적보다 두 수는 실력이 무뎌졌습니다."

"그 무뎌진 실력에 감쪽같이 당한 입장으로선, 비꼬는 말이나 야유로 들리는걸."

빌헬름의 겸손을 람은 싹둑 잘라냈다. 검귀는 그런 람의 태도에 호의적이지만, 스바루 쪽은 그렇지도 못하다. 앞선 일도 합쳐서 말투 거칠게 람을 다그쳤다.

"너, 빌헬름 씨에게 무슨 태도야. 나 대하는 거야 평소 일이라고 넘어갈 수도 있어도, 바깥 사람에게는 더 예의 바르게…… 아얏!"

"외부인, 손님에게는 걸맞은 대접을 하라고? 그러게. 맞는 말이야. 무례를 거듭해서 참으로 죄송합니다, 손님."

람은 다가든 스바루의 코를 손가락으로 튕긴 다음, 우아하게 그 자리에서 묵례했다. 그 부분만 완벽한 사용인으로서 행동하고는, 그녀는 인형 같은 미모에 차가운 웃음을 지었다.

"거듭해서 무례를 저지르겠사온데, 이 앞에는 로즈월 L. 메이더스 변경백님의 저택이 있사옵니다. 현재 주군의 명령으로 외부인의 출입은 사양하고 있사오니 청컨대 몸을 돌려 집에나 가 주십시오."

"끝에서 본색이 나왔네. 게다가…… 그건, 뭔 뜻이야?"

"뭔 뜻이고 자시고 할 것 없지. 지금, 저택 주위는 엄중하게 경계 중이야. 외부인을 접근시키다니 언어도단……. 하기야 배은망덕한 바루스에게 말해봤자 헛수고일지도 모르겠지만."

"배은망덕……?"

듣고 넘기지 못할 평가에 스바루의 표정이 어두워지자 람은 "그래." 하고 끄덕였다.

"안 그래? 그토록 로즈월 님께 크나큰 은혜를 받아놓고서 볼일 다 봤다고 여기자마자 다른 주인에게 꼬리나 흔들고. 아니면 처음부터 이쪽의 환심을 사기 위한 연기였던 걸까. 그렇다면 한 방 먹었다고 해야겠는데."

"잠깐만! 뭔가 이야기가 어긋나고 있어! 완전히 사정을 잘못 짚고 있다고!"

"기르는 개에게 물렸다 함은 바로 이거겠어."

"이야기 좀 들어!"

신랄한 태도는 람의 통상 모드이지만, 거기에 포함된 적의는 진짜였다. 한 식구에게 몸서리가 쳐질 만큼 냉혹한 시선을 받은 스바루는 뭔가가 이상하다고 호소했다.

그녀가 이렇게나 완고해지는 이유. 그렇게 되지 않도록, 오해가 생기지 않도록——.

"……맞아, 친서다! 그것 때문에 편지를 썼어. 저택에 안 도착했어?"

"——친서."

스바루는 사태의 혼란을 해소할 가능성에 손을 썼다. 그러자 그 단어를 들은 람의 눈이 의미심장하게 가늘어졌다. 짚이는 게 있다. 그런 반응이다.

하지만 그 반응은 그 단어에 결코 호의적이지 않고——.

"……람, 왜 화내고 있어?"

"확실히 왕도에서 편지는 왔어. 하지만 그걸 친서라고 부르기에는 무리가 있겠는걸."

억양이 없는 그 목소리는 도리어 람의 참기 힘든 분노를 머금어서 열기를 띠고 있었다. 그 감정의 의미를 알지 못하는 스바루에게 람은 능청스럽다는 말이라도 하고 싶은 듯 콧방귀를 뀌었다.

"호들갑스러운 사자가 떠났다 싶었더니, 보낸 편지가—— 백지 친서라니, 퍽이나 재미있는 취향도 다 있지 뭐람. 무슨 속셈이었던 거야? 바루스."

"백지 친서?!"

생각도 못한 사실을 알고 스바루 쪽이 화들짝 놀랐다. 눈이 휘둥그레진 스바루를 노려본 채로 람은 그 눈에 분노를 띠었다.

"정성껏 밀랍으로 막은 봉인에는 칼스텐 가문의 『이빨을 드러낸 사자』의 문장이 있더라. 즉, 대립 후보인 크루쉬 칼스텐 공작의 선전포고……. 그렇게 받아들였는데."

"뭔, 어처구니없는 소릴! 왜 그렇게 성급한 결론이……."

"백지 서한을 보내는 행위는 상대에게 『대화할 의지가 없음』을 알리는 암시로서 이용되고 있습니다. 그렇게 받아들이는 것도 어쩔 수 없지요."

람의 결론에 스바루가 거품을 물지만, 빌헬름이 거기에 끼어들었다. 그는 미간에 주름을 잡으면서 난감한 표정으로 스바루에게 고개를 저어보였다.

"실제로 백지 서한이 오면 저라도 같은 판단을 내립니다. 적대 의지라고."

"그럼 깜빡 실수로 백지 편지에 봉해서 보내버리면 어떡하는데! 그래서 전쟁이 발발하면 역사에 『깜빡 실수해서』라고 적히는 거야?"

"그때는 모실 사람을 잘못 골랐다고 포기하는 거지. 그렇다고는 해도 람도 편지 한 장 가지고 곧장 적대를 확신한 건 아니야. 하지만 문제가 겹쳤으니까."

"문제가 겹쳤다니…… 그밖에도 또 뭐가 있었던 거야?!"

나쁜 보고가 지나치게 겹치고 있다. 여기에 문제가 더 있단 말인가.

"그저께부터 저택 주변의 숲이 부자연스럽게 조용하단 말이야. 람의 '눈'으로도 아무것도 잡아내지 못할 만큼. 그러다가 무장한 집단이 나타나고, 그게 백지 서한으로 선전포고한 칼스텐 가문의 세력……. 람의 작은 새가슴이 파열 직전이 될 만도 하잖아?"

"으게엑……."

흘겨보는 람의 눈초리에 스바루의 벼룩가슴 쪽이 파열 직전이 었다.

빌헬름의 걱정스러운 표정에 손을 든 스바루는 악몽 같은 상황의 맞물림에 운명을 저주하고 싶어졌다. 최악의 접목이다.

즉 람은, 『친서』 『마녀교』 『토벌대』 전부를 적대 진영의 액션이라고 착각한 것이다. 그리고 스바루는 에밀리아를 배신하고 크루쉬로 갈아탄 극악인 취급.

"무슨 착각이 그래! 애초에 내가 그렇게 간사하게 보이는 거야?!"

"기르는 개에게 물렸다 함은 바로 이거겠어."

"아직도 그 소리야?!"

"한참 부족할 지경이야. 하지만, 됐어. 대충 알았으니까."

말로는 지지 않는 람이지만 대화 도중에 대략적인 사정은 파악한 것이리라. 답변하는 스바루의 눈치에서 못된 수작을 부릴 지성을 느끼지 못한 것도 이유일지 모른다.

"백지 친서는 뭔가의 착오고, 바루스는 아직 에밀리아 님의 개…… . 그러면 좋은 거지?"

"좋지는 않지만 그래. 개는 가족이나 마찬가지고, 에밀리아 거라면 개라도 좋아."

"그건 아무리 그래도 뜻이 낮지 않은지요."

빌헬름이 목표가 낮은 점을 지적하지만, 스바루는 이야기가 진행되지 않을 우려를 느껴서 고개를 가로저었다. 아무튼 오해가 풀렸다면 본론으로 들어가야 한다.

"빌헬름 씨 포함해서, 이 사람들은 지원군, 우리 편이야. 널 불안하게 만들었던 놈들을 깡그리 날려버리기 위해서 모여 달라고 한 거지."

최악의 착각 때문에 애써 맺은 동맹 그 자체가 붕괴할 수도 있었다. 그 사실에 전율하면서도 스바루는 다 준비해놨다며 람에게 가슴을 폈다.

그 말에 눈썹을 찡그린 람에게 스바루는 비로소 말했다.

"왕도에 남은 목적을 완수했어. ——에밀리아와 크루쉬 씨 진영의 대등한 동맹 체결. 그 증거가 여기 있는 사람들이야."

5

그 뒤로 스바루 일행은 곧바로 람을 데리고 아람 마을을 향해 출발했다.

무의미하게 소비할 시간은 없다. 안 그래도 람과의 엇갈림 때문에 벌어진 전투로 시간을 빼앗긴 판이다. 설명하는 일은 마을로 가는 길 도중에 스바루가 떠맡았다.

같은 진영끼리, 쌓인 이야기도 많다. 토벌대 동료들의 배려에 감사했다.

앞선 사건에 관해서도 그들은 손이 닿도록 비는 스바루의 사과와 람의 사의를 확인하고 일단 수긍해 주는 태도였다. 모든 것은 부상자 제로 덕분, 그 한마디로 끝난다.

"빌헬름 씨한테는 폐만 끼치고 있군……. 결국 다친 것도 덤어 주셨고."

"멋진 분이셔. 소문대로더라."

"그치? 응—? 그렇지—?"

"왜 바루스가 좋아하는데. 기분 나빠."

동행하는 검귀를 칭찬하는 말에 고삐를 잡고 있는 스바루가 과민하게 반응했다. 그 모습에 람은 숨김없이 얼굴을 찌푸리고 허리에 두른 것과는 반대쪽 손으로 스바루의 옆구리를 찔렀다.

현재 스바루와 람은 칠흑의 지룡에 둘이서 같이 탄 상태다. 스바루는 자기 뒤에 몸을 옆으로 돌려 앉은 람을 눈만으로 돌아보고 앞선 공방을 회상했다.

"그건 그렇고…… 그 환각 공격은 뭐였던 거야? 너는 바람의 마법만 쓸 수 있다고 하지 않았어? 들은 적이 없다고."

"바람 계통의 마법과 환각 작용이 있는 약을 병용한 거야. 원래는 그대로 붙잡아두고 지휘관만 납치하려는 생각이었는데…… 설마 바루스가 풀어낼 줄은 몰랐어."

람은 거기서 말을 끊고 몇 번쯤 끄덕이다가 말을 이었다.

"아마 약에 내성이 생긴 거겠어. 약의 원료는 늘 마시고 있는 찻잎이니까."

"그런 독을 매번 먹이고 있었던 거냐?!"

"농담이야."

농담으로는 들리지 않았지만 스바루는 그 이상 추궁하지는 않았다. 진위를 확인하는 게 무서웠기 때문이 아니라 자신과 접촉한 람의 팔에서 떨림을 느꼈기 때문이다.

그것이 긴장이 풀린 결과, 숨기지 못하고 흘러넘친 것처럼 느껴져서.

"괜히 경계하게 만들어서 미안했다. 원인이야 어쨌든 너도 상당히 진심이었겠지."

"그러네. 맞찌를 각오를 굳히는 정도로는 진심이었어. ──뒤쪽의 신사분들은, 정말로 신용해도 되는 거지?"

"이때를 틈타서 저택에 쳐들어올 것 같아? 성가신 놈들이 노리는 곳이라고. 크루쉬 씨라도 별로 원하지 않을걸."

"……숲에 숨어 있는 건, 에밀리아 님을 노리는 괘씸한 것들이란 거구나."

"그 부분에 관해서도 원래는 친서에 써놨는데 말이야."

언외로 마녀교의 존재를 암시하는 람에게 스바루는 사정이 엇갈린 원인에 대해 한탄했다.

기왕 걸어둔 보험이 뚜껑을 열고 보니 가장 큰 함정으로 둔갑해버렸다. 그러나 친서가 백지로 도착한 사실은, 그것 단독으로 또 다른 문제를 부각시키고 있었다.

──친서를 바꿔치고 에밀리아와 크루쉬에게 불화를 일으키려는 목적을 가진 누군가의 존재다.

"친서를 저택에 보낸 사자는 어떡했어?"

"정중하게 저택에서 맡고 있어. 여차할 때, 인질을 교환하자고 생각했거든."

"인질 교환이라니……."

크루쉬 진영 인물과의 인질 교환, 가령 그게 실현됐을 경우, 에밀리아 진영이 탈환하려고 할 후보는 스바루와 렘, 둘뿐이다.

되새겨보면 기습할 때, 람은 첫 수에서 무작정 스바루를 데리고 떠나려 했었다. 그 막무가내 기책은 포로가 된 스바루를 되찾기 위한 것이었을지도 모른다.

그에 관해서 캐물어봤자 람은 절대로 대답해 주지 않겠지만.

어쨌든 가장 유력한 후보인 사람은 이미 잡혀 있다고 한다. 만약 보낸 사자와 같은 사람이라면, 그걸 따져 물으면 그만인 이야기다.

"그리고 숲에 숨어 있는 적에 관해선 안심해. 일단 놈들의 7할은 끝장을 냈어. 남은 적은 3할로, 그놈들을 낚아낼 수단도 준비해 뒀다."

"······적의 7할을 끝장냈다? 바루스, 그건 괴멸시켰다고 하는 거야."

이야기를 바꿀 목적으로 전과를 전달했지만, 그 말을 들은 람은 어이없어 했다.

근대 전쟁에서는 전력의 3할을 잃으면 『전멸』했다고 표현하지만, 후방 지원 부대가 없는 시대에도 7할이 당하면 그에 상당할 것이다. 마녀교는 거의 괴멸 상태다.

"근데 놈들에 관해선 마지막 한 명을 끝장 낼 때까지 전멸로 칠 수 없어. 그리고 수가 줄면 찾아내는 데에 시간이 걸려. 자포자기해버려도 난처하고."

"그래서 피난용 이동 수단을 모았다······. 저택 농성은 졸책이고?"

"그놈들 불 지르는 것쯤은 아무렇지도 않게 한다고. 우리의 추억이 가득 쌓인 저택이 불타는 것도 싫으니 알기 쉽게 도망치는 편이 낫겠지."

끌고 온 원군과 그에 따르는 행상인의 용차 무리. 각각의 목적을 설명하자 람은 골똘히 생각하듯이 눈을 감았다. 대부분이 스바루의 독단전행이다. 람이 여러모로 곤혹스러워하는 것도 당연한 노릇. ——그런데도.

"맘대로 해서 미안한데, 그게 내 판단이야. 결정권은…… 로즈월은 저택에 없는 거지?"

"——그래. 지금, 로즈월 님께서는 가프의…… 『성역』으로 출타하셨으니까. 지금의 람은 에밀리아 님의 지시에 따르도록 명령받았어."

"마을에 접근하는 놈을 환혹해서 없애란 것도 에밀리아가 지시한 거냐?"

"그건 람의 독단."

"어련하시겠어."

설령 궁지에 몰렸다고 해도 에밀리아가 내리기에는 지나치게 난폭한 명령이다.

스바루는 그 사실에 안도하고 가슴을 쓸어내렸다.

"……그 부분에서 안심하는 게, 바루스의 무른 점이구나."

"엉?"

"마을이 보이기 시작했다고 말했어."

중얼거리는 목소리를 알아듣지 못해 스바루가 되묻자 람이 앞을 손가락으로 가리켰다. 그녀의 촉구에 진로로 눈길을 돌리니 확실히 아람 마을의 입구가 보이기 시작했다.

환각 속에서 영속하던 가도가 끝난다. 그리고 스바루에게는 그리울 만큼, 아득하던 장소로 온건하게 귀환한 순간이었다.

"겨우 돌아올 수 있었나……."

한 번, 또 한 번 참상으로 변모한 마을로 돌아왔다. 참극 전의 마을로 돌아올 수 있었던 회차에서는 스바루의 정신 쪽이 닳아 버렸었다. 그렇기에 이게 첫 경험인 것이다.

스바루가 스바루인 채로, 돌아올 수 있었다고 확실한 실감과 함께 도착한 것은.

"다만…… 대환영이란 분위기는 안 되겠지."

입구를 지나가 마을 광장에 들어선 토벌대——. 그 삼엄한 분위기에 주위 집들에서 속속 얼굴을 내미는 마을 사람들. 그러나 그들의 표정은 결코 밝지 않았다. 당연하지만 그곳에 있는 건 불안과 혼란이다. 갑자기 마을에 무장 집단이 나타나면 그렇게 되는 것도 무리는 아니다.

"람, 마을 사람들에게는 어느 정도 이야기했지?"

"……함부로 나돌아 다니지 않도록 주의를 권하고, 숲에 들어가지 말라고 전했을 뿐이야. 구체적인 내용은 언급하지 않았어."

"좋아. 나이스 판단."

억측이라도 마녀교의 이름이 나왔더라면 마을이 혼란에 빠졌을 참이리라. 이건 람이 적을 크루쉬 진영이라고 여긴 게 전화위복이었을지도 모른다.

"이봐. 저건…… 스바루 님과 람 님 아니야?"

"정말이군. 스바루 님, 돌아오신 건가……."

마을 사람들도 슬금슬금 용 위에 있는 스바루와 람을 알아채기 시작했다.

스바루는 집단을 이끄는 형국인 자신에게 주목이 쏠려 마침 잘됐다고 생각해 파트라슈에서 내렸다. 상황을 봐도 스바루가 설명하는 게 사리에 맞을 것이다.

"바루스……."

"내가 이야기할게. 잠시만 기다려. ──빌헬름 씨, 율리우스, 리카드."

스바루는 람에게 손바닥을 내밀고, 토벌대 안에서 주력인 세 사람을 불렀다.

그들을 꼽은 것은 마을 사람들에 대한 설득력을 키우려는 의도다. 스바루는 외견상으로도 듬직한 존재임을 알 수 있는 세 사람을 끌고 광장 한복판에 당당하게 발을 들였다.

"스바루, 아무래도 저들은 불안해하고 있어. 배려를 잊지 않도록."

귀띔하는 율리우스에게 끄덕인 스바루는 심호흡하고 나서 손뼉을 세게 쳤다. 낯익은 스바루의 그 행위에 마을 사람들이 모여서 무슨 일이냐고 눈을 동그랗게 떴다. 그 반응으로 충분히 시선이 모인 것을 확인한 스바루는 그들의 불안을 풀기 위해서 입을 열었다.

"자, 주목! 경청! 다들 오랜만이야. 며칠 만에 보는 건데 별일 없었어?"

"____."

"이렇게 돌아오자마자 갑작스럽지만, 오늘은 모두에게 부탁할 게 있어."

재회의 인사도 하는 둥 마는 둥 넘어가고 스바루는 본론으로 들어갔다. 그렇게 목청을 키운 스바루의 말에 멀찍이서 살피고 있던 마을 사람들은 얼굴을 마주보았다.

다들 스바루를 알고, 스바루도 아는 사람들이다. 그들의 불안과 혼란을 이해하고서, 스바루는 가능한 한 부드러운 목소리로, 그렇지만 빠르게 말을 몰아쳤다.

조속히 사정을 전하고 생각할 선택지를 주지 않을 만큼 서둘러서 피난을 실현하기 위해서.

"실은 이 주변 숲에서 또 마수가 말썽을 피우고 있나 봐. 그래서 그걸 퇴치하기 위한 업자를 데리고 왔는데…… 마을 사람들은 작업하는 동안, 마을에서 떠났으면 해. 물론 그러기 위한 이동 수단은 우리 쪽에서 준비했어. 타기에는 좀 불편할지도 모르지만."

거짓말 뒷면에 진상을 감추고 스바루는 마을 사람들을 자극하지 않을 말을 골라서 이야기를 진행했다.

마수 관련의 소동은 2개월 전. 아직 그들의 기억에도 선할 터다. 결계 건너편에 마수의 생식지가 있는 상황은 변함이 없고 설득력은 있을 것이다.

배후에는 딱 봐도 역전의 토벌대. 이동 수단에는 다수의 행상인이 끌고 온 용차. 약간 막무가내인 느낌은 있어도 마녀교 습격의 사실은 끝까지 숨길 수 있다고 스바루는 어림잡았다. 단——.

"피난 시간은 반나절, 길어도 하루 이틀이야. 마을 사람들에게는 폐를 끼치겠지만, 이것도 안전을 위한 일이라고 여기고 받아들여 주……."

"——왜, 그런 거짓말을 하시죠?"

——그건 어디까지나 스바루가 가진 상식에서의 판단이었다.

"뭐?"

별안간 끼어든 말에 눈을 부릅떴다. 쳐다보니 소리를 지른 건 깍두기 머리의 젊은이였다. 마을의 청년단에 소속한 인물로, 스바루와도 곧잘 말을 나누는 사이였다.

그는 무심결에 떠든 눈치였지만, 스바루와 눈이 마주치자 한순간 주저하다가 앞으로 나섰다.

"외부 사람들을 대거 데리고 와서, 마수를 토벌해요? 왜, 그런 짓을."

"그건 봐봐. 위험해서 그래. 얼마 전에도 마수 소동이 있었잖아? 이번엔 그렇게 되기 전에 대처하자고, 그래서……."

"얼버무리지 말아주십쇼!"

살벌해지려는 분위기를 수정하려고 했지만 젊은이는 스바루의 말에 귀를 기울이지 않았다. 그는 우직한 얼굴을 찌푸리고 주먹을 떨면서 스바루를 노려보았다.

그 표정에는 억누른 분노와 실망, 참기 힘든 공포가 있었다.

"스바루 님은, 불안을 주지 않기 위해서 밝게 말씀하시는

데…… 그렇게 하셔도 마을 사람들은 다들 겁내고 있다고요! 줄곧 마녀교가 무슨 짓 하는 게 아니냐고!"

"으……."

발작을 일으킨 듯한 젊은이의 외침에 스바루는 순간적으로 말문이 막히고 말았다.

젊은이의 목소리는 온 마을에 울려서 마을 사람들은 물론 행상인들에게도 동요가 퍼졌다. 토벌대에 동요는 없지만, 불온한 이야기의 흐름에 그들도 표정이 심각해졌다.

"역시, 부정해 주시지 않는군요."

힘없는 젊은이의 중얼거림은 침묵한 스바루의 태도에서 답을 찾아내고 있었다. 그 모습에 마을 사람들은 별안간 소란을 피우기 시작하고, 담아두고 있던 불안이 한꺼번에 넘쳐 나왔다.

"역시, 어제 저택 사람이 하던 이야기는 마녀교의……. 왜 이런 벽촌에……!"

"뻔하지. 뻔하잖아! 영주님은 무슨 당치도 않은 짓을!"

"어째서 하프엘프를…… 반마 같은 것을 지지해서……."

저마다 이야기하는 그들의 불안에 스바루는 섣불리 꾸민 게 역효과였다고 통감했다.

마을 사람들은 진즉에 다 알고 있던 것이다. 자신들의 마을을 에워싸는 불온한 것을, 그리고 그것이 영주의 저택에 사는 에밀리아와 무관하지 않다는 것도.

그들은 스바루의 입맛대로 무지하지 않다. 그런 당연한 사실에 획책한 꿍꿍이는 부정됐다.

"잠깐만! 잘못했어! 내가 잘못한 건 사과할게! 하지만……."

"──."

스바루는 설득의 단초가 실패했음을 인정하고 사과의 말을 입에 담았다. 그와 동시에 깨달았다.

마을 사람들은, 누구는 한탄하고, 누구는 화내고, 누구는 원망하고 있다.

그런 그들의 어두운 상념은, 마녀교가 초래하는 저항하기 힘든 공포로 향하지 않았다. 그들의 어두운 마음은 마녀교가 아니라 오로지 아직 보지 못한 하프엘프에게 향하고 있는 것이다.

"왜 그렇게 되는데! 하프엘프는, 에밀리아는 관계없잖아?"

"관계없을 리 없잖아?! 반마와 관계되면 마녀교가 날뛰기 시작해요. 그런 건 마을의 어린애들도 안다고! 그런데 영주님은 반마를 숨길 뿐더러 이 나라의 임금님으로 추천한다고 하잖아! 이게 뭔 소리냐고요!"

"──큭!"

비명 같은 젊은이의 노성에 스바루는 칼로 베인 듯한 얼굴로 말문을 잃었다. 그 반응에는 젊은이도 눈을 맞추지 못하고 고개를 숙였다. 하지만 자기 발언을 정정하진 않았다.

스바루가 주위를 보자 다른 마을 사람들의 눈에도 많든 적든 같은 감정이 엿보였다.

"다른 사람들도, 그렇게 생각하고 있어? 죄다, 저택에 있는 하프엘프 탓이라고."

대답은 없다. 그 침묵이 가장 또렷한 대답처럼 느껴져서.

친하게 지냈던 마을의 사람들이다. 불과 2개월 정도지만 다양한 사건을 공유하며 교우를 다진 관계라고 스바루는 생각했다. 그렇기 때문에 그들을 구하고 싶어서 필사적이었다.

그 마음은 아무 의심도 없이 받아들여지리라고 믿었는데.

"이것도 내 이기심이라고, 그런 뜻인 거야……?"

마녀교의 공포──. 이 세계의 인간에게 심어진 그것의 뿌리가 얼마나 깊은지 잘못 재고 있었다. 그것은 스바루가 선한 편이라고 믿어 의심치 않던 사람들마저 항거할 수 없는, 역사의 부정적인 상처자국인 것이다.

그 사실에 스바루는 힘없이 고개를 떨어뜨렸다. ──하지만 그런 어깨가 뒤에서 얻어맞았다.

스바루의 어깨를 두드린 인물이 바로 옆에 나란히 서고 한숨을 내쉬었다.

"고개, 들어. ──크루쉬 님이라면 아래를 보지 말라고 반드시 말씀하실 테니까."

"너……."

"자기가 한 일이 잘못이라고 생각한 거니? 그렇게 생각 안 한다면, 고개를 숙일 필요는 없어."

옆에 서 있는 페리스의 단언에, 설마 격려를 받을 줄 몰랐던 스바루는 놀랐다. 게다가 페리스가 입에 담은 말을 들은 기억이 있던 것도 놀람에 박차를 가했다.

그것은 실제로 지금과는 다른 회차에서 크루쉬가 스바루에게 건넨 말 그 자체였다.

"아니면 여기서 고개를 드는 건 성에서 무모하게 큰소리치는 것보다 힘들어?"

"……너 말이다."

페리스의 도발적인 말투에 스바루는 생뚱맞을 만큼 어깨 힘이 빠졌다.

대관절 스바루는 언제까지 그 순간 때문에 야유 받아야 하는 걸까. 하지만——.

"——그러게. 그때와 비교하면 문제도 아니지."

자기 말이 받아들여지지 않는 것은 같아도, 지금은 옳다는 것에 의심은 없다.

마을 사람들의 하프엘프에 대한 기피감은 이해했다. 그건 지독하게 잔혹해서 스바루의 마음에 어두운 그림자를 드리운 것은 사실이다.

하지만 그건 틀림없이 존재하는 것이고, 지금 당장 어떻게 할 수 있는 부류는 결코 아니다.

그건 앞으로 할 행동으로 에밀리아가, 그녀 곁에서 스바루가 바뀌나가야 하는 것이므로.

"아직 아무것도 안 했는데, 바꿔달라고 말해서 바뀔 것도 아니지."

부당하게 느껴지는 평가라면, 그 평가를 덮어쓸 정도의 결과를 내놓을 수밖에 없다. 그리고 지금은 부족한 그 시간을 만들기 위해서 스바루 일행이 행동하고 있는 것이다.

——그것이 나츠키 스바루가 이렇게 돌아온 의미라고 믿고

싶다.

"여러분의 마음도, 호소도 잘 알았어. 지금 당장 그걸 이러니저러니 해 달라고 말하진 않아. 여러분에게도 생각이 있는 게 당연하지. 쓰라리지만 그걸 알았어."

"스바루 님⋯⋯."

"그래도 지금은 이해해 줘. 여러 가지로, 정말 여러 가지로 말하고 싶은 심정은 알아. 그러니까 그 이야기를 제대로 하기 위해서, 지금은 따라 줘. 지금 마을에 있는 건 위험해. 정말로."

그렇게 말하고 스바루가 진지한 눈길을 보내자 마을 사람들은 아무 말 없이 입을 다물었다. 마을에 내려앉은 침묵. 그 반응을 서글프게 느끼면서 그대로 무의미하게 시간이 경과한다.

"──당가의 사용인이 한 말은, 영주인 로즈월 님의 명령 그 자체야. 애초에 당신들 영민에게 거부할 권한은 없어. 조속히 지시에 따르도록 해."

그러나 그런 정체를 매섭게 때려 부순 것은 상황을 방관하고 있던 람이었다.

람은 토벌대의 열에서 빠져나와 스바루 옆에 서서 마을 사람들과 대치했다. 그 위압적인 눈빛과 강권적인 발언에 마을 사람들은 놀람과 함께 술렁거렸다.

"자, 잠깐만! 네가 말투 매서운 건 알고 있었지만, 그런 식으로 말하면 안 되지. 마을 사람들에게도 생활이 있다고. 당황하는 건 당연⋯⋯."

"영주 대리의 자각이 부족한 건 바루스도 마찬가지 같구나."

고압적인 발언에 반발하자 람은 스바루를 어이없다는 투의 눈으로 노려보았다.

"이 피난으로 문제나 손해가 발생한다면 그건 전부 영주의 책임 아래 보상돼. 우려가 있는 사람은 이름을 대고 나서. ——그것이, 로즈월 님의 판단이셔."

"——."

말투는 엄격하고 내용도 엄혹하다. 하지만 왈가왈부하게 두지 않는 자세임에도 제안한 내용은 영민의 불안과 함께하는 것이어서 스바루도 마을 사람들도 눈을 동그랗게 뜨고 말았다.

다만 스바루도 마을 사람들도 동시에 이해했다. 람은 스바루의 의견에 찬동하는 입장으로, 영주 권한을 이용함으로써 마을 사람들에게도 그 뜻을 받아들이게 한 것이라고.

"아— 람의 말투가 좋지 못해서 미안해. 하지만 내 의견도 까놓고 말해 똑같아. 다들 마을에서 피난해 줘야겠어. 갑작스러운 일이라 변변한 준비도 못한다는 건 나도 알아."

"——."

"그러니 손해 보상 비슷한 건 내가 책임지고 로즈월과 담판 짓겠어. 그것만 믿고, 다 같이 따라 줬으면 해. 부탁할게."

람의 의견을 받아 스바루는 다시금 감정론이 아니라 이성적으로 호소했다. 쌀쌀맞은 람과 간청하는 스바루 두 사람에게 마을 사람들은 잠시 침묵하다가 체념한 듯이 끄덕였다.

밀어붙인 모양새고 이해와는 거리가 멀다. 그래도 그들에게서 찬동은 받아냈다. 피난할 수 있다.

"하아……."

일단락 지어졌다고 안도감에 한숨을 내쉬자, 그 숨소리는 뒤에 서 있는 동료들의 그것과 겹쳤다.

누구나 긴박하고, 누구나 불안해하고 있었다. 그 고비를 어떻게든 넘어설 수 있었다.

"그건 그렇고."

"왜?"

동료들과 안도를 나누다가 스바루는 옆에 있는 람을 쳐다보았다. 그 눈초리에 람은 의아한 표정을 지었지만, 그 말이 마지막으로 떠미는 손길이 된 것은 틀림없었다.

평소의 람답게 알기 어렵고 엄격한 정이었다고 생각하지만.

"네가 내 지시에 따르라고 말한 게 신선해서. 인정해 줬다는 뜻이야?"

"핫."

그렇게 콧방귀를 뀌는 람의 태도에 아주 약간 위안을 받은 기분이었다.

6

피난은 아무리 길어도 이틀. 최소한으로 필요한 짐만 지참할 것. 준비가 되는 대로 피난을 개시한다.

그것이 마지못해 승낙을 받아낸 마을 사람들에 대한 스바루의 지시다.

"용차는 다 해서 열다섯 대. 대략 일곱 명씩 타면 문제없이 전원 탈 수 있을 거야."

마을 사람들의 인원수를 확인하고 결원이 없도록 청년단에게 점호를 부탁했다.

막상 피난하게 되면 그들 또한 쓸데없는 문제를 일으키고 싶지는 않을 것이리라. 아직 토벌대에 어색한 감정은 남아 있긴 해도 지시에는 순순히 따라주고 있었다.

앞으로 해결해야 할 문제는———.

"저택에 계신 에밀리아 님과 베아트리스 님에게 설명하는 일이야."

허리춤에 손을 얹은 람이 마을에서 저택까지 통하는 길에 눈길을 주고 그렇게 말했다.

피난 준비가 진행될 마을의 문제는 해결됐다. 남은 건 그녀의 말대로 저택의 문제다. 그리고 그것은 스바루에게 있어 가장 큰 문제이기도 하다.

"마을 쪽은 제법 소란스러웠던 것 같은데, 에밀리아는 뭐 하고 있는 거지?"

시간은 새벽을 지나 간신히 아침이라고 부를 수 있는 시간대다. 태반의 사람들이 자고 있을 시간이라고는 해도, 요 며칠간 메이더스령의 상황에서 에밀리아가 숙면할 수 있다는 생각도 하기 어렵다.

이미 람의 증언으로 습격에 에밀리아가 관여하지 않은 건 명확하다. 하지만 그렇기 때문에 마을 및 숲의 소동에 에밀리아의 반응이 없는 것이 마음에 걸렸다.

그런 스바루의 의문에 람은 희미하게 내키지 않은 듯이 눈을 내리깔았다.

"아침까지 바쁘셨으니 지금은 아직 쉬고 계실 거야. 요 며칠간 왕도에서 실의에 빠진 모습으로 돌아오신 이래로 마음 쉬실 겨를이 없어서 지치셨을 테니까."

"으극……."

"마치 왕도에서 남자한테 싫은 꼴을 당한 모양이시더라."

"싫은 첨언 달지 마! ……부정은, 못하지만."

객관적인 의견에 스바루의 죄책감이 대번에 확대했다. 왕성에서의 사건은, 당연하지만 에밀리아에게도 크게 상처를 입혔다. 람의 경멸 어린 눈초리에 반론도 할 수 없다.

"로즈월 님께서 자리를 비우신 동안, 저택과 마을의 이변에는 에밀리아 님이 대처할 수밖에 없어. 하지만 에밀리아 님에 대한 반응은, 아까 마을 사람의 태도를 보면 알겠지?"

"상상은 가지만 말로 꺼내고 싶지 않은걸. ……거절인가."

"거절? 참 편한 상상이네."

람은 스바루의 말에 코웃음치고, 곧이어 유난히 맑은 표정을 지었다.

"——부정이야. 거절당한다면 그나마 손을 뻗을 여지도 있지. 뻗은 손을 떨쳐냈다는 말은, 닿을 수 있다는 뜻이니까. 그런데 부정은 어떨까."

"——."

"닿는 것조차 꺼리는데 무슨 수로 거리를 좁힐 수 있겠어?"

시험하는 듯한 람의 말투에 스바루는 답변을 줄 수 없었다. 람도 답변을 바라지는 않았던 모양이다. 곧바로 "심술궂은 소리를 했네." 하고 탄식했다.

"숲의 이변을 깨닫고 에밀리아 님은 마을 사람들을 저택으로 피난시키려고 하셨어. 그리고 마을 사람에게 부정당했지. 그렇다고 바로 물러설 만큼 말귀를 잘 알아듣는 분이 아님은 바루스도 알고 있겠지만."

"그런데 매몰찬 대우를 받고서 상처를 안 받을 여자애가 아니란 것도 알지."

에밀리아 또한 나름대로 마녀교의 불온한 움직임에 대처하려고 했던 것이다. 단, 그것은 하프엘프에게 완고한 마을 사람의 마음을 풀어낼 수는 없었다.

어쩌면 마을 사람들의 과민한 반응 또한 에밀리아와의 대화가 있었던 결과일지도 모른다.

"그 뒤로, 에밀리아는?"

"몇 번쯤 설득하다가 거절당해서, 가만히 있을 수 없으니까 숲의 결계를 다시 치거나 했었어. 이변이 마녀교라고 단정할 수는 없었으니 마수일 가능성을 우려했던 거지."

"그건 그거대로 나쁜 판단은 아니다마는……."

"그밖에는 어젯밤, 백지 선전포고가 도착해서 아침까지 고민하셨던 것 같아."

"여기서도 그게 나오시냐……."

야유하는 듯한 람의 말을 들은 스바루는 곳곳에서 발생한 『친서』의 피해에 신음했다.

 왕도에서 있었던 사건의 보고, 피난 준비, 에밀리아 일동의 불안에 람의 독단전행——. 부차적인 피해는 일일이 셀 수가 없다. 술책이 단순한 것에 반해 효과가 너무나 아팠다.

 "어쨌든 피난에 관해서 이만큼 사전에 준비했으면, 에밀리아 님도 반대할 여지가 없겠지. 저택에 보고가 올라가면 금세 동의를 받을 거야."

 "——."

 "바루스?"

 "아니, 알고 있어. 심장이 좀 아팠을 뿐이야."

 미심쩍어하는 람에게 스바루는 고개를 젓고 급해지는 심장박동을 의식했다. 에밀리아와의 재회를 목전에 두고 긴장은 최고조에 도달해 있었다.

 람의 견해대로 에밀리아는 이만큼 많은 수의 협력을 저버릴 아이가 결코 아니다.

 따라서 스바루의 불안과 긴장은 자기 마음의 문제인 것이다.

 "율리우스, 같이 와줘. 저택에 있을 에밀리아와 로리한테 설명하러 간다."

 "나를?"

 각오를 다짐과 동시에 스바루는 주변을 둘러보려던 율리우스를 불렀다. 지명에 율리우스가 뜻밖이라는 표정을 짓자 스바루는 끄덕였다.

"그래. 네가 내 옆에 있는 것과 없는 것하곤 설득력이 달라. 얌전하게 성에서 사고를 친 내 반성의 증표가 돼라."

"과연, 알았다. 그래서 이야기가 원활하게 진행된다면 사양 말고 이용하도록."

미장부는 수긍한 얼굴로, 스바루의 제안에 매끄럽게 묵례했다. 그 동작에 스바루가 얼굴을 찌푸리자 일련의 대화를 곁눈으로 보던 람은 탄식과 함께 평했다.

"바루스다운 수작이구나. 쪼잔해."

"쪼잔하다고 하지 마. 세심하다고 해. ——아아, 그리고 율리우스."

"뭐지?"

"내게 정령 달아둔 건 너 맞지? 제대로 설명해 봐."

덩달아 묻는 흐름으로 언급되자 역시나 율리우스가 머쓱한 표정을 지었다.

그 반응에 스바루는 눈을 돌리고 겸연쩍은 얼굴로 뒤이었다.

"저기 말이다. 간당간당한 상황에서 두 번이나 그런 식으로 도움 받으면, 싫어도 알 수밖에 없다고. 네가 정령사란 것쯤은."

"정확히는 정령기사라고 불러 줬으면 하는군. 정령술은 물론이지만, 검 쪽의 수련도 건성으로 한 기억은 없어서 말이야."

그렇게 대답하고 율리우스는 스바루의 얼굴을 물끄러미 응시했다.

"……뜻밖에 평정을 지키는군. 너는 내가 정령사라고 알면 무조건 불쾌하게 여길 줄 알았는데."

"나도 때와 상황과 사정과 상대 정도는 감안해. 안 할 때도 있었지만."

눈을 피하고 있는 스바루에게 율리우스는 쓴웃음 지으며 오른손을 앞으로 뻗었다.

그 팔을 에워싸듯이 나타난 것은 람의 습격 때에도 보인 미정령들이다. 일렁이는 정령은 다 합쳐서 여섯 색깔. 각각이 율리우스의 팔에 사랑스럽다는 듯 다가든다.

어느 것이나 그 아름답고 덧없는 모습과 정반대로 초상적인 힘을 간직한 존재다.

"네 지적대로, 그녀들은 나와 계약한 정령── 준정령(準精靈)이라고 불리는, 정령으로서의 격을 얻기 전의 봉오리들이야. 머잖아 아름답게 필 그녀들에게 어울리는 기사가 되겠다. 그러한 맹세를 계약으로 나는 그녀들에게서 힘을 빌리고 있지."

"그래서, 그 빨간 아이가 내 일거수 일투족을 감시하고 있었단 말인가."

율리우스의 손등에 멈춘 미정령은 환혹 속에서 스바루의 머리카락에서 튀어나온 개체다. 생각해 보면 여자 광인에게 잡혔을 때도 붉은 미정령은 스바루를 구하러 나타났다.

모든 것은 율리우스의 조처. 스바루는 그에게 두 번이나 궁지를 구원받았던 것이다.

"감시하고 있었다니 섭섭한데. 그녀에게는 남몰래 너를 보호해 달라고 했던 거야."

"……참고로, 환각 깨트릴 때의 그건 뭐였던 거야?"

환각에서 빠져나올 수단을 전원에게 공유하기 위해서 율리우스는 모종의 마법을 썼다. 그 결과, 스바루의 뇌는 복수의 사념에 휘저어져 지독한 꼴을 당했다.

"그건 그녀들, 인과 네스의 힘을 빌린 음(陰)과 양(陽)의 마법의 접목……. 고등 마법의 일종인 『넥트』다. 범위 안의 인간 사이에 게이트를 연결해 의사소통을 가능케 하지. 네게는 다소 효과가 지나쳤던 모양이었지만."

"그래. 나 자신이 내가 아니게 되는 줄 알았지."

"실제로 다루는 데에 난점이 있는 마법임은 틀림없어. 요는 타인의 의식과의 경계를 애매하게 하는 술식이라서 말이야. 너무 깊이 잠기면 의식만이 아니라 오감까지 섞이고 말아. 자신이 타인에게 침식되는 공포는 너도 실컷 체감했겠지?"

"무지 아슬아슬한 상황에 처해 있었구먼!"

상상 이상으로 위험한 다리를 건넜음을 알고 스바루는 너무 때늦은 전율을 맛보았다. 하지만 율리우스는 그런 스바루에게 흥미로운 눈길을 보내며 말했다.

"하지만 봉오리들이 조율을 실수한 건 신기하군. 어쩌면 정령과의 친화성이 높을지도 모르겠어. 짚이는 곳은 있지 않나?"

"공교롭게도 내가 친한 정령은 쥐색 고양이뿐이라고."

덤으로 지금은 그 고양이를 이전처럼 대할 자신이 없다.

"기회가 있으면 에밀리아 님께 정령술의 기초를 배워보도록 해. 여성에게 배우는 것에 저항감이 있다면 내가 조언해도 상관없어."

"무슨 변덕으로 그렇게 친절한지 모르겠다만, 즉효성은 없을 것 같고, 지금은 됐어."

귀가 솔깃한 제안인 건 부정할 수 없다. 하지만 스바루는 그 제의를 반사적으로 사양했다. 그 반응에 율리우스가 유감스러운 듯이 몸을 빼자 동시에 스바루는 떠올렸다.

페리스에게도 들었을 터다. 스바루는 무의식중에 율리우스에 대한 반항심이 남아 있다고. 지금도 그게 나왔다.

"무슨 일이 있나?"

한 번은 람에게 방해받았지만, 이번에야말로 똑바로 응어리를 풀어야 마땅하지 않을까.

그런 스바루의 시선에 율리우스가 갸우뚱했다. 말을 기다리는 미장부에게 스바루는 눈을 가늘게 뜨고 어떻게 좀 나은 말을 뱉어내려고 고심했다. 하지만——.

"……패를 밝히고 싶지 않은 기분은 이해한다만, 지금은 참으라고. 피차 뭘 할 수 있는지 모르면 연계에 문제가 생길 거 아냐."

"——흠, 알아들었다. 그렇다면 또 이아를 네게 붙여두지. 승낙해다오."

결국 망설임이 스바루의 목을 틀어막아 무난한 발언을 하는 데에 그쳤다.

스바루의 내심을 아랑곳하지 않으며 이아라고 불린 붉은 미정령이 스바루의 머리 위를 선회했다. 그대로 빛은 스바루의 정수리에 착지해 희미한 열기를 내며 존재를 주장하고 있었다.

"이봐, 이거 머리 안 벗겨져? 내 인생의 목표는 머리 벗겨지지 않는 거랑 살찌지 않는 건데."

"여태까지도 네게 들키지 않고 붙어 있었을 테지? 정령과의 친화성이 높으면 특히 그렇다. 금방 게이트에 친숙해져서 덤덤해질 거야."

그 해설대로 확실히 정수리의 열기는 금세 사라졌다. 원리는 불명이지만 스바루 안에 들어갔다는 듯하다. 그저 희미한 열기가 같이 있는 감각만이 있다.

"이거, 불러내려면 어떡해야 되는 거지?"

"이아라고 부르면 응답해. 복잡하거나 그녀의 힘이 미치지 못하는 명령에는 응답할 수 없으니 여성을 대할 때처럼 배려를 늘 잊지 말도록."

요컨대 분위기를 파악하라는 소리 같다. 스바루가 취약한 분야다.

"그래서, 슬슬 바루스의 겁은 수그러들었어?"

그때, 기다리다 지친 눈치의 람이 두 사람의 대화에 끼어들었다. 목책에 기대고 있다가 턱을 내밀어 마을에서 저택으로 이어지는 길을 가리켰다.

"모은 마나도 다 써서 무력한 람에게 위험한 산길을 혼자 걷게 시킬 작정이야?"

"아군에 대한 오폭으로 연료 고갈이라니, 솔직히 꽤나 답이 없군……."

단시간이라면 빌헬름과도 맞서 싸울 수 있는 그 전투력에 솔직하게 놀랐다.

단, 중요한 장면에서 불발로 끝나는 점을 포함해서 안쓰러운 감각은 씻어낼 수 없지만.

"빌헬름 님이 온전한 상태라면 10초도 못 버텼어. 람의 힘도 전성기에서 두 수…… 아니, 네 수는 떨어졌으니까."

"왜 빌헬름 씨보다 곱절이나 쇠퇴한 건데. 오기냐?"

"긍지야."

끝까지 람다운 말투. 그리고 그것은 거짓이 아닌 사실인 것이다. 뿔을 잃기 전의 람이 어떤 걸물이었는지 지금은 상상도 할 수 없지만.

"그 부분이 렘이 마음에 두고 있던 문제란 거겠지……."

"무슨 말 했어? 바루스."

"아무것도 아니야, 언니분. 그 보고까지 하면 무서운 상대가 늘어나."

"──?"

그 태도에 람은 미심쩍어하는 눈치였지만 스바루는 이 자리에서 그 이상의 언급은 피했다.

주저한 것은 람의 자매── 렘에 대한, 스바루의 주체 못하는 감정 그 자체다. 스바루가 왕도에서 고난을 극복해 지금 이곳에 있는 것은 렘의 헌신 덕분이다.

렘의 존재는, 현재 스바루 안에서 에밀리아에 필적할 만큼 크다. 다만 그 말로 표현할 수 없는 감정을 여기서 그녀의 친언니에게 설명하는 건 때와 장소를 고려해 무리였다.

그거나 저거나 모든 건 이 상황을 다 같이 넘어선 다음으로 돌려야 할 고민이다.

"동맹에 관해서도 설명해야 하고, 나머지는 페리스를 데리고 저택으로 갈까."

친서 사건의 오해를 매끄럽게 풀기 위해서 크루쉬 진영 사람이 한 명은 필요하다. 토벌대의 태반은 마을 사람의 호위로 남기고, 주력 몇 명을 데리고 저택에 들어가기로 하자.

"그래서 페리스 말인데…… 쟤는 뭐 하는 거야?"

마을 안에서 야옹이 귀 기사의 모습을 찾다가 광장 한구석에서 발견했다. 그곳에는 행상인들의 용차가 줄지어 있고 페리스는 왠지 그 주인들에 둘러싸여 말다툼을 벌이고 있었다.

"마녀교의 사정을 덮어두고 있었으니 말이지. 그 불만이 분출했을지도 모르겠군."

"으엑……. 하긴 그렇게 되겠지. 미안. 잠깐 중재하고 오마."

스바루는 율리우스의 추측에 얼굴을 찌푸리고, 어이없어하는 람의 시선을 받으며 그들 쪽으로 갔다. 곧장 언쟁 중심에 끼어들자 페리스가 눈에 띄게 안도했다.

"아, 스바루큥……."

"거기까지만 해! 뭣 때문에 말다툼하는 거야? 설명해 줘."

"이 사람들이 이야기가 다르다고! 대표는 페리가 아니라고 몇 번씩 말했는데!"

"그래, 형씨. 댁이랑 이야기가 하고 싶었다고!"

툴툴대는 페리스를 대신해 이번엔 스바루에게 노성이 쏟아졌다. 콧김을 씩씩대며 스바루에게 삿대질한 것은 행상인의 대표

―― 케티라는 인물이었다.

"이야기라시면…… 역시 그거?"

"당연하지! 댁은 우리더러 마수 퇴치하는 중의 피난에 협력해 달라고 말했었지. 틀림없이 그렇게 말했을 거야. 그게 뚜껑을 열어보니 뭐지?!"

분노로 얼굴을 붉히며 케티는 스바루의 가슴을 거칠게 밀쳤다.

"사실은 마녀교에 얽힌 말썽이라시네! 뭐 이딴 사기가 다 있어? 대체 어떻게 해줄 거야? 우리에게 지껄인 이 대단한 거짓말은 어떻게 수습할 거냐고!"

상당히 살벌하게 덤벼들어서 제 아무리 스바루라도 그 기세에 당황하고 말았다.

사전 설명과 엇갈리는 상황에서 그들의 분노는 당연한 노릇이다. 그렇다고는 해도 깡패나 마찬가지로 말이 거칠어지는 케티에게 뭐라고 사과하면 될지, 스바루는 막막했다. 그때――.

"그러면, 보수를 올리면 사과의 증거가 될 수 있어?"

"――뭐야. 아까와 다르게 갑자기 말귀를 잘 알아듣잖아."

스바루 등에 숨어서 그렇게 제안한 페리스의 말에 케티의 웃음이 짙어졌다. 그 알기 쉬운 요구에 스바루는 속으로 안심했다. 그들의 배알이 꼴려서는 도로 아미타불이다. 로즈월의 지갑에 괜한 대미지가 들어가는 것쯤이야 큰 문제가 아니다.

"원래 조건은 『화물을 부르는 대로』지. 그 두 배쯤은 기대해도 되겠지?"

"욕심꾸러기 봐. ……목록은? 스바루쿵이랑 같이 안을 검사할 거니까."

"이보셔? 그거, 우리가 아니면 안 되나? 인명을 최우선으로 고려해 할 일 있다만."

페리스가 척척 이야기를 진행하고 있자 스바루의 눈이 휘둥그레졌다. 그런 스바루의 말에 페리스에게 목록을 건넨 케티가 심술궂게 내려다보며 말했다.

"이쪽도 내일 먹을 밥과 인명이 걸린 큰 문제라고. 싫다면 상관없는데?"

"……슬쩍 보기만 할 거다."

약점을 잡는 케티에게 밀려서 스바루는 마지못해 용차 짐칸에 탔다. 목록을 보는 한, 그가 취급하는 화물은 장신구와 보석 장식이다. 짐칸은 뜻밖에 깔끔하게 정돈되어 있었다.

"주인은 거칠어 보이는데 말이야."

"동감이다만, 왜 너도 같이 있어? 저쪽에 있으라고."

"둘이서 확인하는 편이 일찍 끝나잖아? 딱히 이 사람도 신경 쓰고 있지 않구."

장막 덮인 짐칸 안에서 화물을 확인하는 스바루를 페리스가 따라다녔다. 유난히 막무가내인 태도에 스바루가 눈썹을 찡그리자, 페리스는 "그보다……." 하고 눈을 가늘게 뜨며 말했다.

"율리우스와 제대로 화해했어? 할 수 있더니?"

"……그 건에 관해서는 가지고 가서 검토한 다음에, 긍정적으로 선처하고 싶은데."

"역시 그렇구나. 스바루큥이니까 허당하게 굴 줄 알았어. 마을 사람들 앞에서는 그렇게 멋있는 말을 했으면서 말이야~."

키득키득. 페리스는 입에 손을 대고 웃으며 장난스러운 눈매를 그만두려고 하지 않았다.

조금 전의 사건과 율리우스에 대한 대항 심리에 야유를 들은 스바루는 분했지만, 그래도 화물과 목록을 비교하며 물품 검사를 속행했다.

"뭐, 나쁘지는 않았던 것 아니니? 그 기세로 율리우스에게두 사과하면 될 텐데."

"넌 말이다……!"

"이봐이봐, 남의 용차에서 치정싸움 벌이지 말라고. 일이나 해, 일이나."

상황을 분별하지 않는 페리스에게 대꾸하자 두 사람을 보는 케티가 불만을 드러냈다. 성큼성큼 걸어온 장신의 사내는 집중이 결여된 스바루와 페리스에게 또다시 언짢아졌다.

"말해두지만, 이쪽은 더 뒤집어씌워도 되거든. 그게 싫다면 성실하게 해."

"아, 아아, 미안해. 똑바로 할게……."

"푸후— 스바루큥 혼났네. 아유— 정말 못 말려라."

케티의 분노에 편승해 페리스는 폴짝 스바루 곁에서 떨어졌다. 그 모습에는 아무리 스바루라도 인내심의 한계를 맞았다. 하지만 언성을 높이기 전에——.

"——자, 방심했지."

"욱——?!"

노란색의 두 눈을 가늘게 뜨고 낮게 중얼거린 페리스가 케티의 훤히 드러난 팔을 만졌다. 그 직후, 장신의 사내는 고통 어린 비명을 터트리며 눈을 허옇게 뒤집더니, 동시에 그 자리에서 옆으로 고꾸라졌다.

"허……?"

"스바루쿵, 멍하게 있지 마. 바깥, 들키지 않았나 경계해."

갑작스러운 상황에 아연실색한 스바루에게 경박함을 지운 페리스가 날카롭게 지시했다. 하지만 스바루는 무슨 일이 일어났는지 알지 못해 뻣뻣하게 서 있다. 그 모습에 페리스는 탄식하고 속삭였다.

"이 사람, 마녀교도야. 아까 많은 인원에게 둘러싸였을 때에 만져서 확인했거든. ——대죄주교의 『손가락끝』과 똑같은, 이상한 술식이 박혀 있어."

"——?! 이 작자가 마녀교도?! 심지어 『나태』란 거야?!"

"그 가능성이 높아. 그러니까 방심시키려고 용차에 탄 거지."

눈을 부릅뜬 스바루에게 응수하면서 쓰러지는 케티의 몸을 확인한 페리스가 뭔가 발견. 들어 올린 그 손에는 마녀교 전용의 십자검이 잡혀 있었다.

"그건 마녀교도의……. 진짜로 행상인 중에 있었던 거냐."

"하지만 죽이지 않고 잡았어. 만진 순간에 몸속의 물을 폭주시켜서 기절시킨 거야. 한 번이라도 직접 간섭했으면, 만지지 않아두 똑같은 짓을 할 수 있지만 말야."

"……그거, 나한테도 할 수 있단 뜻으로 들려서 오싹한걸."

맥이 풀리면서 스바루는 페리스의 지시대로 살그머니 장막 밖의 낌새를 살폈다. 다행히 바깥 사람들은 차 안의 공방을 깨닫지 못한 눈치다. 올라타려고 하는 사람은 없었다.

"그렇지만 한 명이 마녀교도였다고 치면, 이야기가 바뀌기 시작하는군."

"다른 행상인에 섞여 있지 않다고도 단정할 수 없지. ……그치만 그건 지금부터 확인해 볼까."

스바루는 작전을 역으로 이용당해서 분해하지만, 페리스는 문제없다고 고개를 가로저었다. 이어서 움직이지 못하는 케티의 뺨을 때리고 그 얼굴에 파르스름하게 빛나는 손바닥을 대면서 말했다.

"자, 뭘 꾸미고 있었는지 죄다 실토해 주라. 페리의 손은 세상에서 제일 자상한 손이지만…… 끔찍한 짓도 할 수 있거든?"

"——."

고치는 법을 아는 사람은 사람을 부수는 법도 안다는 글귀를 떠올리고 몸서리쳤다.

페리스의 요구를 듣고, 케티는 눈을 흐릿하게 뜨고 초점이 맞지 않는 두 눈으로 바라봤다. 입술이 허약하게 신음하듯이 움직이지만, 페리스의 힘은 절대적이다. 전혀 움직일 수 없는 것 같았다.

"페리스, 조심해. 그놈이 『나태』라면, 손발을 움직이지 못해도."

"권능은 쓸 수 있을지도 모른단 거지? 그건 스바루큥이 경계하고 있어줘."

육체는 쓸 수 없어도 『보이지 않는 손』을 움직일 수 없다고 단정할 수는 없다. 페리스의 요청에 따라 스바루는 끄덕이고 케티의 거동에 최대한으로 주의를 기울였다.

스바루와 페리스에게 행동이 봉해져 케티는 탁 트인 숨을 내뱉었다. 그리고.

"——다."

"뭐라고?"

뭔가, 작게 중얼거린 목소리에 페리스가 눈을 가늘게 뜨며 케티에게 반복하라고 요구했다. 스바루도 알아듣지 못한 발언. 케티는 다시 입을 열고——.

"——겁니다."

"——윽! 이아! 저 애를 지켜!!"

고막에 속삭이는 듯한 목소리가 닿은 순간, 페리스가 펄쩍 뛰듯이 일어나 짐칸의 입구에 서있는 스바루에게—— 아니, 스바루에게 따라붙은 준정령에게 그렇게 외쳤다.

평소의 페리스에게서는 상상할 수 없는 서슬에 스바루는 한순간, 무슨 일이 일어났느냐고 눈이 크게 떴다.

"아?"

열기와 함께 튀어나온 준정령이 그 온몸을 밝게 빛내며 붉은 장벽을 주위에 전개했다.

그것은 스바루의 몸을 둘러싸서 주위와 완전히 격리하고——.

"자, 끝의 시작——인 겁니다!"

경직된 채로 스바루의 눈앞에서 그런 쇳소리가 들렸다.

——그 직후, 스바루는 용차를 날려버리는 폭염에 휩싸여 방향 감각을 상실했다.

제4장 『악랄한 나태』

1

──의식이 현실로 돌아온 순간, 처음에 스바루는 강렬한 탄 냄새를 맡았다.

고기를 구워 먹다가 고기를 태운 듯한, 철망 끝에 걸려서 숯덩 이가 된 야채 같은, 밖도 안쪽도 너무 익힌 완전연소의, 맡기만 해도 최악의 기분에 젖는 냄새다.

"──."

입을 벌려 목소리를 내려고 했다. 소리가 들리지 않는다. 고막 에 닿지 않는 게 아니라, 직전에 고막을 후려친 소리가 너무 컸 던 결과다. 이명이라고 부르기에는 너무나 큰 소리가 두개골 안 에서 마냥 메아리쳐서 스바루는 청각의 부활을 기대하는 것을 뒤로 미루었다.

"──."

감각적으로 목소리를 낸 채로, 스바루는 다른 오감에 의지했 다. 눈꺼풀은 뜨고 있지만 시야는 컴컴해서 이것도 틀렸다. 후각은 탄 냄새에 지배되고 입 안은 쇳녹의 맛이 엄청나다. 자신이 위를 보고 대(大) 자로 누워있고, 아마 흙 위에 쓰러져 있는 건 알 수 있었다.

"——아."

손발이 움직이는지를 확인하는 동안에, 희미하게 이명 틈새로 자신의 목소리가 미끄러져 들어왔다. 차츰 이명이 멀어지고 자신의 목소리가 들리기 시작했다. 동시에 체내의 피가 도는 소리가 들린 감각이 있고, 서서히 어두운 시야도 개였다.

오감이 부활한다. 시력과 청력이 돌아오고, 세계가 지각됐다. 그리고——.

"——! ——! ——!!"

청각이 부활하는 것과 동시에 날아든 것은 절박한 누군가의 노호였다. 귀기 도는 누군가의 목소리, 어린애들의 우는 소리. 비명. 저택, 불탄 냄새. ——순간, 사고가 끓어올랐다.

"——큭! 무슨 일이?!"

오감 이상으로 멍해져 있던 사고가 부활해서 상반신을 번쩍 일으킨 스바루는 주위를 둘러보았다. 온몸이 화상과 생채기의 고통을 호소하지만 눈앞의 광경이 그 모든 것을 잊게 했다.

——스바루의 눈앞에는 불타오르는 용차의 잔해와 지룡의 주검이 여럿 흩어져 있었다.

"폭, 발……."

눈앞의 광경에 직전의 기억이 되살아나고, 스바루는 무슨 일이 일어났는지 정확하게 파악했다.

폭발. 그렇다. 폭발이다. 그것은 폭발이라는 말로 표현할 수밖에 없을 만큼 장렬한 파괴의 위력이었다.

그게 얼마나 큰 위력이었는지 정렬해 있던 용차는 모조리 쓸려나가고 아람 마을의 한쪽은 완전히 지형이 바뀌고 말았다. 폭염은 광장에 인접해 있던 민가까지 끌어들이고 퍼져서, 낯익어야 할 경치는 불꽃에 휩싸이고 있었다.

주변에 어지럽게 뿌려진 숯처럼 탄 물체는, 용차의 잔해와 지룡의 주검 일부일까. 원형이 남지 않아서 유기물과 무기물의 구별도 가지 않았다. 다만 콧구멍을 침범하는 고기 타는 농밀한 냄새는 폭발에 희생된 지룡의 것임이 틀림없으리라.

지룡이 흔적도 없이 날아간 광경에 전율하면서 스바루는 어금니를 꽉 깨물고 외쳤다.

"이아! 나와, 이아! 있는 거지!"

가슴을 치며 필사적으로 부르는 스바루에게 붉은 준정령은 곧장 응답했다. 눈앞에 나타난 붉은 빛은 거듭된 부름에 불평도 하지 않고 말없는 열기로 자신의 존재를 주장했다.

──폭발하는 순간, 이아가 전개한 장벽이 스바루의 몸을 지킨 것은 기억하고 있다.

준정령의 방호가 없으면 스바루도 주위의 지룡과 비슷하게 폭사했을 것이다. 그러나 용차에 있던 건 스바루만이 아니다. 혼자만 살아도 의미가 없는 것이다.

"이아! 같이 있던…… 페리스는 어디 있어?! 페리스는 어디에……."

"——이쪽…이야."

무릎을 꿇은 스바루의 귀에 가냘픈 소리가 닿았다. 그것이 바로 찾고 있던 인물의 목소리여서 스바루는 구르듯이 그쪽으로 갔다. 목소리는 민가의 잔해, 그 그늘에서 들렸다.

"페리스야?! 무사했던 거냐, 페……."

"무사했다……고 말하긴 어렵겠네."

기어가듯이 가보자 찾는 사람인 페리스는 검은 연기 속에서 모습을 드러냈다.

최악의 상상도 했었던 만큼, 페리스가 나타나자 스바루는 진심으로 안도했다. 하지만 안도한 직후에 그 비정상적인 모습을 깨달았다. 페리스의 무사는 바람직하지만 지나치게 무사하다.

"이아의 장벽은 때를 맞추지 못했지……. 초강력한 마법 방어, 같은 거야?"

"그런 거 아니야. …… 한 번 죽어버렸을 뿐."

한쪽 눈을 감는 페리스에게는 상처다운 상처가 전혀 없었다. 스바루와 달리 준정령의 방호도 받지 못했을 텐데, 머리털도 피부도 곱게 남은 상태다.

다만 그 복장만은 근위기사의 제복이 아니라 맨살에 넝마를 두르기만 한 꼴로 변했다. 천은 원래 용차에 치는 천막이었던 것으로, 급하게 변통한 것이었다.

"너, 그 모습은……?"

"어쩔 수 없잖아! 옷은 치유 마법으로 재생할 수 없단 말야! 그보다……."

스바루의 의문을 중단시키고 손바닥을 내민 페리스는 엄중한 눈으로 저편을 보았다. 그 시선을 쫓은 스바루는 상상 이상으로 나쁜 상황에 혀를 찼다.

스바루와 페리스를 끌어들이고 용차가 폭파된 시점에서 뻔히 보였던 전개다.

──아람 마을은 한순간에 불과 검이 오가는 전장으로 변모해 있었다.

"물러서지 마라, 밀어붙여! 길을 터라! 마을 사람의 피난이 우선이다!!"

그렇게 부르짖은 것은 광장의 반대쪽, 그곳에서 습격자와 칼부림을 나누는 기사 중 한 명이다.

광장에는 그 기사를 포함해 다수의 사람들이 밀치락달치락 모여 있다. 하지만 그 태반은 비무장의 마을 사람과 행상인으로, 토벌대는 그 사람들을 지키기 위해서 원진을 짜서 적에게 대항하고 있었다.

십자가를 본뜬 검을 든 흑의의 습격자── 마녀교도다.

"놈들, 어디서 마을로 숨어들어서……."

"뻔해. ──용차의 화물이었던 거야."

"제길!"

보험이 족족 역효과를 내고 있다. 스바루는 자신의 나쁜 뽑기 운과 섣부른 행동을 저주했다.

피난 협력을 요청한 행상인에게 조건은 달지 않았다. 그 부분을 마녀교가 파고드는 모양새가 되다니, 『마녀교도는 어디에나 있다』는 말의 의미를 통감했다.

　——그것이 대죄주교, 『나태』 중 하나라면 더더욱 그렇다.

　"스바루큥, 지금은 침울해하고 있을 여유가……."

　"알아! 피난 계획은 백지로 돌린다! 좌우간 지금은 마을 사람들을 저택에 들이고——."

　졸책으로 판단한 농성전으로 이행할 수밖에 없다. 그렇게 판단한 직후, 스바루는 보았다.

　마녀교도가 펼쳐낸 마법이 기사들의 원진을 터트려 팽팽하던 전력이 무너졌다. 그대로 흑의인은 광장에 뛰어들고 휘두른 십자검이 무력한 마을 사람에게 엄습했다.

　"웃기지——!"

　단검이 불꽃을 반사한다. 반사된 빛이 눈에 새겨진 스바루는 있는 힘껏 절규했다. 그러나 그 목소리에 흉인(凶刃)을 막을 힘은 없다. 기사들도 그 흉행에 때를 맞추지 못한다.

　아이를 지키는 어머니에게, 아내를 감싸는 남편에게, 노인 앞에 선 젊은이에게 십자가가 박힌다——.

　"알 크라우젤리아——!"

　그 참극 직전에 영창이 울리고 동시에 스바루는 하늘에서 빛을 보았다.

　중천에 발생한 빛이 소용돌이치며 부풀어 오른 극광이 무지개로 변해 광장에 쏟아졌다.

　선명한 극광은 아름다운 곡선을 그리고 광장에 있는 기사와 마을 사람과 마녀교도를 구별 없이 물들였다. 하지만 직후에 발생한 결과는 완전히 양극단이었다.

무지개는 기사와 마을 사람을 부드럽게 감싸며 장벽으로 형상을 바꾸었다. 마녀교도는 그 무지개에 단검을 박고, 다음 순간에는 상상도 못한 충격에 휘말려 날아갔다.

광장에 파고든 마녀교도. 그것은 압도적인 무지개의 빛에 제압됐다.

그리고 그걸 시행한 이는 광장에 날듯이 나타난 하얀 복장의 미장부다.

"무지개의 빛, 그 아름다움은 누구여도 막아낼 수 없다. ── 그것이 이 세상의 진리다."

하늘에 기사검을 박고 극광의 주인인 『가장 뛰어난』 기사가 아니꼽게 내뱉었다.

마녀교도를 일소하고 기사검에 준정령── 스바루에게 맡긴 이아를 제외한 다섯 색깔의 빛을 두른 율리우스는 그야말로 그 이명에 어울리는 전과로 궁지를 기사회생으로 바꿔냈다.

그 결과를 지켜본 스바루는 손뼉을 치면서 율리우스에게 달려갔다.

"끝내준다! 잘했어, 굿 잡! 지금만은 무조건 네가 있어서 다행이야!"

"살짝 걸리는 찬사지만, 받아들이지. 너와 페리스도 무사해서 다행이다."

광장의 전선을 회복한 율리우스가 달려오는 스바루 쪽의 모습에 안도했다. 다만 서로의 무사를 기뻐할 시간은 아쉽게도 남아 있지 않았다.

"미안, 행상인 중에 『나태』의 일당이 있었는데 미처 대처를 못했어. 내 과실이야."

"적이 우리의 의도를 웃돈 결과다. 너를 책망할 마음은 없어. ──너와 스바루가 들어간 용차가 폭발한 직후, 마을에 숨어든 마녀교도가 폭거에 나섰다. 폭발과 기습의 피해는 만만치 않지만, 부상자는 티비와 람 여사와 함께 저택으로 피난시켰어."

"그래도 적의 수가 수지. 피난은 순조로운 게 아니로군?"

율리우스는 명언을 피했지만 열세의 원인은 틀림없이 『나태』의 권능일 것이다. 그 권능에는 단독으로 전국을 바꿀 수 있는 힘이 있다. 대항책은 스바루의 눈밖에 없는 것이다.

그리고 그 소임을 달성하지 못하면 기다리는 운명은 전멸밖에 없다.

"좌우간 남은 『나태』를 모조리 잡는다! 내가 눈이 되겠어! 율리우스, 힘을 빌려줘!"

"당연하지. 페리스, 넌 피난하는 아군에 합류해서 치료를. 네가 생명선이다."

"누가 빠져도 그건 매한가지. 페리는 더 이상 누군가를 보내는 건 사절이거든."

스바루가 주먹을 쥐고, 율리우스가 끄덕이자, 페리스가 윙크했다.

그대로 세 사람은 서로의 역할을 인정하고 즉각 산개했다. 스바루와 율리우스는 『나태』의 토멸을 위해. 페리스는 굳어 있는 마을 사람과 기사를 격려해 저택에 방위선을 구축하기 위해서.

"자, 일어서! 저택으로 가서 그곳에서 버티자! 달려 달려!"

페리스의 용감한 목소리를 등지고 스바루는 이곳저곳에서 들리는 칼부림 소리에 주의를 돌렸다. 지금까지와 비교해 훨씬 격렬한 전투. 거기서 마녀교의 진심이 드러나 있었다.

"마을에 들어온 마녀교도는 얼마나 되지?"

"정확한 수는 불명이다. 하나 습격 도중에 참가한 자들도 많더군. 아마도 남은 『손가락끝』의 총력이 마을에 숨어들어 있었을 거다. 적은 명백하게 만만치 않아."

남은 『손가락끝』은 세 군데. 한 군데에 열 명씩 있다면 적의 수는 마흔 명 안팎일 터다.

전력이 팽팽하게 맞서는 이상, 지킬 상대가 있는 토벌대 쪽이 끔찍하게 불리한 상황이었다. 그러나 희망도 있다. ──적의 총력이 마을에 모여 있다면.

"남은 세 명의 『나태』도 한꺼번에 해치워서, 단숨에 승리로 끌고 나가면…… 아?!"

열세 중에 역전의 기회를 본 순간, 스바루의 정면에서 하늘이 검게 칠해지기 시작했다.

화마가 오르는 마을 바로 위, 하늘을 뒤덮듯이 퍼진 것은 무수한 검은 손바닥이다. 그 수는 악몽.

"──『보이지 않는 손』!!"

올려다본 스바루가 그렇게 부르짖자 율리우스의 표정도 대번에 심각해졌다.

하지만 눈에 힘을 주고 집중한들, 율리우스에게는 같은 악몽이 보이지 않는다. 어떻게 보아 그건 행운이다. 저만한 수의 치명적인 폭력, 보인다면 마음이 얼어붙는다고 해도 이상하지는 않으니까.

"아마, 저 끝에⋯⋯!"

스바루가 상대해야만 하는 『나태』와, 그 『나태』에게 저항하는 누군가가 있다.

그것은 직감에서 생긴 확신이다.

하늘에서 흘러내리는 검은 손바닥은 나무들을, 가옥을, 대지를 압도적인 힘으로 폭쇄하고 있다.

마치 발작을 일으킨 것처럼 끊임없이 반복되는 파괴, 파괴, 파괴——. 그 반복은 곧 적을 해치우지 못하고 있다는 분노다.

"서두르자! 코앞에서 빌헬름 씨가 싸우고 있어!"

그리고 스바루를 빼고 『나태』를 상대로 싸울 수 있는 사람은 한 명밖에 없다.

2

빌헬름은 쏟아지는 보이지 않는 공격을 자신의 한계를 초월한 기동으로 돌파했다.

좌우로 몸을 흔들고, 속도에 완급을 주고, 가능한 한 과장스럽게 뛰어다녀 적을 희롱하면서 끌어들이고 또 끌어들여, 스칠 정도로 아슬아슬한 공방을 반복한다.

『보이지 않는 손』이라고 불리는 권능은 보이게 됐다고 해도 까다로운 공격이다. 자유자재로 조절이 가능한 사거리와 발사각, 한계가 보이지 않는 압력에 일격이 죽음에 이르는 파괴력까지 갖추고 있다.

그 모든 게 전투에서는 비길 데 없는 이점, 적을 죽음에 몰아넣기 위한 기술의 극치다.

──지금 가까스로 빌헬름이 응전할 수 있는 이유는 전투 경험의 차이에 불과하다.

"그러하므로 이곳에 얌전히 있어야겠다, 마녀교도──!"

"설마설마설마설마마아! 이렇게까지 저항할 줄이야아!!"

정면. 길 건너편에서 빌헬름과 마주하는 건 장신의 남자였다. 부자연스럽게 목과 허리를 구부린 자세는 마치 인간의 손에 놀아나는 인형 같은 으스스함이 감돌고 있다.

실제로 이 광인은 육체의 자유를 잃고 있어 대신에 자기 몸을 권능으로 잡아서 조종하고 있지만, 검귀에게 그 사실은 아무 고려할 바가 아니었다.

필요한 것은 저곳에 있는 것이 적이며, 세 번째 『나태』라는 사실. ──행상인을 이끌고 있던 그 남자에게서는 정체를 숨기는 시늉조차도 보이지 않았다.

스바루가 준비한 보험에 끼어든 그 악랄한 취향을 혐오했다. 동시에 날아간 용차 옆에 있었을 스바루와 페리스의 안부가 염려됐다. 하지만 검귀는 싸움 도중에 생긴 우려를 즉각 잊고 자신의 전장에 몰두했다.

불안하게 느끼는 마음은 없지 않다. 페리스를 무사히 돌려보내지 않으면 주군인 크루쉬를 볼 낯도 없다. 그러나 그와는 별개로 마음은 걱정할 필요는 없다고 호소했다.

스바루든 페리스든 어느 정도의 궁지는 뚫고 나올 수 있다. 약간 과도할 정도의 신뢰가 있다.

"흐으으아아아!!"

검을 휘둘러 대지를 베어 가르고, 날리는 흙비로 보이지 않는 공격의 궤도를 파악한다. 적까지 이어지는 길을 가득 채운 살의의 벽을, 검귀는 예사롭지 않은 몸놀림으로 돌파하고 전진한다.

스바루와 페리스에 대한 염려는 불필요. 애당초 자신은 남이 소망한 일밖에 할 수 없다. 그리고 자신이 할 수 있는 일은 처음 검을 잡았을 때부터 단 하나뿐.

"이만큼 수를 늘린 나의 총애에! 여전히 물고 늘어지는 집념! 신념! 근면의 사도로서 존경의 마음을 금치 못하는 겁니다! 아아, 아아! 사랑에! 뇌가 떨린다아아아아!"

다른 외모, 다른 얼굴, 다른 목소리──. 그런데도 광기에 침범된 면모는 공통됐다.

모습이 다른 별개인일지라도 『나태』는 변함없이 빌헬름에게 집착하고 있다. 끔찍한 관심을 끌면서 빌헬름은 전장에서 벗어나 단독으로 대죄주교와 맞서 싸웠다.

저것의 광기에 맞설 수 있는 건 현재 전력에서 봤을 때 자신밖에 없다. 피해를 최소한으로 억제하고, 더욱이 놈을 해치울 수 있는 건 자신뿐이다.

눈앞에서 발광하는 남자를 노려보고 빌헬름의 파고드는 속도가 올랐다. 뒤따라 매달리듯이 후려치는 보이지 않는 공격을 제치고, 검귀는 화살처럼 질주했다.

"——."

쏟아지는 흙비를 아랑곳하지도 않으며, 『나태』는 무작정 보이지 않는 공격을 반복했다. 완전히 하나밖에 모르는 바보다. 광기만이 아니라 전술까지 동일. 그래서는 당연히 결과도 동일하다.

"——! ——!! ——!!"

광인이 무슨 말을 지껄이고 있다. 하지만 곧게 내달리는 빌헬름에게는 들리지 않았다. 불필요한 요소를 덜어내고, 그저 한 자루의 검이 되어 강철로 사악을 베어 가르기 위해서 맹진한다.

접근하면 접근할수록 당연한 듯이 벽은 증가한다. 스치는 부상의 수가 늘고, 온몸에 날카로운 열기를 띠면서 빌헬름은 검을 거머쥐고 섬광을 번뜩였다.

대지가 세로로 쪼개지고 광인의 자세가 기울었다. 그 중심에 칼끝을 겨누고, 뚫는다.

"——잡았다!"

칼끝에 희미한 저항조차 없이 검귀는 몇 번씩 맛본 생명을 베어 가르는 손맛을 느꼈다.

보검은 광인의 왼쪽 가슴을 뚫고 그 염통을 완전히 파괴했다. 설령 페리스여도 살려낼 여지가 없는 죽음, 생명의 종막으로 다짜고짜 때려 넣었다.

"……역시, 당신이라면."

칼날에 등까지 관통되어 즉사를 모면한 광인은 피를 토해내는 듯한 표정으로 무슨 말을 뱉었다. 임종을 앞둔 자의 마지막 망언이라고, 빌헬름은 검을 뽑아내어 끊어내려 했다.

그런 빌헬름의 귓전에, 광인은 말했다.

"보이지 않는 팔의 싸움법에 주시하면, 보이는 것에는 소홀해진다……. 나태하군요?"

"——."

한순간, 사고에 일그러짐이 발생했다.

그 말이 의미하는 바를 생각하려다가 검귀의 전의에 불필요한 간격이 들어섰다.

그 직후, 빌헬름에 기댄 광인이 떨리는 팔로 단검을 들어 올렸다. 그리고 주저 없이 단검을 자신의 왼쪽 눈에 박았다.

칼끝은 눈구멍을 통해 두개골로 침입하고 뇌를 휘저어 자신의 숨통을 끊었다.

"뭣——."

자살에 이른 칼날, 거기에 눈길을 빼앗긴 순간에 빛이 부풀어오르고——.

3

붕괴한 가옥 모퉁이를 돌아 파괴된 길거리로 튀어나온 순간, 지면이 흔들렸다.

"——."

발밑을 흐르는 충격과, 공기를 건너 날아오는 진동에 숨이 턱 막혔다. 그리고 뒤늦게 날아오는 폭풍과 폭염이 질주하는 스바루를 정면으로 쓸어 날렸다.

"어어——."

"그 자리에서 움직이지 마! 아로! 이크!"

몸을 딱딱하게 굳힌 스바루 앞에서 팔을 쳐든 율리우스의 부름에 녹색과 황색의 정령이 빛났다.

발생한 것은 바람의 칼날과 솟아오르는 토석으로 이루어진 방벽이었다. 그것은 정면에 육박하는 열파를 잘게 쪼개고 강건하게 튕겨내어서 두 사람을 폭위에서 지켜냈다.

"무슨 일이 일어난 거지?!"

"모르겠어. 폭발하기 직전, 길거리에 사람 그림자가 보인 느낌은 들지만……."

폭발의 여운이 가시자마자 무너지는 흙벽을 뛰어넘어서 폭심지로 달려 들어갔다. 폭발의 충격을 받은 주위는 어마어마한 꼴골로, 벽돌로 지어진 집들이 토대부터 날아갈 정도였다. 당연히 폭발의 중심이 된 대지에는 크레이터가 생겨 참담한 위력을 설명하고 있다.

그리고 그 폭심지 한복판에 앞으로 쓰러진 그림자를 발견하고 스바루의 목소리가 얼어붙었다.

"빌헬름 씨……?!"

떨리는 목소리와 함께 달려가니 무릎 꿇듯이 쓰러져 있던 것은 백발의 노검사였다. 그 온몸은 폭풍과 폭염을 지척에서 받은 중상이며, 사지육신을 부지하고 있는 게 신기한 상태였다.

거뭇해진 얼굴의 검댕은 과연 피와 흙과 화상 중 어느 것인지도 알 수 없다. 다만 희미하게 숨은 붙어 있다. 그 사실만 확인하고 기나긴 한숨이 새어나왔다.

"그래도 이대로 두면 분명히 위험해! 페리스에게 데려가야……."

"──하나 사태는 그렇게 쉽게는 진행할 수 없을 것 같군."

한쪽 무릎을 꿇고 빌헬름을 들쳐 메려는 스바루 옆에서 율리우스가 말했다. 그 말에 담긴 경계와 긴박감을 감지하고 스바루는 고개를 들었다.

뽑아낸 기사검의 끝을 흔들며 율리우스는 주위를 견제했다. 그러는 이유는 단순히, 적이 한 방향뿐만이 아니라 여러 방향에서 다가오고 있기 때문이다.

십자가를 본뜬 십자검을 소지한 마녀교도가 사방에서 한 명씩 오고 있다. 하지만 가장 큰 이유는 그쪽이 아니다. 그들 네 명을 끌고 나타난, 후드를 벗은 한 명.

──짙은 갈색 머리카락을 짧게 친, 몸집 작은 여자다.

도수공권에 무방비한 빈틈투성이인 모습. 그러나 그것이 가장 경계해야 할 대상임은 핏발선 눈과 깨문 손가락의 손톱을 벗겨내는 자해 행위가 가장 큰 증거였다.

페텔기우스, 여자 광인, 케티에 이어지는, 네 번째 『나태』, 대죄주교다.

여자는 오른손의 엄지손톱을 깨물고 손을 뒤틀어 손톱을 벗겨 냈다. 피가 뚝뚝 떨어지는 축축한 소리와 함께 살점이 드러나는 모습을 보고, 스바루는 혐오와 소름에 얼굴을 찌푸렸다.

"이 타이밍에서 잇달아서 계속…… 정말로, 네놈들은 몇 명 이나 있는 거야!"

"왜, 왜, 왜, 왜, 왜…… 당신, 아직 존명해 있는 것이지요? 그 만한 처사를 받고도 왜! 나의 근면 앞에 굴하지 않는 겁니까!"

"그것도 내가 할 말 아니겠냐! 작작 좀 끝장나시지! 몇 번이고 몇 번이고 컨티뉴나 하고 앉았고! 우리에게 무슨 원한이 있는 거냐?!"

아마도 완전히 피차일반에 불과한 욕설을 함께 터트리며, 스 바루와 여자는 증오와 적의를 교환했다. 그때, 팔 안에서 빌헬 름이 몸을 틀었다.

외부 자극에 반응했는지 검귀는 무의식인 채로 입술을 희미하 게 달싹거렸다. 괴로워하는 숨결에 더욱더 적에 대한 분노가 격 해지지만, 그 모습에 스바루는 귀기가 감도는 것을 느꼈다.

마치, 무의식중에 뭔가를 전하려고 버둥대는 듯이——.

"빌헬름 씨?"

"똑, 같은…… 놈은…… 명…….."

가냘픈, 꺼질 듯한 목소리는 완전하게 알아들을 수는 없었다. 그리고 한 번만 들린 그 말을 완전한 형태로 들려줄 만큼 마녀교 도는 자비도 풍류도 갖추고 있지 않았다.

빌헬름을 안고 무릎을 꿇은 스바루에게 여자는 손톱을 잃은 손가락을 겨누고 고함쳤다.

"당신과! 나태한 당신들과 근면한 당신을 무릎 꿇리면! 일은 반석! 일은 결판! 응당한 낙착이자 정착! 따라서 여기서 스러져라! 스러지는 겁니다!!"

여자는 침을 튀기며 지껄이면서 법의에 손을 넣었다. 그러나 목적한 물건은 눈에 띄지 않는다. 팔을 뽑고 깨질 만큼 어금니를 앙다물었다. 그 분노와 회오의 표정과 몸짓에 짚이는 구석이 있었다. 그 번뜩임으로 스바루는 자신이 해야 할 역할을 이해했다.

사방에는 마녀교도, 이쪽에는 중상을 입은 빌헬름과 지친 율리우스. 나머지는 네 번째 『나태』인 여자와, 이미 미끼로서 무용지물이 된 나츠키 스바루.

하지만 마녀교 센서로서 무용지물이 됐어도, 아직 할 수 있는 일은 있을 터다.

"──율리우스. 빌헬름 씨를 감싼 채로, 『나태』 말고 다른 놈들이라면 싸울 수 있겠어?"

"──스바루?"

율리우스가 시선만으로 돌아보고 스바루의 물음에 희미하게 눈썹을 찡그렸다. 그러나 자세한 사정을 설명할 여유는 없었다. 스바루는 그의 노란 눈을 노려보듯이 쳐다보고, 반복했다.

"할 수 있겠어? 네가 그걸 할 수 있다면⋯⋯ 나도, 내가 할 수 있는 일을 하마."

"──."

"지금 나는 너밖에 의지 못해. 너도 내게 맡길 마음이 있으면…… 맡겨봐라."

"맡긴다, 함은?"

뻔하다. 스바루는 율리우스의 말에 『나태』를 삿대질하며 말했다.

"저 멍청이는 내가 손본다. 그 내 싸움에, 네 목숨을 맡겨라. 대신에 나도 네 싸움에 내 목숨을 맡기겠어. ──그러니까, 할 수 있겠어?"

스바루는 대죄주교, 『나태』의 상대를 자청하고 유일한 아군인 율리우스에게 각오를 선언했다. 그 말에 율리우스는 검을 뽑고.

침묵과 망설임은 1초. 눈을 감았다가 뜬 율리우스는 자세를 잡았다.

"여기서 할 수 있다고 말하지 못하면, 기사된 몸으로서 망신밖에 안 되겠군."

"아주 좋아──!!"

불리함은 뒤집지 못하고 무모함은 알고도 남는다. 그러나 스바루의 싸움은 언제나 그랬다. 그렇기에 이번도 그 불리함과 무모함의 외줄타기. 눈을 가린 채로 달려 나갈 뿐이다.

빌헬름을 그 자리에 천천히 눕히고 스바루는 자기 품속에 손을 넣었다. 슬금슬금 포위를 좁혀오는 마녀교도지만 『나태』만은 움직이는 기적이 없다. 얕보고 있는 건 아니다. 사거리란 놈에게 의미가 없는 요소인 것이다.

다만 그것은 어디까지나 나츠키 스바루 말고 다른 이를 상대할 때뿐이다.

"자, 슬슬 끝을 내는 겁니다! 무엇보다 큰 사랑에! 무엇보다 존귀한 사랑에! 나의 총애에 보답하는 근면 앞에! 공물로 올라야만 비로소 당신들에게 가치가 생기……."

"야, 여자 페텔기우스. ──봐라."

스바루는 광란하는 『나태』를 부르고, 자그맣게 숨을 내뱉었다. 그리고 품속에서 손을 빼냈다.

──품속에서 빼낸 손에 잡혀 있는 것은 검은 표지의 책이었다. 페텔기우스의 주검에서 스바루가 회수한 복음서──.

"네가 찾는 건 이거지? 사랑하는 마녀님이 준 선물 말이야."

"──이 도둑놈이!! 역시, 네놈이 가지고 있던 겁니까!"

번쩍 눈을 부릅뜬 『나태』는 스바루의 손에 들린 복음서를 보고 절규했다.

──품속을 집적이는 여자의 몸짓에서 스바루는 위화감과 함께 뭔가를 알아챘다.

같은 몸짓은 두 번째 『나태』도 하고 있었다. 품속에 있어야 할 물건을 찾는 손놀림, 찾지 못하는 짜증, 빼앗긴 것에 대한 증오. 그 목적은 모조리 이 한 권의 책에 있었다.

"파묻은 페텔기우스의 시체를 도로 파내던 것도, 복음서를 회수하려고 했기 때문이지. 도굴까지 해서 되찾고 싶다니, 활자 중독에도 정도가 있잖아?"

"시끄러워! 헛소리는 그만두는 겁니다! 당장 그 책을……."

"소리치지 마라. 너무 호통치면, 왜 그거야. ──뇌가 떨려."

"——큭! 죽도록, 하는 겁니다!!"

도발과 선동으로 따지자면, 이 자리에 스바루보다 윗줄인 사람은 없다.

『나태』의 분노가 폭발해 여자의 발밑에서 그림자가 부풀어 올랐다. 그것은 놈의 머리 위에서 무수히 분열해 무리를 이루고, 하늘을 뒤덮는 듯한 칠흑의 손바닥은 일제히 손끝을 스바루에게 겨누었다.

하지만 그것으로 스바루를 죽이려고 한다면, 잘못된 선택이다.

"나의 총애! 나의 사랑의 현현! 그 앞에 굴복하는 것입니다, 배덕자——!"

『나태』가 외치고 눈사태처럼 검은 팔이 밀어닥쳤다. 그것은 숫제 파괴의 현현으로, 해일을 눈앞에 둔 것과 마찬가지인 압박감이 스바루에게 육박했다.

다만 그것은 너무나도 스바루밖에 보지 못하고 있다. 그리고 반대로 스바루에게도 놈의 공격은 너무 뻔히 보였다.

"하, 압——!"

무수한 마수. 그러나 늦다. 명색이나마 초인들의 전투를 보고 온 스바루에게는 파리가 멈춰있는 것 같다. 말이 과했다. 파리는 멈추지 않는다. 하지만 피할 수 없을 수준은 결코 아니다.

사납게 짓쳐들어오는 『보이지 않는 손』의 무리를 스바루는 크게 우회하듯이 피했다. 검귀라면 틈새로 뛰어들겠지만 그런 곡예는 스바루에게는 무리다. 체력을 써서 커버한다.

면 제압을 할 수 있는 힘으로 점을 노리면 빗나갈 만도 하다.

무적의 권능도 쓰는 사람이 이래서는 꼴이 말이 아니다.

"제 권능을……?! 그러하면 신도들의 손을 쓰는 겁니다──."

"──안됐지만, 그 선택지를 없애도록 부탁받았다."

냉정을 잃어 실태를 깨달은 여자가 부하에게 명령했을 때에는 이미 늦었다.

율리우스의 검은 마녀교도에게 덮쳐들어 스바루에게 몰아치는 공격을 선뜻하게 방해했다. 더욱이 스바루가 도망치는 방향에 있던 교도 중 한 명이 비참하게도, 마수의 파도에 휘말려 조각조각 났다.

"어라어라어라라?! 오발? 아군까지 한꺼번에? 그거 완전히 못난 악역이잖아?!"

"욱…… 억, 아으……! 감히감히감히감히이! 사랑의 신도를!"

"지가 말려들게 해놓고 짖지 마시지! 시야가 좁아! 당신 『나태』합니까아?!"

가운뎃손가락를 세우고 『나태』의 대명사인 대사를 어레인지 해서 먹여 주었다.

노린 바대로 여자는 말도 없이 격분해 도망치는 스바루를 쫓아 사납게 뛰기 시작했다.

"──율리우스! 그쪽은 어떻게든 해! 이쪽은 어떻게든 하마!"

"참으로 애매한 지시군. 하나, 알아들었다."

스바루가 주먹을 내지르고 목청을 높이자 율리우스도 기사검을 공중에 번뜩였다.

서로 전장을 맡기고, 스바루와 율리우스는 전선을 양분했다.

율리우스 쪽에는 부상당한 빌헬름과 마녀교도가 세 명. 한편으로 스바루 쪽에는 분노에 미친 『나태』가 한 명──. 적재적소, 이로써 싸울 수 있다.

마녀교도 중 누구에게도 이기지 못하는 스바루에게, 유일하게 승산이 있는 게 대죄주교이므로.

"나중에 보자!!"

"건투를 빈다──!"

재회를 맹세하고 스바루는 율리우스를 내버려두고 전장을 가로질렀다. 파도처럼 마수가 대지를 휩쓸지만 보이는 스바루는 맞지 않는다. 뛰어넘고 박찬다.

"서, 서, 서서서서는 겁니다! 이, 비열우열한 발칙한 자가아!"

다수를 상대하는 율리우스의 검극이 시작되고, 스바루는 광인을 끌고서 장소를 바꾸었다.

공교롭게도 빌헬름이 한 것처럼 『나태』의 공격에 다른 사람이 말려들지 않을 장소로 유도하기 위해서 스바루는 파열할 듯한 심장을 움켜쥐고 전력으로 달렸다.

목적지는 있다. 그곳에 도착하면 승리로 이어진다……는 말은 안 한다. 그러나 그곳에 도착하면 승리의 길을 따라갈 시간을 벌 수 있다. 그러기 위해서 그곳을 목적해 달리고 달린다.

"──큭! 안, 맞는다고! 너 완전 허접 아니냐!"

배후에서 스바루를 따라붙는 광인 또한 자기 발로 뛰고 있다. 하지만 속도는 늦다. 더욱이 왠지 무수한 『보이지 않는 손』을 전개하고 있음에도 공격은 산발적이었다. 덕분에 달리면서도 가까스로 회피하고 있다. 놈은 능력에 완전히 휘둘리고 있었다.

그 팔의 수 자체는 예순, 일흔에 육박해 명백하게 지금까지 본
『나태』 중에서 가장 많았다. 그런데도 활용한다는 의미에서는
가장 뒤떨어져 있어서 참 언밸런스했다.

이거라면 제일 처음의, 그야말로 페텔기우스가 그 권능을 가
장 잘 다뤘을 것이다.

"역시 페텔기우스가 메인 나태……. 아무래도 상관없어!"

고찰은 나중으로. 『나태』의 본체 따위 전멸시키면 관계없다.
다른 일에 손을 뻗을 여유도 없다. 적이 완벽한 상태가 아니라
면 그건 오히려 바라는 바다.

모퉁이를 돌아 길을 내달리고, 다시 한 번 한 모퉁이를 돌아 뛰
쳐나온다.

"도착했다――! 근데……."

목적지에 도착한 스바루는 주위에 눈길을 돌렸다. 이곳저곳
에 전투의 흔적이 있고 쓰러져 있는 사람도 한둘이 아니다. 그
중에는 마녀교도 말고도 기사와 수인의 모습이 여럿 보여 스바
루에게 역부족이란 자책감을 들이밀었다.

눈을 감고 참았다. 그 직후, 후려치는 마수를 옆으로 몸을 날
리고 굴러서 피했다. 대지가 갈라지고 흙먼지가 피어올랐다.
후방. 숨을 헐떡이며 증오로 끓고 있는 『나태』가 있다.

그 등 뒤에 뻗어 있는 팔의 수가 크게 죽나서 지금은 스물 안팎
으로 제한되어 있었다.

"학습했나. 다 사용 못 한다고."

"그걸 깨달은 것만은 감사하는 겁니다! 하지만 당신의 도주도 여기까지인 겁니다! 아니면 아직 저항할 방법이 있습니까?!"

"저항할 방법은……."

거기서 말을 끊고, 딱 한순간 스바루는 눈을 깜빡였다. 시선은 광인, 그 배후——.

하지만 금세 그것을 숨기듯이 대담하게 웃었다.

"——사랑과 용기일까."

스바루는 두 팔을 펼치고 살의의 표정을 짓고 있는 광인에게 입술을 핥으며 큰소리쳤다. 그 발언에 『나태』는 눈을 동그랗게 뜨고, 역겹게 푸들거리는 목소리로 웃기 시작했다.

"좋습니다! 그러하면 그 사랑으로! 나의 총애에, 도전해 보는 겁니다!!"

"사랑과 용기, 라고 했다고!"

숨을 내쉬고 무릎을 꿇은 자세에서 튕기듯이 일어서서 몸을 사출했다. 도주에 전념하던 몸으로, 이번에는 여자의 품속으로 뛰어들듯이 곧게 전진했다. 설마 우직하게 돌진할 줄은 몰랐는지 『나태』는 번쩍 눈을 부릅뜨고 즉각 분개했다.

"그것이 사랑?! 그 정도의 각오가 사랑?! 창의적인 발상도 없이, 우직하게 달리는 그것이 당신의 사랑이라면 어찌나 무모! 무력! 무책! 다시 말해 나태애!"

"오오오오——!"

실망에 쫓긴 여자의 외침을 덮어쓰듯이 스바루는 뱃속에서 함성을 질렀다.

함성, 함성, 목이 쉴 만큼 『사랑』으로 부르짖고, 『용기』를 불러들였다.

"그렇다면 그 나태, 죽어서 목숨으로 지불하는 겁──."

"지금이다, 파트라슈──!!"

"──윽! 무슨, 말으럭──?!"

경악의 외침은 중간에 충격과 함께 끊겼다.

승리를 뽐내던 『나태』의 작은 몸이 다음 순간에 옆에서 처박은 지룡에 치였다. 수백 킬로그램의 거구에 무방비한 채로 직격되어 여자의 몸은 마치 나뭇잎처럼 날아갔다.

"──."

그대로 여자는 광장의 지면에 튕겨 공중제비를 돌다가 반파된 가옥에 처박혔다. 유리창이 깨지는 소리와 충격에 못 버틴 집이 무너져 모락모락 연기가 피어 올랐다.

예상 이상의 일격에, 스바루는 칠흑의 지룡의 목에 뛰어들고 볼을 비볐다.

"잘 했어, 잘 맞췄어! 역시 끝내주는데, 파트라슈!"

"──."

죽어라 칭찬하는 스바루의 태도에 파트라슈는 머리를 들어 올리고 높이 울었다.

여자를 유도해서 최초의 광장으로 돌아온 스바루가 도주를 유리하게 하기 위한 탈것으로서 확보하려던 것이 파트라슈다. 다만 돌아온 직후에는 그 모습이 보이지 않아 짐작이 엇나간 것에 속으로는 초조감에 애가 타서 숯덩이가 될 지경이었지만──.

"네가 저놈 뒤에 돌아들어갔을 때, 진짜로 오니들렸다고."

돌아본 시선 앞, 『나태』 뒤에서 지룡을 발견한 순간은 진심으로 가슴이 크게 뛰었다.

그 직후 사전 협의는 하나도 없이 시행한 지룡과의 연계. 그것이 완벽하게 먹혔다. 모든 건 사랑과 용기에 희망을 맡긴 결과—— 단, 사랑이 『허풍』, 용기가 『원군』이라고 토씨를 달지만.

"나머지는, 이걸로 끝이 났으면 편한데……."

파트라슈의 등에 타서 스바루는 『나태』가 처박은 가옥의 잔해를 노려보았다. 그대로 쓰레기더미에 찌부러져 압사해 주면 기분상으로도 전개상으로도 매우 달갑다.

그러나—— 그렇게 엿장수 맘대로는 되지 않았다.

"……자만, 했었던 모양입니다."

파편 더미가 무너지고 잔해에 깔려 있던 무수한 그림자가 일거에 넘쳐 나왔다. 굼실대는 칠흑의 팔은 촉수처럼 꿈틀거려 그 검은 덩어리 안에서 작은 그림자를 띄워 올렸다.

그것은 피로 물든, 반죽음 지경에 이른 광기의 여자다.

찢어진 머리에서는 피가 철철 흐르고, 유리조각이 박힌 왼쪽 눈은 완전히 멀었다. 가옥의 붕괴에 말려든 오른쪽 반신은 새빨갛게 물들었고, 가는 팔과 다리가 정상적으로 기능하는지도 의심스럽다. 그 모습은 의심할 여지없이 만신창이.

——그렇건만 그 표정과 오른쪽 외눈에는 유례없는 생기와 광기가 깃들어 있었다.

"당신은…… 네, 당신은 확실히 근면한 인간입니다. 네, 근면한 겁니다! 이렇게까지 이 지경까지, 모든 것을 이용해서 덤벼 드는 적에 대해서 저는 너무나도 부주의! 방종! 방심! 부족! 자만이 지나쳤던 겁니다! 아아, 나태했던 겁니다!"

"———."

태도와 발언 자체는 지금까지 보인 광인의 스탠스와 아무것도 다르지 않다. 가령 사고방식을 일신했다고 해도 펼쳐내는 공격도 전법도 극단적으로 바뀌지 않는다면 대처는 똑같다.

파트라슈에 기승해 스스로 달리는 것보다 속도를 낼 수 있는 지금이라면 뿌리치는 건 더 쉽다.

시간을 벌어서 스바루에게도 가능한 결정타를 때려 넣어 『나태』를 타도한다. ——쌍방 모두 결정타가 결여된 상황에서 먼저 종지부를 찍을 수단을 모색하는 싸움이다.

하지만 스바루의 각오에, 여자는 처참하게 비웃으며 말했다.

"당신에게는 제 총애가 보입니다. 그 점을 먼저 받아들여야 했던 겁니다. 그걸 인정하지 않고, 유일한 사랑을 고집하고, 그 결과 나태로 전락했다면, 그것은 저에게 최대이자 최악의 악덕…… 따라서 바로 있으려면."

"……제길."

중얼중얼 읊조리던 광인이 그 무수한 마수를 움직여 하늘로 향했다. 그 광경을 응시하면서 스바루는 전율로 움츠러드는 마음을 꾹꾹 눌러 숨기고 악담을 토했다.

눈앞에서 여자가 만들어내는 수없는 팔은 어느 것이나 무너진 가옥의 잔해를 잡았고——.

"——최적의 답이군, 빌어먹을."

저주스럽게 내뱉은 직후에, 폭위가 날아들었다.

——던져진 가옥의 잔해가 산탄이 되어, 단숨에 스바루 쪽으로 쏟아졌다.

4

『나태』가 취할 수 있는 수단 중에, 스바루에 대한 최적의 답은 『보이지 않는 손』을 사용하지 않는 것이다.

즉, 단적으로 말하면 『보이지 않는 손』으로 직접 공격하는 것을 그만두고 마수를 간접 공격의 수단이라고 타협하면 되는 것이다. 『보이지 않는 손』자체의 공격 속도는 평범한 팔로 때리는 것보다 약간 느린 정도. 수가 있더라도 필사적으로 굴면 피하지 못할 수준은 아니었다.

하지만 마수가 물건을 잡고 던진다면, 그 속도는 팔에 비교할 수 없다. 단순한 완력이 인체를 한참 웃도는 이상, 투척의 구속(球速)은 메이저 리거조차 능가한다.

그리고 탄환은 최소 인간의 머리 크기——. 직격은 죽음을 의미한다.

"파트라슈! 마을을 나가서 숲으로 들어가! 차폐물이 없으면 죽어!"

"——!"

물어뜯듯이 목에 달라붙어 스바루가 지시를 내린 것과 동시에 지룡은 가속. 아마도 스바루의 명령을 듣기 전에 자기가 내린 판단이겠지만, 숲에 쳐들어가는 그 판단은 정답이었다.

찢겨진 벽돌로 지은 가옥은 칠흑의 손바닥 안에서 어엿한 살인 병기로 바뀐다. 다행히 던지는 인간에게 기술이 없는 덕분에 컨트롤은 안 좋다. 안 좋지만, 실제로 빗발처럼 탄환이 날아오고 있다. 사격을 못해도 여러 방 쏘면 처치곤란해지는 법이다.

"──."

격렬한 소리를 내고 바로 옆을 지나가는 탄환이 나무들을 쓰러뜨리고, 달려 나간 직후의 대지가 뒤에서 폭발했다. 땅을 튀는 벽돌이 포탄처럼 굴러다니고, 뛰어든 숲의 입구는 순식간에 폐허로 급변했다. 파괴, 충격, 파괴, 충격. 그것이 번갈아 찾아들고 있다.

"으, 오오오오!"

머리를 낮추어 조금이나마 더 적중 범위를 좁혔다. 파트라슈에게 매달리는 게 고작인 스바루가 지금 할 수 있는 일은 그것밖에 없다. 탄환은 지룡의 검은 가죽을 스쳐 딱딱한 비늘을 뜯어내 피를 뽑아냈다. 하지만 파트라슈의 속도는 둔해지지 않고 신음도 터지지 않았다.

험한 길의 질주도 듣던 바대로 문제없이 달리고 있다. 상상 이상의 활약에 스바루는 파트라슈에게 구원받고 있었다. 하지만 말 그대로 어부바 상태에서는 아무것도 끝나지 않는다.

등 뒤로 고개를 돌려 쫓아오고 있을 광인의 움직임을 눈에 새겼다. 재정비를 한다고 쳐도 싸울 방도를 찾아낸다고 해도, 동향을 파악 못해서야 이야기가 못 된다. 하다못해 파트라슈를 따라오지 못하고 있다면 귀염성도 있지만——.

"——그것도 최적의 답이라고!"

"니다니다니다니다니다니다니이이이이이이이다——!!"

걸쩍지근하게 외친 스바루의 목소리에 반복하는 악의의 목소리가 위에서 씌워졌다. 그것은 표현 그대로 상부—— 숲의 나무들을 뛰어넘는 높이에서 터져 나온 광기의 목소리였다.

여자의 모습은 지금 숲 위의 까마득한 높이에 있었다.

다 망가진 몸을 웅크리듯이 무릎을 안고 작아진 모습은 흔히 말하는 쪼그려 앉기 자세였다. 그 자세대로 여자는 자신의 몸을 『보이지 않는 손』으로 잡아서 하늘에 던져—— 마치 공놀이의 공이 된 것처럼 잇달아 다른 팔로 자신을 던지고 던져서 스바루를 추적했다.

그 겉모습을 따지지 않는 속도가 심상치 않게 빠르다. 숲 속임에도 파트라슈의 질주는 60킬로미터 이상은 나오고 있다. 그러나 인간 대포의 요령으로 날고 있는 『나태』의 속도는 조준 정밀도가 낮은 것과 직선 이동뿐이라는 점만 눈을 감으면 100킬로미터 이상은 거뜬한 것이다.

도저히 그 거리를 떼어낼 수 없다.

이대로 있으면 위에서 내려다보는 상태로 마음껏 표적으로 저격당한다. 그렇다고 고공에서 이동하는 광인에게 손이 닿을 수단은 스바루에게 없다.

"마을로는 못 돌아가. 지금의 저건 절대로 데리고 돌아갈 수 없어.”

그리고 마녀교도와 합류시키면 스바루는 도리어 불리해진다. 이만큼 열세에 몰리더라도 아직 『나태』에게 상성으로 이기는 건 스바루뿐인 것이다.

“하지만 이대로 가면 조만간 틀림없이 맞을——.”

“크——.”

말한 순간에, 말로 표현한 『조만간』이 찾아왔다.

던진 탄환—— 벽돌덩어리가 파트라슈의 머리에 직격해 그 부분을 가리고 있던 지룡용 가죽투구가 날아갔다. 자세가 확 기울어지고 머리에서 피가 난다. 스바루는 비명을 꾹 참고 매달려서 펄쩍 튀어 오른 고삐를 열심히 잡아당겼다.

“파트라슈——!!”

부름이 힘으로 변한 것일 리는 없다. 그럴 리는 없지만, 변한 것이 아닐까 생각될 만큼 극적으로 발을 지면에 내리찍은 파트라슈가 넘어지는 것을 거부했다. 그 근성만으로도 충분하고도 남을 만큼 칭찬할 만하다. 하지만 여전히 탄환은 날아온다. 피는 흐른다. 승산이 없는 채로——.

“모처럼 버텨줬는데, 이대로 숲 안쪽으로 가봤자…….”

소모전이 이어지면 불리해질 뿐, 그래도 시간을 벌지 않으면 반격의 실마리도 찾을 수 없다. 그러나 지금 대미지로 이미 파트라슈에게는 제한시간이 달린 격이다. 여태까지와 같은 퍼포먼스는 바랄 수 없다. 뭔가 떠올린다면 지금 이 순간에 번뜩여야 한다.

하지만 그런 입맛에 좋은 전개는 지금까지도, 앞으로도 스바루에게 일어나지는——.

"——방금 그건."

부조리에 대한 분노로 입술을 깨문 순간, 스바루는 지나가는 숲의 경치에 위화감이 들었다. 저것이 무엇이었는지 의식에 걸려서 해당하는 정보가 떠오른 찰나, 고삐를 당겼다.

그것이 스바루의 기억에 있는 바와 같다면, 매달릴 만한 가치는 있다. 이길 길에 이르기 위한 수단으로 달라붙을 만한 의미가 있다.

"파트라슈, 왼쪽이다!"

"——."

피를 흘리는 파트라슈가 스바루의 지시에 한순간만 노란 눈으로 돌아보았다. 그것은 스바루에게 제정신임을 묻고 있다. 정말로 좋은 거냐고, 그렇게 묻고 있었다.

제정신이냐고 묻는 것도 당연. 그러나 제정신인 채로 승산에 이를 수 없다면 광기도 필연.

고삐를 크게 잡아당겨 스바루는 애룡의 말없는 물음에 턱을 주억였다.

"그래! 파트라슈, 숲의 빛을 쫓아가!!"

재차 반복하는 지시를 외쳤다. 파트라슈가 정면을 노려보고, 그 눈과 발놀림에서 망설임이 사라졌다. 어찌되든 상관없이 스바루의 판단을 존중해 준다. 그 생명, 확실하게 맡았다.

땅을 파헤치듯이 지룡의 발이 숲에 박히고, 급제동을 걸어서 방향 전환. 『바람막이의 가호』의 적용이 끊어진 게 오랜만이라 스바루는 떨어질 법한 원심력에 이를 악물고 버텼다. 버티고 버텨서, 끝까지 버텨낸 직후에 재가속, 왼쪽으로, 급경사를 단숨에 달려 내려간다.

"어디로 도망치든, 결코 놓치지는 않는 겁니다!"

방향을 틀어 요란한 소리와 함께 비탈을 내려가는 스바루 일행을 광인은 못 본 척하지 않았다. 던진 탄환의 방향이 바뀌어 삼림 파괴는 방향을 변경해 지속됐다. 푸른 나무들이 깨져 날아가고, 그 깨진 통나무를 잡아다가 던져서 재이용. 파괴는 전염되어 『죽음』은 바로 등 뒤까지 육박했다.

"――."

그 파괴의 분류에 등이 쫓기면서도 스바루는 시야 구석을 스치는 빛을―― 말 그대로 광명이 될 수 있을지도 모르는 그것을 쫓아 파트라슈에게 지시를 내렸다.

지룡은 좌우로 지그재그로 달려 거리는 벌리지 못해도 표적을 노리게 두진 않았다. 경사에서 고속으로, 부상당한 몸으로 그게 얼마나 중노동인지, 생각만 해도 영원히 머리를 들 수 없다.

"깨끗하게 체념하지 못합니다. 도대체 도망치고 도망치고 도망쳐! 도망친 끝에 무엇이 있다는 겁니까! 당신의 행위는 단순한 뒤로 미루기…… 아니! 결코 아닙니다!"

도망 다니며 한없이 달리는 스바루 일행을 바로 위에서 내려다보는 『나태』. 그러나 여자는 거기서 말을 끊고 자기 자신을 벌하듯 망가진 왼쪽 눈에 손가락을 찔렀다.

그대로 살점을 도려내어 피를 재차 흘리고 원망 같이 환희 같이 목소리를 짜냈다.

"방심도 자만도 있어서는 아니 돼. 뒤집지 못하는 결과, 죽음을 내리고서야 비로소 저는 의심과도 인연과도 망념과도 결별할 수 있는 겁니다!"

자해해서 자신의 방심을 죽인 『나태』는, 공격의 손길을 늦추지 않고 투척을 이어갔다.

대지가 터지고 탄환이 대기를 쓸었다. 파편이 어깨를 스쳐 뼈가 삐걱거렸다. 몸을 젖히고 비명을 꾹 참으며, 날카로운 아픔을 신음하며 버틴다. 파트라슈보다 먼저 엄살을 부릴 순 없다.

하지만 그 도주극에도 마침내 종언이 찾아왔다——.

"꺽——!"

충격이 대지를 타고 흐르고, 디뎠어야 할 발밑이 사라졌다. 직후에 지룡의 체구가 떠올랐다.

정신이 드니 스바루는 비명을 지를 겨를도 없이 질주하는 자세 그대로 공중에서 반전, 고삐를 잡은 채로 휘둘려 힘껏 흙 위에 낙하해 온몸을 세차게 찧고 있었다.

"아, 큭……."

구르다가 비탈길 아래에서 기세가 멈추었을 때, 스바루는 상하좌우의 감각을 잃고 있었다.

온몸에 남는 곳 없이 아프지만, 치명적인 부상은 기적적으로 눈에 띄지 않았다. 손발 중 하나가 사라지지도, 목이 뽑힌 낌새도 없었다.

다만 그 행운도, 이대로 있다간 아주 약간 죽음을 뒤로 미룬 것일 뿐이다.

"드디어…… 종말의 시간이 온 것 같습니다."

"＿＿."

위를 보고 나동그라진 스바루의 시야에 하늘에서 내려오는 『나태』가 들어섰다.

착지한 여자는 자신을 옮기는 마수를 풀고 미동도 하지 못하는 스바루 옆에 섰다. 그리고 피로 물든 얼굴로 만족스럽게 웃으며 찌그러진 팔을 내밀었다.

"자, 제 『복음』을 돌려주는 겁니다. 그것은 당신이 가져야 할 것이 아닌 겁니다."

"복, 음……."

스바루는 쉰 목소리로 중얼거리고, 여자의 요구에 따라 품속에 손을 넣었다. 찾은 표지의 감촉이 손가락에 닿았다. 그토록 쫓겨 다녔는데 도중에 떨어뜨리지 않은 건 요행이었다.

"가지고 싶으면…… 가지러, 오시지……!"

잡은 책을 끄집어낸 스바루는 발악하듯이 덤불로 던졌다. 여자는 뻗은 손을 헛손질하고 주먹을 쥐락펴락하면서 탄식했다.

"총애에 대한 태도 이전에, 남의 물건을 다루는 자세가 안 되어 있는 모양입니다."

고개를 가로젓고 한탄하듯이 뇌까린 여자의 말에 스바루는 기침했다. 실망 어린 목소리. 설마 광인에게 상식과 도리를 설파받을 줄은 상상도 못했다.

여자는 그대로 스바루가 던진 책을 주우러 갔다. 그동안 스바루는 고개를 움직여 쓰러져 있는 파트라슈의 모습을 찾았다. 찾아냈다. 힘겹게 호흡하고 있지만 무사하다.

그리고 위치도 이상적이었다.

"아아, 나의 사랑의 도표, 총애의 증거……! 마침내 이 손에…… 감개무량합니다!"

스바루의 감개를 아랑곳 않고 여자 또한 되찾은 『복음』을 가슴에 품고 눈물을 흘렸다. 광인 왈 사랑의 구현인 책을 안고서 돌아본 여자는 빈사의 스바루에게 광소를 보냈다.

"감투를, 건투를, 칭송하기로 하겠습니다! 당신과, 당신의 지룡은 용케 저항해 근면했습니다! 그 행위를 칭송해, 제가 당신에게 자비를 보내는 겁니다!"

"……자비?"

"그렇습니다! 자비입니다! 뭔가 남길 말이 있으면 당신의 말을 제 영혼에 새기고 박아 잊지 않고, 영원토록 남기는 겁니다! 자, 원하는 대로!"

이 광인에게도 선전한 상대에게 자비를 남기는 정서가 있단 것에 놀랐다. 책을 되찾아 승리를 목전에 두었기 때문에 나온 여유임은 틀림없지만, 뜻밖의 일면이다.

그렇게 자비를 내비치는 광인. 그 말에 스바루는 기대어서 손을 들었다.

복음서를 던진 손과는 반대인 왼손이다. 그 손에 잡혀 있는 것이 있다.

"이거, 뭔지 알겠어?"

물음에 『나태』는 의아한 표정을 지었다. 원하던 말과 다른 분위기. 그러나 여자는 스바루의 손바닥을 들여다보았다. 그곳에 있는 건 손바닥에 들어갈 사이즈의 작은 마석이다.

하얗게 빛을 내는 그것은, 히든카드가 될 만한 일격필살의 무기──가 아니다. 이것 단독으로는 전국을 바꿀 만한 힘은 없다. 애초에 이것과 같은 것은 숲 전역에 있었다.

이것은 그 중에 하나. 본래 이곳에 있어서는 안 될 물건이다.

"그것은……."

"결계용 마석이야. 온 숲 이곳저곳에 있는 나무에 박혀 있었지. 눈치 못 챘냐?"

"──."

침묵은, 눈치 채지 못한 것과 스바루의 말에 대한 몰이해. 어느 쪽 때문이었던 것인가.

어느 쪽이든 상관없다. 이미 술책은 끝마친 것이다.

"당신은, 도대체 무엇을──."

끝장나기 직전의 스바루의 태도에 의심을 숨기지 않고 여자는 의혹 그대로 팔을 뻗었다.

그 팔이 닿기 직전에, 술책이 발동했다.

"──큭!!"

뭔가의 기척을 깨닫고 여자가 어깨를 들썩이며 순간적으로 돌아보려고 했다.

늦었다.

──숲을 뚫고 튀어나온 마견(魔犬)의 이빨이, 여자의 목을 뒤에서 물어뜯고 있었다.

5

의혹은 있었다. 몇 번쯤, 그 가능성은 행군 때에도 머리를 스치고 있던 것이다.

그것이 최고조에 달한 것은 저택과 마을 주변에 마수의 군생지가 있다고 듣고, 귀를 의심하는 표정을 지은 율리우스와 페리스하고 대화했을 때다.

모든 생명에게는 적개심의 화신에 불과한 마수의 존재. 그 두려움은 백경전을 극복한 스바루도 뼈에 사무치도록 안다. 하지만 동시에 이렇게도 여긴 것이다.

백경도, 숲에 있던 마견 울가름도, 스바루의 체질을 싫어해 눈엣가시로 여기고 있었다. 그렇다면 그것은, 스바루를 아군으로 간주하는 마녀교도도 같은 조건이 아니냐고.

──그리고 그 생각은, 눈앞에서 확실하게 증명됐다.

"꺼, 어어어어윽!"

꽂히는 격통과 충격에 광인은 무슨 일이 일어났는지 알지 못한 얼굴로 절규했다.

뒷덜미에 이빨이 박혀, 여자의 작은 몸은 덮쳐드는 마견의 기세를 죽이지 못했다. 털이 검은 마견은 크고, 덩치 작은 여자와는 어른과 아이만한 체격 차이가 있다.

물어뜯긴 여자는 짐승의 턱에 아래위로 휘둘리며 몇 번이고 땅바닥에 찍혔다. 그대로 힘이 축 빠진 여자를 찍어 누르며 이빨을 뽑은 마견은 결정타를 주저하지 않았다.

쩍 벌린 턱이 이번에는 여자의 목덜미를 노렸다. 숨통을 끊은 다음에 잡아먹을 작정인지, 아니면 질리지 않는 살육의 본능만이 그렇게 시키고 있는지, 그 진의는 알 수 없다.

알 수 없지만, 그대로 결판이 날 만큼 광인도 당하고만 있지는 않았다.

"짐승 나부랭이가……! 『보이지 않는 손』!"

땅바닥에 눌린 여자가 부르짖고, 찰나, 굼실대는 그림자가 마수가 되어 마견을 후려쳤다.

보이지 않는 일격을 받고 마견은 그때만 강아지 같은 비명을 지르고 크게 나뒹굴었다. 하지만 즉각 자세를 바로잡더니 재차 사냥감을 찢어발기고자 포효하고——.

"——잠깐! 이만 끝이다!"

그러나 그 공세를, 결계석을 손에 든 스바루가 중간에 끼어들어 막았다.

도약할 자세였던 마수는 으르렁대고 스바루의 손에 있는 하얀 마석을 원망스럽게 노려보았다. 그 돌에 깃든 힘에 얼마나 강제력이 있는지, 마수는 슬금슬금 뒷걸음질 쳤다.

스바루와 광인. 마견에게는 못 본 척하기 어려운 최악의 조합일 수 있다.

그런데도 마견은 덤벼들지 않았다. 이빨을 떨고, 으르렁대며,

침을 흘리고 뒤로 뛰었다. 그대로 덤불에 숨고 마견의 발소리가 멀어지기 시작했다.

놔준 것일 리는 없으리라. 아마도 결계석을 놓을 때까지 감시할 작정이다.

마수의 이탈을 지켜본 스바루는 길게 숨을 내뱉고 돌아서서 광인을 내려다보았다. 마견 울가름이 결정타를 꽂지 못하게 한 건, 아무려면 자비를 내려서 그런 건 아니다.

그럴 필요가 없는 건 이미 찢어진 배에서 내장을 흘린 여자도 알 수 있을 터다.

"이럴, 수가⋯⋯입니다. 설마, 마수의⋯⋯."

"사전 조사가 부족했군. 이 주변은 마수의 군생지야. 결계로 사는 터전을 나누고 있을 뿐이지."

목 뒤를 물어 뜯겨 온통 치명상을 입은 여자는 미동도 못하고 있다. 이미 눈도 보이지 않은지 빛을 잃은 눈은 스바루 쪽을 보지도 않았다.

작전 승리. 그렇게 말할 수 있을 정도의 결과는 아니다. 번뜩 스친 발상과 우발적 요소에 도움 받아 아슬아슬한 차이로 낚아챈 승리다. 설마 이 자리에 인연이 얽힌 울가름이 나타날 줄은 몰랐다.

"저건 전멸시켰다고 했는데⋯⋯ 로즈월 자식."

스바루는 비밀이 너무 많은 뒷배에게 악담을 뱉고 여자 옆에 무릎을 꿇었다. 피로 물들어 빈사 상태인 여자, 그 바로 옆에 떨어져 있던 복음서를 주워 회수했다.

스바루 미끼 작전은 통하지 않게 됐어도 이 책을 이용한 낚시는 아직 활약할 장소가 있다. 그 위력은 충분히 이 여자와의 싸움에서 실감할 수 있었다.

"케티가 어떻게 됐는지 모르겠지만, 손가락은 많아야 나머지 둘……. 짓밟아주마."

"무, 무, 무……."

"무리니 무모하다느니 말하고 싶냐? 그랬다가 나한테 몇 명 당했냐고. 슬슬 학습하시지. 그거야말로 말해봤자 무의미할지도 모르지만."

"——."

내려다보는 스바루의 말에 빈사의 여자는 입매를 일그러뜨렸다. 역류하는 피가 그치지 않아 입 끝으로 피를 질질 흘리면서 여자는 처절한 표정으로 죽음을 목전에 두고 미소 지었다.

그 모습을 목도한 스바루는 최대급의 오한을 느꼈다.

위기적인 상황이 아니다. 본능적인 혐오감, 받아들이기 어려운 존재에 대한 직감적인 오한을.

"지금, 은…… 당신이, 들도록, 하는 겁니다……. 반드시, 반드시……."

"——."

"——사랑은, 돌아오는, 겁니다."

마지막으로 그 말만을 뚜렷하게 주워섬기고, 여자의 웃음이 무너지며 생명 활동이 정지했다. 그것은 틀림없는 죽음, 돌이킬 여지없는 종말이다.

네 번째, 혹은 세 번째 『나태』의 죽음. 그것을 지켜보았다.

"제길……. 무슨 말을 하고 싶었던 거야, 이 인간."

여자의 죽은 얼굴을 내려다보며 스바루는 거칠게 머리를 쥐어뜯었다. 입안이 칼칼하게 마르고, 긴장과도 초조와도 무관하게, 기이하게 맥박이 빨라지고 있단 자각이 있었다.

누구 손도 빌리지 않고 처음으로 스바루는 싸움 속에서 타인의 죽음을 만들어냈다. 그 사실에 희미하게 무릎이 떨렸다. 어금니를 깨물고 길게 숨을 내뱉었다.

여자는 마지막, 죽음 직전에 스바루에게 저주를 남겼다. 그것도 지금 당장은 풀 수 없는 저주를.

"……한 명 쓰러뜨려도, 아직 『나태』는 남아 있지. 가만히 서 있을 수는 없겠군."

망설임을 뿌리치고 스바루는 시체에서 눈을 돌려 파트라슈에게 달려갔다. 세차게 넘어진 지룡은 온몸에 무수한 상처를 입어 보기만 해도 만신창이다.

그런데도 지룡은 스바루의 접근을 깨닫자 꿋꿋하게 일어섰다.

"미안하다, 파트라슈. 사실은 쉽게 해 주고 싶은데, 하지만 아직 네가 필요해."

"——."

무리를 시키는 스바루의 선언에 말없는 파트라슈는 등을 돌려 응답했다. 이 반나절, 이 몇 시간 만에 얼마나 쌓았는지 알 수 없는 지룡에게 진 빚을 거듭하고 등에 탔다.

고삐를 잡아당겨 투구를 잃은 지룡에게 마을로 귀환하도록 명령했다. 손 안에는 결계석이 열기를 띠고 마수의 존재에 대한 경종을 끝없이 울리고 있다.

지금도 마견은 덤불에서 이쪽을 살피고 있는가. 상관할 겨를이 없다. 달리기 시작했다.

"남은 『나태』는, 대죄주교의 손가락은…… 앞으로 하나!"

마을에서 전투를 벌이던 중, 스바루는 율리우스와 둘이서 『보이지 않는 손』의 원천으로 향했다.

그곳에서 폭발과 폭심지에 쓰러진 빌헬름을 찾아낸 것이다. 직전까지 그 『나태』와 싸우고 있던 건 틀림없이 빌헬름이다. 검귀는 반드시 놈을 타도했을 터였다.

그 폭발은 용차의 폭발과 마찬가지로, 케티의 소지품에 의한 것이었다고 추측된다. 그건 검귀에게 쓰러진 케티가 길동무를 노린 자폭이었던 게 아닐까.

그렇다고 치면, 남은 손가락은 하나—— 그것이 마지막 『나태』일 터다.

"그놈만 처리하면, 남은 건 일반 마녀교도를 일소하면 이기는 거야——!"

확실한 승리의 길이 보였다. 하지만 그 광명과 정반대로 스바루의 마음은 조급해졌다.

광인의 공격을 피하기 위해서 어지간히도 숲 안 깊숙하게 도망치고 말았다. 지금도 싸움이 지속되고 있을 마을이 멀어서, 비탈길을 달려 올라가는 1초 1초가 답답하다.

"——윽?! 제길! 역시 튀어나왔어!!"

이를 깨물고 허공을 노려보던 스바루는 그 광경에 상상 이상의 분노와 초조를 부르짖었다.

눈앞, 숲 건너편의 하늘에 또다시 검은 팔이 뻗어 올랐다. 방향은 마을. 거리는 아직 멀어서 그 팔이 노리는 방향에 있는 사람에게 스바루의 외침은 닿지 않는다.

저게 내리꽂히면 또 누군가가 죽는다. 기사가, 수인이, 마을 사람이.

——스바루가 아는 누군가의 목숨이 사라진다.

말이 되지 못하는 소리를 지르고, 스바루는 검은 마수를 향해 없어지라고 빌었다.

스바루의 한탄에 호응하듯이 상처투성이의 파트라슈의 속도가 올랐다. 경사를 날개 돋은 듯 넘어서 숲을 돌파하고 지금 막 유린되기 직전인 마을로 뛰어들었다.

"——『나태』!!"

달려들어 목이 터질 만큼 부르짖었다.

파괴의 흔적이 확대된 마을, 이곳저곳에 쓰러진 인간의 몸. 화마가 올라 누군가의 우는 소리가 오가며 여전히 칼부림 소리가 울려 퍼지는 세상에서 광인의 모습은 즉각 알 수 있었다.

다섯 번째 광인은 대머리에 깡마른 중년으로, 피로 물든 얼굴을 쥐어뜯으며 광소하고 있었다.

"——."

마지막 남자라고 직감했다. 스바루의 확신에 이끌린 듯이 광인이 돌아보았다.

서로의, 서로를 적이라고 인정하는 시선이 교차한다. 그러나 최악의 선수는 놈 쪽이 빨리 쳤다.

　"아아―― 뇌가 떨린다다다다!"

　이미 치켜든 무수한 팔이 하늘을 가득 메우고, 미친 노호와 함께 내리쳤다. 죽음의 폭포로 변모한 일격은 마을을 통째로 유린하며 모조리 압살하리라.

　막아야 한다고, 그렇게 결심해서 외치지만, 그것은 아무 힘도 가지지 못한 절규였다.

　그대로 광인의 만행이 세상을 덧칠하려는―― 그 직전.

　"――거기서 끝이야, 악당."

　――목소리가, 들렸다.

　그리고 그 목소리에 모든 사람이 얼떨떨해졌다.

　얼떨떨해져서 멍한 채로, 하늘을 올려다보고 미동도 하지 못하게 됐다.

　왜냐하면――.

　"그 이상의 행패는 보고 넘길 수 없어. ――거기서 끝내."

　준동하는 무수한 검은 손바닥을 웃도는, 절대영도의 파르스름한 빛이 하늘을 가득 메우고 있었던 것이다.

제5장 『계약의 이행』

1

파르스름한 빛이 난무하고, 피와 불꽃의 붉은색에 물든 아람 마을을 밝히면서 채색하고 있었다.

차갑게 식은 공기가 세빙(細氷)을 만들어내고 빛의 난반사가 만들어내는 환상적인 광경—— 다이아몬드 더스트라고 불리는 그 현상은, 참상의 현실감을 아름답게 앗아갔다.

"그 이상의 행패는 보고 넘길 수 없어. ——거기서 끝내."

그리고 환상적인 빛의 풍경 속에서 맑게 퍼지는 날카로운 미성이 내달렸다.

은방울 목소리는 전장을 지배하고 누구나 새롭게 그 자리에 나타난 소녀에게 눈길을 빼앗겼다.

미지근한 바람에 나부끼는 긴 은발, 강한 의지를 간직한 남보랏빛 눈. 한 번에 보면 결코 잊을 수 없는 더없는 미모. 그녀가 남의 눈을 끌 이유는 외견만으로도 얼마든지 있다.

하지만 이 순간, 누구나 그녀에게 눈길을 빼앗긴 것은 그 외견이 이유가 아니다.

──그저 그곳에 있는 것만으로도 모든 것을 지배하는, 그 압도적인 존재감에 눈길을 빼앗긴 것이다.

"──."

강철이 맞부딪치는 소리가, 노호와 비명이, 가옥을 태우는 불길조차 숨을 집어삼킨 듯 고요가 감돌았다.

그런 세상에서 은색의 소녀── 에밀리아는 조용히 적을 응시하고 있었다.

"에밀리아……."

그 이름을 입에 담고 스바루는 자신 안에 생긴 복잡한 감정에 삼켜졌다.

당연한 일이었다. 이렇게 되는 게 당연하다.

저택 바로 옆이 전장으로 변해 마을 사람들이 잇달아 저택으로 피난해 오고, 누군가가 자신들을 지키기 위해서 싸우고 있는데 얌전히 틀어박혀 있을 리가 없다.

에밀리아는 눈에 비탄과 전의를 맺고 이 전장을 만들어낸 마녀교에 맞서고 있었다.

"물러나, 악당. 이렇게 심한 짓을 하고…… 나는 용서 못 해."

"아아, 이 어찌……."

광장에 선 광인을 적으로 판별하고 에밀리아는 엄정한 음성을 상대에게 꽂았다. 그러나 광인은 그 말에 동요하기는커녕 피로 물든 얼굴에 경악과 환희를 새기고 웃었다.

『나태』는 몸을 뒤틀어 에밀리아에게 두 손을 뻗으며 웃는 채로 외쳤다.

"아아, 아아! 이 어찌 좋은 날인가! 이 무슨 길일인가! 이 무슨 숙명인가! 설마 이만한 그릇으로 가꾸어졌을 줄이야! 판박이! 그야말로 현신! 수없이 시련을 되풀이해봤자 이만한 그릇과 만날 호기는 다시는 오지 않으리라 확신할 수 있는 겁니다……!"

"……당신, 무슨 말을 하는 거야?"

격정이 인 나머지 다섯 번째 『나태』는 눈물을 철철 흘리며 흐느꼈다. 그런 광인의 생뚱맞은 눈물에 에밀리아는 눈썹을 찡그리며 곤혹을 드러내고 있었다.

"오오, 오오, 마녀여……. 내 사랑의, 도표여……!"

하지만 그런 반응마저 감격으로 이어지는지 광인은 휘청휘청 걷기 시작하며 에밀리아와의 거리를 직접 좁혔다. 그 파멸의 초읽기에 에밀리아는 펼친 손바닥을 겨누었다.

"움직이지 마! 다음은 경고하지 않을 거야."

걸어오려는 광인에게 에밀리아는 손바닥을 들이민 채로 선고했다. 그러나 광인의 귀에 제지하는 호령은 닿지 않았다. 한 걸음, 또 한 걸음씩 거리는 줄어들고——.

"이번에는! 다음에는! 저는 당신을, 기필코 당신을……."

"——움직이지 말라고, 그렇게 말했어."

경고대로, 두 번째의 그것은 경고가 아니었다. 싸늘하게 식은 최후통첩은 실력 행사였다.

빛이 난무하는 대기가 쩍쩍 금이 가고 부풀어 오른 마나가 공기 중의 수분을 얼렸다. 탄생한 것은 날카로운 창끝을 가진 얼음의 창—— 도합 네 자루가, 한순간에 발사됐다.

"──."

극사(極死)의 빙결에 자비는 없다. 확실하게 명줄을 끊는 일격은, 직격당한 존재의 살점을 뚫고 하얗게 물들여 상대의 영혼까지 얼음상으로 바꾼다. 단──.

"망설임 없이, 가차 없이, 무자비하게…… 실로 실로 실로오, 근면한 판단입니다!"

"……당신 편이, 아니었어?"

자신의 몸을 바쳐서 몸을 대신 얼음덩어리가 된 마녀교도 옆에서 광인이 활기차게 웃었다. 그 모습에 에밀리아는 이해할 수 없다고 눈썹을 찌푸렸다.

그 의문에 광인은 목을 90도 기울이고, 얼음덩어리가 된 부하에게 마수를 뻗어 깨트렸다.

"신도입니다! 제 손가락끝이기도 했답니다! 그렇지만 그것도 모든 건 당신 앞에서는, 그릇 앞에서는 아무 의미가 없습니다! 나의 몸조차도 그것은 마찬가지입니다! 지금, 지금, 지금지금지금지금지금지금지금지금지그음! 나의 뜻, 나의 존재 이유! 모든 것은 당신에게!"

"──."

"당신에게, 당신에게, 당신에게…… 그러나 그것만은 달갑지 않은 겁니다."

에밀리아가 광태에 말을 잃을 때, 눈을 부릅뜬 광인은 피로 물든 손가락을 들었다. 그 터져 있는 손끝이 가리키는 것은 에밀리아── 정확히는 에밀리아의 왼쪽 어깨였다.

가는 어깨 위, 은발에 기댄 새끼고양이 정령. 그 존재에 『나태』는 증오를 겨누고 있었다.

"정령, 정령, 정령! 왜소한 몸으로, 대의도 사랑도 모르는 몸으로! 그릇과 함께함이 얼마나 죄 많은 일인지도 모르고! 무지, 다시 말해 죄! 이 무슨 폭거어!"

정령, 팩의 존재에 『나태』는 과도한 혐오와 분개를 흩뿌렸다. 그러나 지명 받은 팩도 적개심을 발산하는 광인에게 잔혹한 시선을 보내고 있었다.

그것은 평소 온화하고 태평한 그에게서는 상상할 수 없는 감정── 아니, 스바루는 그것을 알고 있다. 팩의 저 감정을, 뾰족한 살의를 알고 있다.

저 작은 몸에 깃든 강대한 힘을, 스바루는 직접 몸으로 배웠다.

"공교롭게도 내가 이 아이와 함께 있는 건 내 존재 이유야. 누구에게 허락을 받을 필요도, 허락을 청할 맘도 없어. ──너야말로 너무 불쾌한걸."

일종의, 누구에게 대해서도 대하는 방식을 바꾸지 않는 양자가 서로에게만은 명확한 증오를 겨누고 있다. 광인은 팩을 격정으로 힐책하고, 팩은 광인을 혐오로 멸시한다.

그대로 일촉즉발, 강대한 힘을 가진 존재 사이의 격돌이 막 시작된다.

"기다려, 그런 건……."

"기다릴 건 스바루큥이지. 자, 숙이고."

개전 직전의 자리에 끼어들려는 스바루의 소매를 별안간 누군가 잡아끌었다. 그 힘에 놀라고 보니, 소매를 끈 사람은 어느새 나타난 페리스였다. 조금 전의 넝마 위에 망토를 걸친 페리스는 상처투성이인 파트라슈를 쓰다듬고 스바루에게 탄식했다.

"이 아이도, 그리고 스바루큥 본인도 상처 봐. 절대안정. 이거 명령이거든."

"그런 소리를 할 때냐! 에밀리아에게, 저놈하고 싸우게 하는 짓을⋯⋯."

"에밀리아 님을 부른 건 나랑 람의 판단이야. ——조금은 신용해 주지 그러니."

초조해하는 발이 잡혀서 스바루는 페리스의 말에 얼굴을 찌푸렸다. 무슨 말을 하고 싶은 거냐고 곤혹해하는 얼굴의 스바루에게 페리스는 한쪽 눈을 감으면서 말했다.

"네가 지키고 싶은 사람이, 그저 뒤에만 있을 사람이 아니라는 걸 말이야."

2

싸움은 직전까지 주고받던 매서운 대화가 거짓말처럼 고요하게 시작됐다.

"——."

주위 곳곳에 박은 얼음 안개의 장벽이 깨지고 에밀리아는 크게 뒤로 뛰었다. 그 즉시, 직전까지 에밀리아가 서 있던 지면이 터져 파헤쳐진 흙덩이에 그녀는 눈을 깜빡였다.

"정말로 아무것도 안 보였어."

"요주의구나."

어깨 위의 팩의 속삭임에 턱을 주억이고 에밀리아는 발끝으로 지면을 가볍게 두드렸다.

광인이 휘두르는 보이지 않는 일격——. 그것은 사전에 페리스에게 경고를 들었던 것으로, 에밀리아의 눈으로는 포착할 수 없다. 하지만 눈에 보이지 않아도 막는 법은 있다.

얼음 안개를 몸 주위에 띄워 간섭을 감지해서 피한다. 팩이 제안한 방법이지만, 자신의 신체 능력이라면 못할 건 없다.

"그리고 금방 접근해서 해치울 수 있는걸."

중얼거리는 에밀리아의 발밑, 발끝이 두드린 지면이 하얗게 물들기 시작했다. 지면을 뒤덮는 빙결은 에밀리아를 중심으로 광범위하게 퍼져 한순간에 반경 20미터가 동토로 탈바꿈했다.

발바닥에는 오랜만의 감촉. 나고 자란 숲의 영향으로 얼음 위를 미끄러지는 건 특기 중의 특기다.

"그 정도의 잔수작! 잔망! 잔재주! 나의 사랑 앞에서는 부질없는 발버둥이나 마찬가지입니다!"

첫 걸음부터 최고속에 들어가 활주하는 에밀리아를 향해 남자가 뭔가 소리쳤다.

그 직후에 압박감이 으르렁대듯이 육박해 몸 주위에 띄운 얼음 안개가 잇달아 벗겨졌다. 하지만 보이지 않는 팔이 안개를 빠져나갈 즈음에는 이미 에밀리아의 몸이 그곳에 없다.

얼음 위를 활주하며, 에밀리아는 남자를 중심으로 크게 원을 그리고 조준을 교란했다. 뒤쫓고, 앞지르고, 무슨 짓을 해도 맞지 않는다. 얼음 대지는 확장이 자유롭고, 어디든지 도망칠 수 있다.

그리고 보이지 않는 팔이 명중하기 전에, 에밀리아의 믿음직한 보호자의 포위망이 먼저 완성됐다.

"자랑스러운 우리 딸에게 눈길을 빼앗기는 건 이해하지만, 질 나쁜 놈팡이는 사절이야."

"음——?!"

어디선가 맥 빠지는 선언이 터진 순간, 두꺼운 얼음벽이 남자의 사방을 에워싸듯이 일어섰다. 도망칠 길이 막혀 남자는 무슨 일이냐고 눈을 부릅뜨며 완전히 무방비한 모습을 드러냈다.

——그 직후, 소리와 함께 빙벽이 삐걱거리며 벽면에서 안쪽을 향해 얼음 쐐기가 사출됐다.

도망칠 길 없고 전조도 없는 일격필살이다.

직격 당한 사냥감은 벽 안에서 꼬챙이에 꿰여 흐르는 피 한 방울까지 동결되어 바스러졌다.

귀여운 겉모습과 반한, 팩의 천진한 잔혹함을 체현한 공격. 하지만——.

"——가소로워! 가소로워가소로워가소로워가소로워로워로워로워로워롭습니이이이이이이다!!"

얼음 울타리 안쪽에서 포효가 터지고, 다음 순간 쇳소리와 함께 빙벽이 산산이 깨졌다. 파편이 된 얼음의 광채에 튀어나온 남자는 멀쩡한 상태다.

얼음 쐐기를 받은 순간, 빙벽 내부에 보이지 않는 힘으로 벽을 만든 것이다. 빙벽은 내부에서의 압력에 견디다 못해 산산이 부서졌다.

"그 정도로 저를 타도하다니 가소로운 겁니다! 시련은 이토록 쉽게——."

"에잇!"

"——크악?!"

그러나 우쭐대던 얼굴로 얼음을 밟고 넘은 남자를, 에밀리아는 활주하는 속도를 타고 치었다.

무음으로 미끄러진 에밀리아의 발차기가 무방비한 남자의 명치에 꽂혔다. 속도, 기세, 둘 다 충분한 위력인 발차기에 남자의 몸은 예상 밖으로 가볍게 날아갔다.

"이번에야말로…… 엑?!"

그대로 남자가 낙하하는 지점에 앞질러 가서 마력을 전개—— 흐드러지게 피는 얼음의 꽃으로 요격하려던 에밀리아는 눈앞의 광경에 눈을 의심했다.

튕겨져 포물선을 그리는 남자의 몸이 공중에 정지해 다른 방향으로 날아오른 것이다. 마치 활공 도중에 뭔가에 붙들려 억지로 다른 방향으로 던져진 것 같은 부자연스러운 움직임——.

"그런 식으로 사용을……."

"아아, 생각하기를 포기하다니 나태 그 자체! 응용! 전용! 새로운 유용!"

공중에서 춤추는 남자의 팔이 자신에게 겨누어져 에밀리아는 순간적으로 고드름을 형성, 상대에게 때려 넣었다. 하지만 고드름은 남자를 향해 날아가는 중에 뭔가에 격돌, 부서져서 닿지 않았다.

반대로 남자에게서 밀려드는 압박감은 기세가 수그러들지 않아 미끄러지는 에밀리아는 대지에 손을 써서 전방으로 경사를 만들어내어—— 미끄러지는 기세를 탄 채로 단숨에 공중으로 날아올랐다.

"——."

서로 허공에 에밀리아와 남자의 시선이 교차했다.

광기와 의분을 교환하고, 먼저 공격을 가한 쪽은 또다시 에밀리아다. 다음에 만들어낸 것은 복수의 얼음 원반, 그것이 하늘을 찢어발기며 불규칙적인 궤도로 남자에게 때려 박혔다.

상하좌우에서 에워싸는 얼음 원반은 움직일 수 없는 공중에서 피할 만한 게 아니다.

"니다니다니다니다, 니다——!!"

그러나 날아오는 원반을 남자는 부자연스러운 기동으로, 부조리한 방법으로 회피했다.

무궤도한 거동으로 공중에 튕겨나가 빙글빙글 제어할 수 없는 회전에 휘둘리면서도 남자는 원반의 범위에서 벗어나 쾌재를 질렀다.

"뭐야, 저거…… 뭐야?"

"——사랑입니다!"

섬뜩한 움직임에 에밀리아마저도 신음하자 남자는 대답이 못

되는 대답을 하고, 답례라는 양 맹위를 형성한다. 꽂히는 살의가 에밀리아의 하얀 살갗에 소름을 돋웠다.

그 경계에 부끄럽지 않은 전의를 담고 남자는 양손을 힘차게 맞대며── 부르짖었다.

"제 사랑의 증표! 총애의 세례! 시련을! 받는, 겁니다!!"

"──윽."

얼음 안개가 깨지는 감촉에 이 싸움이 시작되고 처음으로 에밀리아의 표정이 굳었다. 그것은 사방팔방, 도망칠 길을 막듯이 발사된 보이지 않는 폭위를 알아차린 결과다.

공중에 있어 자유롭게 움직일 수는 없다. 그것은 그야말로 조금 전의 답례, 피하기 어려운 일격.

"──."

그리고 그것은 실제로 에밀리아의 가슴에── 그 중심에 박혀 잔혹하게 뚫었다.

파괴의 힘이 젖가슴을 헤집고 가슴에 바람구멍이 뚫린다. 그 건너편이 보일 만큼 깊이 꿰뚫린 일격을 보고 그 결과에 남자는 눈을 뒤집었다.

"이야말로 총애의 결말! 제 사랑의 성과! 제 사랑에 마녀가 응답한 증거인 겁니다! 그러나 한탄할 것은 없는 겁니다! 그 내용물은 잃을지언정 그릇은 저희가──."

"에잇!"

"──크악?!"

남자의 승리 선언이 발차기에 중단. 바로 뒤에서 갈긴 일격에 그 몸이 나가떨어졌다.

사각에서 날아온 일격은 남자에게 완전히 예상 밖. 위력 이상으로 무슨 일이 일어났는지 알지 못하고 있는 남자 앞에서 에밀리아의 어깨에 탄 팩이 말랑말랑한 발바닥으로 소리가 나지 않는 박수를 쳤다.

그 순간에 가슴이 뚫린 에밀리아의 얼음상이 산산이 부서졌다. 빛의 강약마저 조절해 진짜로 보이도록 꾸민 가짜 에밀리아다.

"싸우는 중에 한눈팔면 못 쓰지. ──잔재주에 휘말리잖아?"

빙글빙글 공중을 돌며 하늘에서 튕기는 중인 남자에게 주위를 볼 여유는 없다. 팩이 준비한 가짜 에밀리아의 함정에 간단히 걸리고, 무방비한 등을 드러내고 말았다.

그리고 에밀리아도 이렇게까지 차려놓으면 빗맞히지 않는다.

"이번엔 놓치지 않을 거야."

"──큭."

발차기를 맞고 급강하하는 남자. 그 두 손 두 발을 구속하듯이 얼음의 멍에가 채워졌다. 움직임을 봉하고, 저항할 수단을 봉하고, 그러한 다음에 에밀리아의 일격은 완성된다.

남자가 지면에 메다 꽂혀 얼어붙은 사지가 그 몸을 대지에 잡아매었다. 허공의 에밀리아는 그대로 남자의 몸통을 노리고 곧게 낙하했다.

거리가 쭉쭉 줄어들고 접근하는 에밀리아를 향해 남자는 눈을 부릅뜨고 웃었다.

"아아, 이건 실로—— 근면, 합니다!"

"고마워. ——그대로 당해!"

웃는 남자의 몸통, 그 한복판에 낙하한 에밀리아의 장저(掌底)가 꽂혔다.

위력에 뼈가 삐걱거리고, 남자는 몸부림치며 비명을 흘렸다. 하지만 그 또한 한순간이다.

다음 순간에는 손바닥이 닿은 위치에서 동결이 시작되어 남자는 사지만이 아니라 그 온몸을 하얗고 하얗게 물들여 얼음덩어리가 됐다.

"——."

단말마의 소리조차 터트리지 못하고, 남자는 활짝 핀 얼음 꽃의 일부가 되어 절명했다.

——그것이, 에밀리아와 남자가 벌인 싸움의 결판이었다.

3

싸움의 결판을 지켜보고, 스바루는 입도 뻥긋 못 하고 뻣뻣하게 서 있었다.

"——."

압도적……이라고 하는 것도 어폐가 있다. 그러나 에밀리아는 시종일관 위태롭지 않게 활약하다가 훌륭하게 마지막 『나태』를 타도하는 것에 성공했다.

"그치? 내 말이 맞았지?"

멍해진 스바루를 대신해 에밀리아의 싸움에 감탄한 것은 옆에 있는 페리스다. 그는 지룡의 상처를 치유 마법으로 간단히 막고, 스바루의 몸에도 치유의 손길을 뻗었다.

가는 손가락이 닿아 상처를 자각하자 아픔이 돌아왔다. 온몸에 무수한 생채기와 타박상, 특히 오른쪽 반신이 심상치 않게 아프다. 숲에서 파트라슈와 같이 넘어져 요란하게 부딪힌 상처다.

"어라, 스바루큥 이거....... 발목하고 어깨, 혹 가지 않았어?"

"그만둬, 플라시보 효과 일으킨다! 전혀 아프지 않은 거라고 믿게 해 줘!"

"아니, 요거 글러먹지 않을까냥. 죽어버릴지도......."

스바루가 엄살 부리며 아파하자 장난기가 동한 페리스가 옆구리를 찔러댔다. 그렇게 까부는 그를 손으로 멀리하고 스바루는 탄식하면서 새삼 에밀리아 쪽을 보았다.

전장으로 변한 마을 한복판에서, 에밀리아는 얼음꽃으로 변모한 마지막 『나태』를 내려다보고 있다.

그 광인의 죽음에 에밀리아가 어떤 감정을 품고 있는지는 알 수 없다. 다만 스바루의 눈에는 그 하얀 뺨에 딱 한 줄기, 빛나는 눈물이 흐른 것이 보였다.

다른 이의 생명을 빼앗는 것. 그 사실에 마음을 아파한 것일까. 그렇다면 그것은 힘이 부족해 마녀교와 맞닥뜨리게 한 나츠키 스바루의 죄다.

"────."

그러나 에밀리아는 자기 뺨에 흐르는 눈물에 놀란 얼굴로, 당황해서 그것을 닦아냈다. 어깨 위에 있는 정령에게 무슨 말을 듣고 있지만 눈썹을 찡그린 에밀리아는 곤혹해하는 얼굴이었다.

본인도 눈물의 이유를 모른다. 그런 분위기 같아서.

"——?"

문득 에밀리아를 바라보는 스바루는 자신의 가슴에 기묘한 감개가 움트는 것을 깨달았다. 그것은 소녀에게 보내는 수많은 감정과는 별개의, 어딘가 이질적인 감정이었다.

왠지, 이상하리만큼 뇌를 쥐어뜯는 감정, 그것은 마치——.

"——어차차, 다들 마음이 급하다니깐."

멀리서, 마을 이곳저곳에서 들리는 승리의 개가에 페리스가 살짝 쓴웃음 지으며 말했다.

에밀리아가 마지막 『나태』를 무찌른 것이 결정타가 되어 싸움은 종국으로 향했다. 마을 곳곳에서 응전하고 있던 마녀교도도 태반이 토벌되어 승리의 함성이 하늘에 메아리치고 있었다.

특히 야단스러운 것은 『철 어금니』 녀석들인가. 하지만 승리에 들뜬 것은 비단 수인들만이 아니다. 살아서 끝까지 싸운 기사들도 검을 쳐들고 소리를 지르고 있었다.

"페리의 임무는 지금부터 시작인데, 마음 편해서 좋겠네."

치유술사인 페리스에게 진짜 전장은 지금부터 시작된다. 부상자가 얼마나 있고, 그 부상자를 얼마나 살려낼 수 있는지 자기 실력에 달려 있으니까.

물론 승리에 들끓는 동료들에게 찬물을 끼얹은 짓은 절대로 할 수 없지만——.

"——페리스."

"네네—— 당신의 페리랍니다……. 어, 빌 영감?!"

부르는 소리에 편하게 돌아봤다가 페리스는 목소리 상대에 깜짝 놀랐다. 등 뒤에서 피로 물든 반신을 질질 끌고 괴롭게 숨을 내뱉는 것은 빌헬름이다.

중증의 화상과 무수한 열상으로 반생반사라고 부르기에 걸맞은 몰골이었다.

"잠깐! 왜 이런 상처로 움직이고그래! 금방 치료하고 눕지 않으면……."

"지금은, 나는 나중에 생각해도 된다. 그보다 중요한 이야기가 있다."

"죽어버릴지도 모른다고?! 생명보다 중요한 것 따위……."

"그런데도 중요한 이야기다. ——스바루 님은?"

상처의 심각성에 반해 빌헬름의 목소리에는 패기와 생기가 가득 차 있었다. 이곳에서 쓰러질까 보냐 하는 기백이 육체를 지탱하고 있는 것이다.

그 사실에 놀람과 기가 막힌 감정을 느끼면서도 페리스는 바로 뒤를 돌아보았다.

"스바루큥이라면 바로 저기에——."

뻣뻣하게 선 상태로 에밀리아에게 무슨 말을 하면 될지 갈팡대고 있을 텐데.

그래야 할 텐데—.

"——스바루큥?"

돌아본 페리스의 시야 어디에도 나츠키 스바루의 모습은 눈에 띄지 않았다.

4

머리를 부둥켜안은 채로, 덤불을 밟고 넘어서서 숲의 안쪽으로, 더 안쪽으로 한없이 달려간다.

될수록, 되도록, 최대한, 갈 수 있는 만큼, 멀리 가야만 한다. 마을에서 멀리, 광장에서 먼 곳으로, 동료들에게서 멀리 떨어진 곳——에밀리아에게서 멀리 떨어진 곳으로.

"헉, 후…… 하악!"

숨을 헐떡이면서 열심히, 발 디디기 힘든 숲을 필사적으로 달려 나갔다. 땀이 눈에 들어오고 심장이 입에서 삐져나올 듯이 괴로웠다. 그러나 그에 신경 쓸 겨를이 없었다.

눈꺼풀 안에는 이쪽에 등을 돌린 은발 소녀의 모습이 새겨져 있다. 돌아보고, 눈이 마주쳐, 재회의 말을 나눈다——. 그 순간을, 지금은 받아들일 수 없다.

그건 마주할 낯이 없기 때문도, 겁을 먹었기 때문도 아니다. 더 다른 이유다.

더 저주스럽고, 더 끔찍한, 이유가 있기 때문에——.

"——스바루, 어디 가는 거야!"

"——윽?!"

아무와도 마주치지 않게끔 인기척이 없는 숲 안쪽을 목표로 했음에도 자신을 부르는 목소리가 들려서, 스바루는 화들짝 놀랐다. 발이 멈추고 돌아본 눈앞에 호리호리한 그림자가 모습을 보였다.

옅은 보라색 두발, 유려하게 선 모습에 수려한 미장부—— 율리우스 유클리우스다.

피로 더러워진 제복 자락을 턴 율리우스는 옆의 거목에 손을 짚고서 스바루를 응시했다.

"네가 무사해서 천만다행이지만…… 무슨 일이 있었지? 마을에서는 승리의 함성이 들려. 네가 이러고 있다는 말은, 그 『나태』도 쓰러뜨렸을 거야. 그런데 넌 왜 이곳에?"

"——."

"마음에 걸리는 게 있다면 이야기해. 여기까지 왔으면 우리는 운명공동체다."

흐트러진 앞머리를 손으로 바로잡고 율리우스는 얼굴을 굳히는 스바루에게 참을성 있게 말을 붙였다. 그의 말대로 아직 마을 방향에서 동료들의 목소리가 들리고 있었다.

아직 목소리가 닿는 거리에 있다. 더 멀리, 더더 멀리 떨어지고 싶었는데.

왜냐면, 더 멀리 가지 않으면——.

"——스바루?"

입을 다물고 아무 말도 하지 않는 스바루에게 율리우스가 눈썹을 찡그렸다. 어색함을 느낀 기사는 한 걸음, 우려를 눈에 맺으면서 접근했다. 부상과 상태를 걱정하는 눈초리다.

그러나 몸에 문제는 없다. 페리스의 간단한 치유술 덕분에 문제없이 움직인다.

──그렇기에, 이『육체』는 그 역할을 충분히 다할 수 있는 것이다.

"스바──."

"율리우스, 내게서 떨어── 하지만 늦은 겁니다!!"

"──?!"

필사적인, 스바루의 전력이 담긴 저항은 중도에 방해됐다.

하지만 끊긴 말의 단편만으로도 기사는 즉각 사거리에서 이탈, 피해를 모면했다.

헛손질한 팔을 쳐들고『스바루』는 불만스럽게 목을 기울였다. ──90도, 직각으로.

"나쁘지 않은 반응입니다. 육체의 저항이 있다고는 해도, 용케 피했습니다. 당신, 실로 실로 실로오, 근면한 자입니다! 그렇기 때문에, 아깝습니다……."

"──이아가, 갑자기 스바루의 몸에서 튀어나온 시점에서 꺼림칙한 예감은 들었지."

한쪽 무릎을 꿇고 기사검을 뽑은 율리우스가 분한 듯 그렇게 중얼거렸다. 일렁이는 두 눈에는 분노와 회오, 그리고 다함없는 전의와 망설임이 복잡하게 휘몰아치고 있다.

그 눈의 일렁임을 내다보고『스바루』는 납득했다는 양 턱을 주억였다.

"더욱더 유망합니다! 당신의 존재방식, 사고방식, 흔들리는 방식, 모든 것이 근면함의 증거! 저주스러운 것은 이미 추레한 천것에게 영혼이 더럽혀졌다는 것뿐입니다."

"추레한 천것에 더럽혀졌다. 그건 바로 지금의 그를 말하는 거다. 네놈은——."

광기적인 혐오와 의분을 섞은 혐오, 양극의 격정을 충돌하면서 율리우스와 『스바루』는 상대를 노려보았다. 그곳에——.

"율리우스! 스바루큥!"

요란하게 달리는 발소리와 함께 나무들을 넘어서서 카랑카랑한 목소리가 상황에 끼어들었다. 흙먼지를 일으키며 나타난 것은 칠흑의 지룡, 그 등에 탄 것은 페리스와 빌헬름 두 명이다.

용 위의 페리스는 맞서는 율리우스와 『스바루』의 모습에 눈을 부릅뜨고, 용에서 뛰어내린 빌헬름은 율리우스 옆에 섰다. 그리고 험악한 눈으로 『스바루』를 보고 말했다.

"율리우스 경, 스바루 님은……."

"빌헬름 님. ——저건, 스바루가 아닙니다."

억눌린 율리우스의 대답에 삐걱거릴 만큼 어금니를 깨문 빌헬름의 검기가 터졌다.

공기가 팽팽해지고 페리스는 불안스럽게, 율리우스는 의분으로, 빌헬름은 격정으로 각자 얼굴을 일그러뜨리는 가운데, 『스바루』만이 즐겁게 광소를 머금고 손뼉을 쳤다.

그리고——.

"다들 모인 판국에 다시금 이름을 밝히도록 하는 겁니다. ——
저는, 마녀교 대죄주교,『나태』담당."

목을 90도 기울이고 체육복 앞을 트는『스바루』—— 광인은
요란하게 웃으며.

"페텔기우스 로마네콩티, 입니다!!"

그렇게, 이름을 댔다.

5

그르쳤다. 실수했다. 가장 중요한 부분의 마무리에서 스바루
는 적에게 뒤를 잡힌 것이다.

페텔기우스 로마네콩티, 그 사악의 가장 핵심적인 부분을 잘
못 판단하고 말았다.

마녀교 대죄주교『나태』는 열 손가락의 이름을 붙인 복수의
존재 같은 게 아니다.

——모두 동일한, 타인의 육체에 깃든 페텔기우스라는 정신
체였던 것이다.

"실로 좋아! 실로 훌륭한 몸입니다! 이만큼 길이 든 육체는 몇
십 년만인지, 잃어버린『손가락끝』을 보충하는데 최적의 소재

를 뽑은 겁니다!"

"감히 함부로……! 당장 스바루 님의 육체에서 떨어져라, 더러운 것!"

"무얼 위해서, 무슨 권리가 있어서 그런 말을 할 수 있는 겁니까? 당신들이 제 소중한 『손가락끝』을 모조리 앗아간 결과, 이육체에 깃들 수밖에 없었다 하거늘!"

몸을 꺾고 손바닥으로 안면을 거머쥔 페텔기우스에게 빌헬름이 격분했다. 하지만 그에 응수하는 광인은 스바루의 얼굴로, 스바루의 목소리로, 오로지 즐겁게 목을 쥐어뜯었다.

끔찍하게 피가 튀고 살점이 뜯기는 모습에 율리우스 일행은이를 갈았다.

"당신, 자질은 나쁘지 않습니다만, 쓸데없는 술식을 육체에너무 새겼습니다. 그래서는 도저히 제 손가락으로서 길들일 수없는 겁니다."

"——."

"근면한 노구여! 당신의 육체 또한 제 『손가락끝』에는 부적당! 정신의 자세는 존귀해도 육신의 그릇은 총애에 걸맞지 않는다……. 아아, 비극인 겁니다!"

페리스와 빌헬름을 번갈아가며 손가락으로 가리키고 페텔기우스는 고개를 가로저었다.

그 발언이 무엇을 의미하는지, 자세한 속사정은 알 수 없다. 그저 변변치 못한 꿍꿍이에 관한 것이고, 아무래도 상대의 기준에 맞지 않았다는 것만은 전해졌다. 그리고——.

"——무엇보다 정령사. 당신만은 구제불능입니다. 거추장스러운 부정을 걷어내면 괜찮은 저의 『손가락끝』이 될 수 있을 터입니다만, 대답은 어떠한지?"

"공교롭게도 봉오리들이 나를 단념할 일이 있을지언정 내가 그녀들을 버리는 일은 없다. 네놈 같은 광인은 알 수 없을 감정일지도 모르겠지만."

극상의 악의에, 율리우스도 최상의 적의로 반론했다. 그 내용에 페텔기우스는 눈을 동그랗게 떴다가 직후에 푸들거리는 목소리로 웃으며 무릎을 쳤다.

"광인! 실로 올바른 인식입니다! 그래, 저는 사랑에 미쳐 있는 겁니다! 사랑에, 외애(畏愛)에, 유애(遺愛)에, 자애(慈愛)에, 은애(恩愛)에, 갈애(渴愛)에, 혜애(惠愛)에, 경애(敬愛)에, 권애(眷愛)에, 지애(至愛)에, 사애(私愛)에, 순애(純愛)에, 종애(鍾愛)에, 정애(情愛)에, 친애(親愛)에, 신애(信愛)에, 심애(深愛)에, 인애(仁愛)에, 성애(性愛)에, 석애(惜愛)에, 절애(切愛)에, 전애(專愛)에, 증애(憎愛)에, 충애(忠愛)에, 총애(寵愛)에, 빈애(貧愛)에, 편애(偏愛)에, 맹애(盲愛)에, 우애(友愛)에, 연애(憐愛)에, 사랑에, 사랑에, 사랑에, 사랑, 사랑사랑사랑사랑사랑사랑사라아아아아아아아아앙!!"

"실성한 놈……."

율리우스는 광태를 드러내는 페텔기우스에게 적의를 보내고 동시에 스바루의 영혼에 호소했다.

"스바루! 눈을 떠! 그런 광인에게 씌다니……!"

"헛수고입니다! 이미 육체의 제어는 제 의식 아래에 있는 겁니다! 발버둥치려든 허우적대려든 일체가 무위, 무의미! 이 몸, 이미 제『손가락끝』인 겁니다!"

"아무도 네놈에게 이야기하고 있지 않아! 스바루, 정신 차려! 자신이 무엇을 위해서 돌아왔는지, 무엇을 위해서 싸우는지, 넌 분명히 내게 큰소리를 쳤다!"

페텔기우스에게 일갈한 율리우스는 육색의 정령을 두르면서 기사검을 쳐들었다. 무지개의 극광이 숲의 어둠을 밀어내고, 그 광채에 한순간 눈이 부셨다.

완전히 의식을 뒤덮은 페텔기우스, 거기에 희미한 틈새가 생겼다. 거기에──.

"뭡, 니까?! 뭐, 고…… 자시고, 있겠냐, 이 멍청한 자식……!"

"──!"

내면에서 솟구치는 감정의 분류에 몸을 꺾은 광인이 경악으로 눈을 부릅떴다. 그 입에서 새어나온 말은 더듬거리긴 했지만 육체 주인의 의지가 엿보였다.

그대로 경탄하는 페텔기우스의 표정을 밀어젖히고 괴로움에 신음하는 스바루의 표정이 밑에서 나타났다. 그 변화에 율리우스 일행은 희망을 찾아낸 것처럼 소리를 높였다.

"스바루!" "스바루큥!" "스바루 님!"

"나, 는…… 페텔기우스 로마네콩티…… 닥쳐, 나츠키 스바루, 다……!"

밀어젖힌다. 밀어젖힌다. 모든 것을, 마음을 메우려고 드는 검은 응어리를.

"귓전에서, 떠들지 마, 입니다……. 이대로, 억눌러서……자아의 강약으로, 제게 이길 줄, 아는 거냐……."

강한 척, 허세를 부리며, 자신의 마음을 되찾아, 힘을 북돋는다.

그렇게라도 하지 않으면 당장에라도 이 자괴충동에 패배할 것 같다. 아니면 자신의 그림자에서 뻗는 파괴의 팔로 주위의 모든 걸 다 망쳐버리고 싶어진다.

"──."

그 충동이, 페텔기우스가 항상 품고 있는 어둠이란 말인가.

그렇다면 지금까지 광인이 보인 괴이한 행동거지에도 일정한 이해와 공감을 품을 수 있었다.

이만한 광기에 침범당했다면 자해하는 걸로 제정신을 유지하려고 들 수밖에.

이만한 광기에 항상 물들어 있다면 정신의 평형을 잃더라도 이상하지 않다.

──이것이, 페텔기우스가 보는 세상이란 말인가.

"이해 따위, 바라지는 않는 겁니다."

거기서 처음으로 스바루의 저항을 뛰어넘은 페텔기우스의 말이 튀어나왔다.

지금까지 광기를, 광희를, 광란을 주워섬기던 정신으로, 무감동하게 무감정하게, 목소리를.

그것은 차라리 지금까지의 어떤 광태보다도 스바루를 싸늘하게 만드는 어둠이었다.

그리고 이해했다. ——이것은 결코 겉으로 나와서는 안 되는 어둠이다.

"……해 줘, 율리우스."

페텔기우스의 저항이 느슨해져 주도권이 있는 동안에 결판을 낸다.

그러기 위해서 스바루는 가장 가능성이 높을 방법을 골랐다. 페텔기우스를 타도하기 위해서 그 검이 가장 가능성이 있을 터다.

그 지명에, 율리우스는 번쩍 눈을 부릅뜨고 입술을 떨었다.

"무슨 말을, 하는 거야."

"미안, 하지만…… 시간문제야. 지금, 날 막지 않으면, 이기지 못해……. 그 전에."

"안 돼! 생각을 더 해야지, 스바루! 나는 기사이자 정령술사야. 네 목적에 협력한다고 계약을 나눈 정령기사다. 그것을 어기는 짓은 감히 할 수 없어!"

"나와의 계약은, 에밀리아를 구하는 것……이라고. 비겁하다, 마는."

쥐어짜내는 듯한 스바루의 대답에 율리우스는 얼굴을 고뇌로 일그러뜨렸다.

언제나 우아하고 여유를 잃지 않는다. 그런 태도를 관철하던 율리우스의 표정에, 스바루는 약간 놀랐다. 설마, 이렇게까지 주저할 줄은 몰랐다.

"나중에, 할 이야기가 있던 게 아니었나."

"……미안하다. 그거, 이야기 못 할 것 같다."

『나태』와의 싸움 도중, 건투를 서로 맹세한 순간의 말이 떠올랐다. 그 전에 마쳐야 할 화해를 하다 말아서, 결국 여기까지 질질 끌었는데 닿지 못한 상태다.

"빌헬름 씨, 무모한 짓, 마세요……."

"지금, 여기서 무모하게 나서지 않고 어쩌란 말입니까. 저는 결단코, 이런 결말은——."

상처의 처치도 뒷전으로 이 자리에 달려와 준 빌헬름은 만신창이다. 움직일 수 있을 리가 없는 몸을 기력으로 움직이는 검귀, 그 자세에 감탄은 하지만, 검으로 이 어둠은 걷을 수 없다.

스바루는 힘없이 숨을 뱉어내듯이 웃고, 마지막 한 명에게 맡기기로 했다.

"——페리스, 부탁해."

"원망해도 좋아, 스바루 군. ——나도, 원망할 거야."

스바루는 그렇게 말하고 이 자리에서 가장 생사에 잔혹해질 수 있는 페리스에게 끄덕였다. 마치 자신에게 부름이 올 거라고 알았던 듯한 태도로 스바루를 손가락으로 가리켰다.

눈물 어린 페리스, 그 몸짓이 계기가 되어 스바루의 중심에 변화가 발생했다.

——그것은 피가 끓어오르는 듯한 작열의 고통, 견디기 어려운 열기에 온몸이 불태워진다.

"꺼, 어어어억——!!"

뜨겁다. 뜨겁다. 뜨겁다. 뜨겁다뜨겁다뜨겁다뜨겁다뜨겁다뜨겁다뜨겁다뜨겁다뜨겁다뜨겁다뜨겁다——.

목이 뜨겁다. 눈이 뜨겁다. 몸이 뜨겁다. 혀가 뜨겁다. 코가 뜨겁다. 손이 뜨겁다. 귀가 뜨겁다. 발이 뜨겁다. 피가 뜨겁다. 뇌가 뜨겁다. 뼈가 뜨겁다. 영혼이 뜨겁다. 생명이 뜨겁다. 뜨겁다, 뜨겁다, 뜨겁다.

혈액이 비유가 아니라 끓어오르고 내장이 지글거리며 뇌가 증발하는 고열에 시야가 허옇게 흐려졌다.

『아아아아아악——?!』

녹기 시작하는 고막과 다른 곳에서 자신 말고 다른 누군가의 단말마가 울려 퍼졌다.

육체는 하나. 깃든 정신은 둘. 당연히 육체를 공유하는 광인의 정신도 함께 태워진다.

놓치지 않는다. 이대로, 그 영혼을 가둔 그릇과 함께 저세상으로 보내주마.

"——."

괴로워하고, 몸부림치며, 경련하다가, 이윽고 미동도 할 수 없어졌다.

발버둥질 치는 것도 다시는 허용하지 않는다. 스바루 안이, 페텔기우스의 최후다.

"페리스! 왜……."

"다른 누구도 못하잖아? 이게, 스바루큥의 소망이라고."

"그렇다고 스바루 님에게 이와 같은 괴로움을 주다니——."

"——큭! 내가! 좋아서 했다고 생각해?! 이 힘으로, 크루쉬 님을 위한 힘으로, 전하께 약속한 힘으로, 이런 짓을……!"

원통한 탄식과 그것을 덧칠하는 비탄의 노성이 멀리서 들렸다.

그쪽에 목을 기울일 기력도 없이 스바루는 바라지 않는 손을 더럽히게 한 페리스에게 속으로 사과했다.

율리우스가 망설이고, 빌헬름에게는 마음이 닿지 않아, 페리스밖에 부탁할 상대가 없었다.

폭발한 용차 안에서 케티를 혼절시킨 것과 똑같은 수법이다. 직접 치료를 받았던 스바루의 육체라면 페리스는 만지지 않고 마나로 간섭할 수 있다.

결과는 보는 바대로. 예상 이상의 위력과 괴로움에 부탁한 것을 후회했을 정도다.

──다만 후회는 자기가 한 것보다, 하게 만든 쪽이 더 크다.

페리스의 힘은 누군가를 치유하기 위한 힘이며, 그 사실에 페리스는 긍지와 사명감, 그리고 더 소중한 뭔가를 품고 있었을진대. 그것을 악용시키고 말았다.

──미안하다. 그 한마디를 말할 수 있었으면 좋았겠지만.

"──."

앞으로 쓰러져 움직이지 못하는 스바루의 얼굴에 뭔가가 밀어붙여졌다. 허옇게 흐려진 감각이 있는 눈에 그것은 비치지 않았다. 그러나 딱딱하고 꺼슬꺼슬한 감촉에는 짐작 가는 게 있었다.

율리우스도, 페리스도, 빌헬름도 아닌, 스바루의 관계자──.

"──."

풍전등화가 된 스바루의 생명 곁에서, 칠흑의 지룡이, 파트라슈가 그 생명을 애도해 주고 있는 느낌이 들었다.

아마 폐를 끼친 상대의 상위 네 명이 다 모여서―― 아니, 에밀리아와 렘이 빠져 있었나. 그리고 그 두 사람이 이 자리에 없어서 다행이었다. 정말로.

"――스바루."

청명한 목소리가 내려오고, 누군가가 파트라슈와는 반대쪽에 선 기척이 있다. 누군가, 그런 건 생각할 필요도 없다. 각오를 품은 그 목소리는 『가장 뛰어난』 기사 말고 있을 수 없다.

이 자리에 기사다운 기사는 율리우스 말고 없으니까.

"너와 페리스에게 바라지 않는 결단을 강요한 것은 내 부덕이다. 언젠가 벌을 받겠지."

별것도 아닌 것에 신경 쓰지 마라. 그렇게 말을 걸어줄 마음은 들지 않았다.

팍팍 신경 써라. 절대로 잊지 마라.

――나도, 절대로 잊지 않아. 이 아픔과, 무력감을.

"――."

한순간, 침묵이 발생했다. 그러나 침묵은 기사의 각오를 꺾지 못했다.

차가운 강철이 목에 닿는 감촉. 이대로 편히 보내준다는 사실에 한숨이 흘러나왔다.

"――님, 죄송합니다."

"――리아 님은, 분명히 울 거야."

말을 걸어 주는 목소리도 아득하고 잠겨서, 모든 게 애매하고, 알 수 없어진다.

잊지 않는다고 맹세하고, 되찾는다고 맹세하고, 반드시 되돌아온다고, 맹세하여.

『여기서 끝난다? 말도 안 돼! 저는 이런…… 이런! 어울리는 그릇을 앞두고! 시련의 완수를 눈앞에 두고! 『손가락끝』을! 새로운 그릇이 있으면 제가 소멸하는 것 따위…….』

──시끄러워. 지옥에나 떨어져.

6

멀리, 멀리, 어딘가 모르는 곳으로 떨어진다. 떨어진다──.

아무래도 또 죽은 것일까. 또 잃어버린 것일까.
나락 밑바닥에 모든 걸 흘리고 또다시 실패를 떠안고 처참하게 목숨을 잃는다.

돌아본다. 세계를.
돌아본다. 과오를.

잊지 마라, 잊지 마라, 절대로 잊지 마라.
흐느끼는 페리스의 목소리를, 원통함에 떠는 빌헬름의 한탄을, 어금니가 빠지도록 분해하는 율리우스의 각오를. ──절대로 잊지 마라. 매달려서라도 놓지 마라.

이것으로 이번 생(生)도 끝난다.

하지만, 그러나, 그렇지만, 그렇다고 해도, 나츠키 스바루는 끝나지 않는다.

설령 어떻게 되더라도, 어디로 돌아가더라도, 어떠한 고난이 기다리고 있어도.

저항하는 것만은 그만둘 수 없다. 그렇게 맹세했기에, 다시 도전할 수 있다.

뚝. 소리와 함께 모든 것이 암흑 속에 떨어진다.

그렇게 끊기고, 그렇게 단절되어, 그렇게――.

『――사랑해.』

그런 다정하고, 아련하며, 달콤하게 잔혹한 숨결과 함께――.

나츠키 스바루는 목숨을 잃고, 세계의 흐름은 다시 처음으로 돌아간다.

《끝》

후기

네, 반갑습니다! 안녕하세요, 나가츠키 탓페이입니다. 일부 여러분에게는 네즈미이로네코로 알려진 사람입니다.

이번에도 본 작품, 리제로와 함께 해 주셔서 감사합니다.

시리즈 통산 열 권을 넘어, 이번 권으로 열한 권째! 이야기도 권수를 쌓았습니다.

또한 덕분에 이 8권이 발표되는 건 리제로의 TV 애니메이션의 방영 직전이 됩니다. 저자로서도 일개 시청자로서도 아주 기대되는 하루하루입니다.

그럼 기왕이니 애니메이션 쪽 화제도 약간만 언급해볼까 합니다.

이미 TV 애니메이션의 제작 회사, 관계 스태프 여러분은 리제로의 공식 홈페이지 등에서 발표됐습니다만, 보시는 바대로 대단한 멤버들이 모였습니다.

실제로 처음에 담당자 I 씨에게서 이런저런 이야기를 들었을 때는, "엑?" 하고 몇 번씩 환청과 환각을 보고 들은 게 아닌지 의심했을 지경이었습니다.

그 뒤, 허둥대는 와중에 이야기와 날짜는 진행되어서 실제로 관계자 여러분과 만나 뵐 기회를 얻으니, 서서히 "어어? 이건 슬슬 꿈이었다 드립으론 못 넘어가겠는데?"라는 느낌이 되기 시작하다가 "현실이라면 현실대로 더 큰일이지 않나?"가 되는 느낌이.

그 TV 애니메이션 제작 결정을 보고한 이후로 많은 분들께 축하의 말을 받았습니다. 그건 서적부터 작품을 읽기 시작해 주신 여러분, 인터넷 투고 시절부터 알고 계시던 여러분, 또는 작가 동료나 옛날부터 알고 지낸 친구 등 많습니다.

그 따뜻한 말에 격려를 받는 한편으로 여러모로 들은 질문에 대답하지 못해 죄송했습니다. 아니, 물론 섣부르게 정보를 밝힐 수 없는 수비의무 같은 게 있었는데, 가장 큰 이유는 작가가 거의 아무것도 못 들은 게 원인입니다.

알려주지 않은 게 아니라, 듣는 게 무서워서 묻지 못한 셈이죠.

이해하실 거라 생각하지만, 인간이란 역시 너무 솔깃한 말은 의심하는 법이잖아요.

애니화는 그 대표격이죠. 섣불리 괜한 말을 떠든 순간, 그때까지 누린 꿈만 같던 나날이 물거품으로 사라지기 마련……. 그렇기에 작가는 오로지 합죽이가 됐습니다.

물론 각본회의나 녹음 현장 등에는 되도록 얼굴을 내밀어 원작자로서 협력할 수 있는 범위에선 최선을 다했습니다. 다만 애니메이션 현장에는 애니메이션의 프로 여러분이 계십니다. 그리고 프로페셔널의 힘은 역시 대단하죠.

리제로 애니메이션, 대단히 좋은 것이 될 겁니다. 모쪼록 기대해 주십시오.

4월부터 시작하니 함께 즐겨 봅시다!

이렇게 이야기의 흐름은 완전히 끝나는 방향으로 가고 있었습니다만, 이번은 작가가 투정을 부려서 살짝 후기 페이지를 늘렸습니다. 왜냐? 하고 싶은 이야기가 많아서!

실은 이 후기를 쓰고 있는 것과 같은 달, 2016년 2월에 작가는 타이완에서 열린 『동만절(動漫節)』이라는 이벤트에서 사인회를 했습니다.

작가에게는 첫 해외! 첫 타이완! 첫 사인회! 죄송합니다. 첫 사인회는 거짓말이었습니다. 사인회는 세 번째입니다만, 좌우간 죄다 처음뿐인 이벤트였습니다.

놀랄지도 모르겠습니다만, 사실은 리제로가 해외에서도 출판되고 있거든요. 리제로뿐만 아니라 일본의 애니메이션 · 만화 · 소설 등 수많은 것이 해외에서 인기가 있습니다.

이번에 초대해 주신 『동만절』이라는 이벤트도 그러한 타이완에서 인기 있는 애니메이션 등을 모은 것이어서, 이쪽저쪽 할 것 없이 온 회장에 일본의 애니메이션뿐인 상황이었습니다.

더욱 놀란 것이, 타이완의 팬 여러분의 열기와 어마어마한 환영일까요.

솔직히 말해서 첫 해외인 까닭에 작가는 불안덩어리였습니다. 바다를 건너 언어의 장벽을 넘어 도대체 얼마나 사람들이 모여 주기나 할까 하고——.

대성황이었습니다. 과장 없이 전원하고 포옹했을 정도입니다. 고마워요, 타이완!

그리고 언어의 장벽도 그까짓 거, 참가해 준 팬 분들께서 일본어를 얼마나 잘 하시는지. 『E·M·T』가 그대로 통했을 때는 진지하게 기겁했습니다.

물론 해외에서 출판하는 이상, 작품은 번역 출판이라는 형식이 됩니다. 리제로의 번역 출판은 『칭원(靑文) 출판사』라는 출판사에서 해 주고 계시는데, 얼마나 공들여서 타이완의 독자들에게 전하려 해 주셨느냐는 생각에 머리만 조아릴 따름이었습니다.

또한 타이완 체재 중에 첫 해외라서 새끼사슴처럼 떨고 있는 작가를 항상 이끌어주시던 것도, 같은 칭원사의 담당자분이셨습니다. 무슨 상류층 같은 환대를 받고, 맛있는 밥, 맛있는 망고빙수, 그리고 거나하게 취하는 멋진 여행이 됐죠.

정말, 인터넷에서 소박하게 시작한 이야기가 서적으로 나왔다가 어느새 바다를 건너 해외 분들도 읽어주시고 애니화의 기회도 받은, 꿈만 같은 전개입니다.

아직도 뺨을 꼬집을 용기가 없는 시간을 보내면서도, 이 꿈만 같은 나날을 꿈으로 끝내지 않기 위해서 앞으로도 노력해야 한다고 힘을 받은 형편이었습니다.

고마워요, 타이완! 그리고 앞으로도 잘 부탁해요, 타이완! 물론, 일본도!!

어디 보자, 증량한 쪽수도 다 떨어져 가는데, 늘 하는 감사의 말로 옮기겠습니다.

우선 담당자 I 님, 늘 그렇지만 작가의 말도 안 되는 요망에 웃으며 응답해 주셔서 감사합니다. 이번엔 타이완에도 동행해 주셔서 든든했습니다. 하지만 아무리 그래도 작가가 돌발적인 변덕으로 늘린 사인 200장을 쓰는 데에 어울려주신 건 너무 의리 좋으세요.

그리고 일러스트 담당의 오츠카 선생님. 매번 마찬가지지만 이번에도 미려한 표지에 삽화 등 감사합니다. 변함없이 정말로 멋진 완성도입니다. 그리고 타이완 이벤트에서의 한정 일러스트, 갑작스러운 부탁이었는데 감사합니다. 너무 의리 좋으세요.

디자이너 쿠사노 선생님, 시리즈도 열 권을 넘어서 나란히 꽂아놓는 것도 장관이 되기 시작했습니다. 이번 권 포함해 앞으로도 크게 솜씨 부려주십시오. 감사합니다.

만화를 담당해 주시는 마츠세 선생님과 후게츠 선생님은, 매월 이 이야기를 힘차게 그려주셔서 정말로 감사드리고 있습니다. 두 분의 그림을 보며 여자아이가 반듯하게 귀여운 점을 불쑥 떠올립니다. 감사합니다.

그밖에도 MF문고J 편집부 분들, 영업 담당님, 교정 담당님에 각 서점 등, 수많은 분들께 정말로 크게 신세 지고 있습니다. 감사합니다.

그리고 타이완에서는 칭원 출판사 분들, 특히 담당자 류 님께는 대단히 신세를 졌습니다. 이 자리를 빌어 감사의 말을 드립니다.

그리고 끝으로, 이렇게 책을 읽어주시고 따뜻한 응원으로 지탱해 주시는 독자 여러분께 최대급의 감사를. 앞으로도 애니메이션과 함께 리제로를 잘 부탁드립니다.

그럼 또 다음 권에서 만나 뵐 수 있기를!

2016년 2월 나가츠키 탓페이
《애니메이션 스타트를 목전에 두고, 기대감에 몸을 떨면서》

후기

이번은 페테 씨 잔치라
맛이 진한 일러스트가
많았으니 입가심으로
렘 & 베아코도 받으시길!
오츠카 신이치로

펠트

Felt

"펠트 님, 그렇게 부끄러워하시지 않아도 괜찮습니다. 드레스, 잘 어울려요."

"아무도 그런 걱정 안 했잖아?! 끝내 롬 영감까지 구워삶아 가지고. 내 편은 없는 거냐!"

"당치도 않은 말씀. 저는 펠트 님의 편, 당신만의 기사입니다."

"넌 정말 주둥이만큼은 훌륭한 기사님이시네! 야, 후딱 끝내고 이딴 드레스 갈아입고 싶다고. 본론으로 들어가!"

"예, 바라시는 대로. 그래서 고지 말입니다만, 먼저 오는 4월부터 『Re:제로부터 시작하는 이세계 생활』의 TV 애니메이션의 방송이 시작됩니다."

"헤─, 애니메이션…… 진짜로?! 그런 게 어디 나와 있는데?!"

"이 책의 띠지, 또는 리제로 공식 홈페이지 등에서 정보는 공개되어 있습니다. 애니메이션에는 스바루의 활약은 물론, 펠트 님과 저의 만남도 그려지게 되겠군요."

"만남이라면 뭔가 특별한 느낌 나니까 관둬! 그딴 건 어쩌다 때려맞은 우연이지. 어─ 보자, 그리고…… 이 리제로 8권의 발매와 동시에 월간 코믹 얼라이브에서 연재 중인 리제로 3장, 그 2권도 발매한단 말이지."

Re: Life in a different world from zero

Reinhard

라인하르트

"3장의 2권이라면, 펠트 님께서 절 기사로 임명해 주신 이야기가……."

"꼬치꼬치 나랑 널 엮어 넣지 마! 뭐 괴롭히는 거냐?! 어—, 아무튼 간에 만화도 나온다! 그리고 소설의 다음 발매는 6월이야. 애니메이션 방영 기간 중이군!"

"소설을 다시 읽으며 애니메이션을 보고, 만화도 즐긴다……. 리제로의 세계관에 푹 잠길 수 있는 아주 좋은 기회로군요. 펠트 님도 이 기회에 책상 앞에서 도망치지 마시고 책과 이야기에 정면으로 맞서시면 어떻겠습니까?"

"핫, 말 같은 소리를 해라. 이쪽은 서있을 짬도 없다고. 우리가 이렇게 움직이고 있으니까 그 이야기란 게 만들어지는 거잖냐."

"펠트 님……."

"자, 이야기는 좋다. 샥샥 갈아입고 롬 영감한테 한마디 해 주러 갈 거거든!"

"──알겠습니다. 다음에는 좀 더 움직이기 쉬운 드레스로 하지요."

"사람이 하는 말 좀 들어! 드레스가 싫다는 소리라고!!"

※ 출간 및 각종 정보는 일본어판 기준입니다.

Re:제로부터 시작하는 이세계 생활 8

2016년 09월 25일 제1판 인쇄
2023년 02월 28일 제9쇄 발행

지음 나가츠키 탓페이
일러스트 오츠카 신이치로

옮김 정홍식

발행 영상출판미디어(주) | **등록번호** 제 2002-000003호
주소 21315 인천광역시 부평구 부평대로 283 A동 702호
전화 032-505-2973(代) | **FAX** 032-505-2982

ISBN 979-11-319-4874-3
ISBN 979-11-319-0097-0 (세트)

Re : ZERO KARA HAJIMERU ISEKAI SEIKATSU volume 8
ⓒTappei Nagatsuki 2016
First published in Japan in 2016 by KADOKAWA CORPORATION, Tokyo.
Korean translation rights arranged with KADOKAWA CORPORATION, Tokyo.

노블엔진(NOVEL ENGINE)은 영상출판미디어(주)의 라이트노벨 및 관련서적 브랜드입니다.

나가츠키 탓페이
작품리스트

◆

[코믹스]

──비록 네가 잊었더라도

편의점에 다녀오는 길에 갑자기
이세계에 소환된 고등학생 나츠키 스바루.
그런 스바루를 구원한 것은.
수수께끼의 은발 미소녀와 고양이 정령.
은혜를 갚는다는 명목으로 소녀를 돕지만,
두 사람은 누군가의 습격을 받고 목숨을 잃는다.

──그런데 정신을 차리고 보니
처음 소환되었던 장소에 있었다⋯⋯?!

『사망귀환』──무력한 소년이 얻은 힘은
죽음으로써 시간을 되감는 능력뿐.

이것은 첫째 날을 반복해 미래를 개척하는,
제로부터 시작하는 이세계의 첫 이야기.

코믹스『리제로』제1장 -왕도의 하루-
①~②권 절찬 출간 중!

나는 너를 잊지 않아.

The only ability I got in a different world "Returns by Death"
I die again and again to save her.

Re:제로

Re: Life in a different world from zero

부터 시작하는 이세계 생활

제1장 왕도의 하루

마츠세 다이치 만화
나가츠키 탓페이 원작
오츠카 신이치로 캐릭터 원안
정홍식 옮김

라에티티아 패룡전기
—신왕의 게임—
1

초판한정 특별부록
고급 일러스트 책갈피

전쟁이 끊이지 않는 대륙, 라에티티아. 라우루스국(國)의 젊은 여자 제사장 라셀은 나라가 위기에 처하면 하늘에서 강림해 자신들을 이끌어주는 전설의 성인인 『신왕』을 애타게 기다리지만, 신왕 대신에 그녀의 앞에 나타난 것은 도박광이자 사기꾼인 토우야라는 남자였다. 걱정하는 라셀 앞에서 토우야는 당당히 말한다. 「이 몸께서 신왕을 연기해 주마!」
그와 동시에 침공해오는 이웃나라, 급박하게 변하는 전황. 위기의 순간에서 라셀과 토우야가 내리는 일생일대의 결정
—— 그것은 전략인가, 도박인가?

나라를 지키기 위해, 소녀는 영웅과 공범자^{사기꾼}가 된다!

©2014 Ken Suebashi
Illustration by Tsuyuki
Originally published by HOBBY JAPAN Co., Ltd.

스에바시 켄 지음 | **츠유키** 일러스트
청춘의 상상, 시동을 걸어라!

초키요의 과거와 함께
마침내 '그림책'의 수수께끼가 밝혀진다.

우울한 빌런즈

3

◆

초판한정 특별부록
고급 일러스트 책갈피

[워스트엔드 시리즈]를 회수하기 위해 [황금알을 낳는 거위]의 독자, 하기와라 키이로를 쫓으며 분주한 나날. 여느 때와 같던 일상은, 한 여학생의 비명과 함께 돌변한다. 얼굴에 유리가 깨진 것처럼 무수한 금이 간 여학생. 정체불명의 [독자]의 출현에 당황한 카네스케 일행에게 [피터 팬]의 독자, 후크 선장의 마수가 뻗어온다──. 그리고 마침내 그 모습을 드러낸 사건의 흑막 '선생님'. 밝혀지는 초키요의 과거와 그림책의 수수께끼를 앞두고 카네스케는 결단을 내리는데…….

악역에게 매료된 이들의 세 번째 이야기.

카미츠키 레이니 지음 / 키무라 다이스케 일러스트
©2012 KAMITSUKI RAINY/SHOGAKUKAN
Illustrated by Daisuke KIMURA

 카미츠키 레이니 지음 | **키무라 다이스케** 일러스트
청춘의 상상, 시동을 걸어라!

주력(呪力)의 주인 등장!
강요되는 사투 앞에서, 카나타의 선택은?!

공전마도사
후보생의 교관
8

초판한정 특별부록
고급 일러스트 책갈피

광란 상태에 빠진 카나타가 옮겨진 곳은 《베벨》의 제1 메가 플로트 지하——아크비숍이 만든 비밀 도시였다. 카나타는 자신의 몸에 깃든 주력의 원천, 에밀리 웨트베른과 만나지만…… 그것은 사투의 시작을 뜻했다. 그리고 냉혹하게 울려 퍼지는 크리스의 목소리…….
"사흘 안에 에밀리 위트베른을 죽이지 못하면, 당신은 목숨을 잃습니다."

배신자와 낙제생 소녀들의 학원 배틀 판타지, 제8탄!

모로보시 유우 지음 | **아마미 미키히로(아쿠아플러스)** 일러스트
청춘의 상상, 시동을 걸어라!